EX-WIFE
엑스와이프

EX-WIFE
엑스와이프

어설라 패럿
정해영 옮김

위즈덤하우스

H에게

일러두기

- 번역 대본으로는 Ursula Parrott, *Ex-Wife*(McNally Editions, 2023)를 사용했다.
- 각주는 모두 옮긴이 주다.

차례

엑스와이프 9
옮긴이의 말 394
추천의 말 399

I

 4년 전 남편이 나를 떠났다. 왜 그랬는지는 정확히 모르겠다. 예전에도 몰랐다. 내 생각엔 남편도 잘 모르는 것 같다. 당시에는 재앙처럼 보였던 그 일도, 그렇게 된 이유도 똑같이 중요하지 않은 문제가 된 요즘은, 남편이 떠날 가능성을 처음 언급했을 때 내가 지나치게 난리를 피웠기 때문에 나를 버리는 지경에 이르렀다고 점점 믿게 된다.
 물론 그가 실제로 떠나기 직전 6개월 동안, 그는 열 가지가 넘는 이런저런 이유를 댔다. 그중 몇 가지는 기억이 난다. 어떤 때는 내 외모가 망가졌다고 했다. 하지만 또 어떤 때는 내가 가진 거라곤 외모밖에 없다고 했다. 또 언제는 내가 자기 관심사에 관심을 갖지 않는다고 하더니, 언제는 자기가 하는 일마다 무리하게 끼어들려 한다고도 했다. 언제는 내가 의욕이 없다고 하고, 또 언제는 감정 기복이 심하다고 했다. 내게 도덕관념이 없다고 할 때도 있었고, 고상한 척한다고 할 때도 있었다. 자신이 정말로 사랑하는 여자와 결혼하고 싶다고 말하기도 했고, 나를 치워버리고 나면 절대 누구와도 결혼하지 않겠다고 하기도 했다.

4년 동안 나는 많은 결혼이 암울하게 끝난 이유들을 들어왔고, 내 남편이 말한 이유들도 대부분의 이유만큼이나 타당하다고 생각하게 되었다.

그는 나에게 싫증이 났고, 그것을 정당화하기 위해 이런저런 이유를 찾았다. 그래서 결국 찾아냈다. 이 이유들은 그에게는 타당해 보였다. 내가 그에게 싫증이 났다면, 나도 그렇게 했을 것 같다.

그러나 나는 그에게 싫증 나지 않았다. 그래서 그가 떠나는 것을 막기 위해 멍청하게 막무가내로 싸웠다. 싸우면 이길 거라고 확신했다. 그때만큼 나 자신에 대해 그렇게 확신한 적이 없었다. 그때 나는 스물네 살이었다. 소유욕에 대한 윤리적인 양심의 가책도, 감정을 강요해봐야 소용없다는 생각도 내가 원하는 것을 지키겠다는 의지를 가로막지 못했다.

처음에는 그럴싸한 동기가 있는 척하려 한 것 같다. "가정을 지켜야지" 따위의 이유를 들었다. 나중에는 전전긍긍하면서, 나름의 논리와 분노, 불안과 히스테리, 자살 위협까지 동원했다. 모든 상황에도 불구하고, 그가 떠나기 5분 전까지도, 그가 정말로 가버릴지도 모른다는 사실을 인정하지 않았다.

그가 짐을 싸는 동안, 의자에 앉아 있던 나는 그제야 그 현실을 믿기 시작했다. 그리고 마지막 순간에 기적 같은 방법을 생각해내려 했다. 손목을 그어버릴까, 그래서 남편이 의사를 불러오고 내가 회복하는 동안 떠나지 못하게 만들까도 생각했다. 하지만 세상은 갑자기 전혀 믿을 수 없는 곳이 되어버렸고, 어쩌면 남편이 내가 죽건 말건 그냥 걸어 나가버릴지도 모른다는 생각이 들었다.

나는 큰 충격을 받은 것처럼 보이고 싶었다. 사랑스러워 보이고 싶었다. 그러다가 내가 앉아 있는 안락의자가 남편의 친척인 재닛 고모에게 받은 결혼 선물이라는 사실이 문득 떠올랐고, 남편이 떠나면 남편 친척의 결혼 선물은 어떻게 처리하나 궁금해졌다(뉴욕에서는 이런 경우 결국 가난한 신혼부부 친구에게 판다). 내 옆에 있는 램프는 모더니즘 양식의 초기 제품이었는데, 와나메이커 백화점에 아직 대금을 다 지불하지 않았다는 사실도 떠올랐다.

여행용 트렁크를 닫는 소리가 멈췄다. 남편이 들어왔다.

그가 잘생기고 완고하고 불행해 보이는 모습으로 거기서 있었다. 그의 외모에 감탄했던 기억이 물밀듯이 밀려왔다. 우리가 처음 만났을 때, 4년, 아니 5년 전 봄 뉴헤이븐에서 열린 파티에서…….

"짐을 실어가야 하니까 택시를 부를게." 그가 말했다.

"피터, 가지 마." 내가 말했다.

"이래 봐야 소용없어." 그가 말했다.

우리는 서로를 보았다. 지난 6개월 동안 나는, 타당하건 타당하지 않건, 항상 항변할 구실을 하나씩 찾아냈는데, 갑자기 더 이상 찾을 수가 없게 되었다.

마음이 아팠다. 우리는 3년 동안 서로를 사랑했고, 4년차의 절반 동안 서로를 미워했다. 즐겁고 자신감 넘쳤던 시작으로부터 아주 먼 길을 온 것 같았다.

나는 아무 말도 할 수 없었지만 그는 몇 마디 마지막 할 말이 있는 것 같았고, 처음에 두세 번 멈칫거리다가 입을 열었다.

"언제 이혼할래, 패트리샤?"

내가 말했다. "내 눈에 흙이 들어가면."

그가 어깨를 으쓱했다. 화조차 내지 않았다. 그저 피곤해 보였다.

"좋을 대로 해, 패티." (그는 몇 개월 동안 나를 '패티'라고 부르지 않았다. 평소에는 '팻', 화가 났을 때는 '패트리샤'라고 불렀다.)

그런 뒤 그가 말했다. "음, 나 때문에 오래 슬퍼하진 마." 그가 다가와서 내 머리를 쓰다듬고는 나갔다.

그 순간 마지막으로, 더없이 어리석은 생각이 떠올랐다. '트렁크가 없으면 가지 못할 거야.' 나는 아파트 문을 잠갔다. 그가 택시 기사와 돌아와서 문을 두드렸다. 나는 가만히 앉아 있었다. 그가 소리쳤다. "이 문 열지 않으면, 부수고 들어가겠어." 그는 정말로 그렇게 했을 것이다. 그래서 나는 문을 열었다. 그가 열쇠를 테이블 위에 던지며 말했다. "이젠 필요 없어."

나는 다시 안락의자로 돌아와 앉았다. 요란한 소리를 내며, 트렁크도 가방도 택시 기사도 남편도 떠났다. 나는 생각했다. '이제 끝이군. 그런데 왜 눈물이 나거나 그러지 않는 거지?'

II

 일요일, 늦은 아침식사를 마치고 칵테일파티를 위해 옷을 차려입기 전까지 그 느긋한 시간 동안, 나와 아파트를 함께 쓰고 있던 루시아가 '전처'의 정의를 내리려 했다.

 "한때 결혼했던 여자가 모두 전처는 아냐. 한때 누구의 아내였는지를 아는 것보다 지금 어디서 일하는지, 여행을 가거나 교향곡 연주회에 가는 걸 좋아하는지 따위를 아는 게 더 중요한 여자들이 있어. 그런 여자들은 전처가 아니지."

 그녀가 생각에 잠긴 눈으로 나를 보았다. "넌 전처야, 팻. 너를 떠난 남자와 한때 결혼했었다는 사실이 너에 대해 알아야 할 가장 중요한 정보고…… 다른 모든 걸 설명하니까."

"그 정의에 따르면 언니도 그렇네. 언니도 한때 아치와 결혼했다는 사실이 언니에 대한 대부분의 것들을 설명하니까." 내가 말했다.

"그래. 하지만 난 어느 정도 나아지고 있어. 다시 사랑에 빠졌거나 더 이상 남편을 생각조차 안 한다면 전처가 아니거든."

"그 단계에 이르려면 몇 년이나 걸려?" 내가 물었다. 나는 전날 피터와 저녁식사를 했고, 앞으로 일주일 동안 우울해할 게 뻔했다.

"자, 자, 꼬마야. 내일이면 기분이 한결 나아질 거야." 그녀가 말했다. 그녀는 다시 시작했다. "전처는 결혼 생활을 뒤돌아보다가 목에 경련이 생기는 여자야."

나도 거들었다. "전처는 정신이 멀쩡할 때는 파티에서 항상 독립적인 삶의 즐거움에 대해 지껄이지만…… 술에 취하면 떠난 남편의 장점이나 단점에 대해 늘어놓기 시작하는 여자야."

루시아가 말했다. "전처는 '잉여 여성'일 뿐이야. 전쟁 중에 사회학자들이 걱정했던 그런 여자들처럼."

"하지만 전처를 걱정해주는 사람은 아무도 없어. 가족

을 제외하면. 혹시 이혼 수당을 받는다면 남편도 포함되겠지만." 내가 말한다.

"우린 아직 거기까지 걱정할 필요는 없어, 자기야. 우린 아직 수요가 많잖아. 그렇게 되려면 마흔은 돼야 할 걸……. 우리가 수면 부족으로 그전에 죽지 않는다면."

"나는 싸구려 압생트◆를 마시다가 죽게 될걸." 내가 체념한 듯 말했다.

루시아가 걱정스럽게 말했다. "정말이지 네가 그런 술 좀 그만 마시면 좋겠어. 미모가 망가질 거야."

하지만 그녀의 목소리는 나른했다. 우리는 그저 이야기를 하고 있을 뿐이었다. 이제 곧 화장을 하고 벨벳 드레스를 입을 시간이었고, 그때부터는 다시 세상이 빠르게 돌아가기 시작할 터였다. 세상이 빠르게 돌아갈 때는 그리 나쁜 삶은 아니었다. 그리고 대체로 그랬다.

나는 한 가지 정의를 더 시도했다. "전처……. 우리처럼 젊고 예쁜 전처는 여자에게 주어진 이런 자유가 남자에게 얼마나 큰 선물인지 보여주는 실례들이지."

우리는 웃었다. 어깨 너머로 겨울 햇살이 따사로이 스며들었다. 그곳에 앉아 있으니 기분이 좋았다. 피터와 나

◆ 19세기 중반부터 20세기 초까지 유럽에서 유행했던 45도를 넘어가는 독주로, 가격이 저렴해 가난한 예술가들에게 각광받았던 술.

는 전날 밤 격렬하게 다퉜다.

"그 남자 생각은 하지 마." 루시아가 말했다. "네가 전처가 될 때마다 난 항상 알아볼 수 있지. 입 모양이 끔찍해지거든." 그녀가 불쑥 전처 얘기를 다시 꺼냈다.

나는 기분이 씁쓸했고, 잠시 후에 말했다. "전처는 결혼식 때 약속한 영원한 사랑이 3년이나 5년, 8년으로 단축된 젊은 여자야."

루시아가 말했다. "우린 '영원한 사랑'과 '절대 순결'이라는 낡아빠진 깃발 아래서 자랐는데, 이제 하룻밤 불상난의 시대에 적응하며 살아야 해."

그러다가 자기가 내 기분을 풀어주고 있었다는 사실을 문득 떠올린 듯 말했다.

"자기야, 하지만 차이점은…… 우린 아주 인기가 많고, 아는 남자들이 무궁무진하고, 어디든 다닌다는 거야."

"그 남자들은 다들 우리랑 자고 싶어 하지." 내가 말했다. "그래서 저녁식사를 하러 오자마자 아침식사 때까지 머물 계획을 세우잖아."

"그것도 별로 중요하지 않아, 팻. 너도 알잖아. 네가 그냥 오늘 기분이 좀 저조해서 그래……. 오늘 뭐 입을 거니?"

나는 대답을 하고 옷을 입으러 갔다. 다시 아래층으로

내려왔을 때, 그녀가 마티니 두 잔을 만들어놨다. 한 잔 마시고 나니 기분이 한결 나아졌다.

그리고 맥스가 왔다. 그에게 마티니를 건네자, 그가 말했다. "범죄와 그 밖의 모든 쾌락을 위하여." 그는 건배할 때마다 항상 그렇게 말했다. 그런 다음 우리의 건강과 일에 대해 물었다. 그에게는 일이 중요한 것 같았다.

우리에게는 일이 중요하지 않았다. 우리 둘 다 광고업계에 종사했다. 루시아는 광고대행사에서 일했고, 나는 백화점 패션 카피라이터였다. 평균적으로 우리는 일주일에 각각 100달러 정도를 벌었고, 여기에 프리랜서 작업으로 자잘한 부수입이 있었다. 우리는 파크 애비뉴에서 우리가 '다락방'이라고 부르는 곳에 살았는데, 임대료가 한 달에 175달러였다. 나머지 돈은 대부분 옷을 사는 데 썼다. 저축은 한 푼도 하지 않았다.

루시아는 결혼 생활을 할 때는 저축을 했었다고 했다. 나도 그랬다. 한번은 '우리에게 집이 생겼을 때도 간직할 만큼 좋은' 카펫을 사기 위해 1년 동안 일주일에 5달러씩 저축하기도 했다. 피터가 떠난 뒤, 그 카펫을 40달러에 팔고, 그 돈으로 구두와 모자를 샀다.

결혼 생활을 할 때는 돈을 저축하고 향후 50여 년에 대한 계획을 세웠다. 나중에는 두 달 뒤의 계획도 세우지 않았다. 다 시간 낭비처럼 보였다.

맥스에게 들려줄 일에 대한 이야깃거리가 떨어지자, 우리는 그와 함께 칵테일파티에 갔다. 그는 젊은 세대를 관찰하는 것을 좋아했다. 그의 말에 따르면 그랬다.

우리가 아는 유대인은 많지 않았다. 맥스는 가장 좋은 유대인 중 하나였다. 그는 나이가 지긋한 사람이었는데, 마치 렘브란트 초상화 속 인물처럼 보였다. 고물 사업으로 백만 달러 정도를 벌게 되자, 자신사업에 기부를 받으려는 사람들의 주목을 받기 시작했다. 그는 체격이 우람한 아내가 있었는데, 아내를 무척 사랑했다. 하루는 자신의 아내가 글 쓰는 법을 배우고 있다고 자랑스럽게 말했다. 우리는 그것이 책을 쓴다는 의미일 거라고 잠시 생각했지만, 사실은 철자법을 배운다는 소리였다.

그는 우리 무리에 속한 사람이 아니었다. 사실 '무리'랄 것도 없었다. 그저 어울리지 않은 조각들이 모여 있는 것뿐이었다. 피터가 떠난 첫해에 내 약속 수첩에 적힌 이름들은 우리가 아는 사람들이 어떤 부류인지 잘 보여준다(수첩에 적힌 이니셜들이 누구를 말하는 건지도 잘 기억나지 않는다).

"저녁식사—리처드". 그는 신문사 일요판 특집 기사

편집자였는데, 3개월짜리 계약직으로 할리우드에 갔다. 현재 샌프란시스코에서 스포츠 기사를 쓰고 있다는 얘기를 들었다.

"H. R. G.—8시". 대박 난 연극 한 편과 망한 연극 두 편을 쓴 극작가. 망한 연극 중 하나의 초연을 보러 갔었다. 축제 분위기는 아니었다.

"데이비드—일요일 아침식사". 데이비드가 누구였더라? 이 막연히 불쾌한 느낌은 뭐지? 아, 맞다. 폭풍우 속에서 택시를 타고 가다가 격분한 나머지, 87번가에서 내렸던 그날 밤이었다. 데이비드는 러시아에서 소시지 케이싱을 수입했다. 이상한 직업이다.

"할—호보컨에 가서 야외에서 맥주 마시기". 그는 그냥 자기 마음이 아주, 아주 젊다고 생각하는 전직 대사였다.

"레너드—러시안 비어에서 8시". 그는 다정한 편이었다. 한때 로즈 장학생◆이었으며 주당 30달러를 받고 타블로이드 신문사에서 일하고 있었다.

"C. L. C.—리츠에서 7:15". 신세대 소설가. 그는 누가 묻지 않아도 항상 그렇게 말했다.

"도미닉—세실리아에서 저녁식사". 너무도 엄숙한 젊

◆ 옥스퍼드 대학교의 대학원생을 대상으로 하는 장학 제도로 수혜 기준이 까다롭기로 유명하다.

은 이탈리아인 의사였지만, 아르헨티나 전문 춤꾼처럼 춤을 췄다.

"제라드―브레부르트―6:30". 2류 금융인.

"켄-켄-켄". 그해의 대부분 적어도 일주일에 세 번은 켄을 만났다. 그는 내가 본 중에 가장 찬란한 황금색 머리를 가진 남자였다. 그의 이름을 보면, 그 머리 위로 반짝이던 할렘가 댄스홀의 불빛이 눈에 보이는 듯하다. 그는 영화계에서 최고의 미술감독이 되었을 만한 사람이었다. 그와 나는 싱싱할 수 있는 가장 사랑스러운 시간을 보냈지만, 그는 내게 한 번도 키스하지 않았다.

"존―사마르칸트에서 9시". 가스 공장과 엘크스 클럽 같은 곳에 벽화를 그렸다.

"네드―그의 집에서 6:30". 그는 출판업계에서 무슨 일을 했다. 나폴레옹을 수집하고, 기막히게 훌륭한 코냑을 내놓았다.

남자들과의 약속은 뭐 이런 식이었다. 여자들과는 약속이 많지 않았다.

III

루시아와 전처에 대한 대화를 나눈 시점은 피터가 자기 고모가 준 안락의자에 앉아 있는 나를 혼자 남겨두고 떠난 지 1년이 넘었을 무렵이었다.

나는 그 의자에 네 시간 반 동안 앉아 있었다. 피터를 태운 택시가 출발하는 소리를 들었을 때, 할아버지가 주신 밴조 시계를 보았기 때문에 정확히 안다. 6시 10분이었다.

옆에 뜯지 않은 담뱃갑이 있었다. 뜯다가 담배 두세 개가 찢어졌다. 나는 담뱃불을 붙이고 더 이상 피터가 없다는 사실을 인식하려 애썼다. 그런데 그러기는커녕, 오히려 우리가 함께했던 날들이 떠오르기 시작했다. 지난 일들이 빠르게 돌아가는 영화 장면처럼 머릿속을 획획 스치고 지나갔다. 다만 그것은 흑백이 아니라 생생한 총천연색이었고, 목소리와 냄새까지 있었다.

런던에서 보낸 겨울(우리는 영국에서 4개월, 그리고 파리에서 봄을 보내면서 결혼 축의금으로 받은 돈을 몽땅 써버렸다. 그 뒤에는 피터가 스타 기자가 되기 위해, 또는 연극을 무척 좋아하는 나의 제안대로 연극 비평가가 되기 위해, 오랫동안 열심히 일해야 할 것이기 때문이다), 점심을 먹은 뒤, 우리는 수표를 현금으로 바꾸러 폴 몰에 있는 브라운-십리 은행으로 부리나케 갔다. 그런 다음, 미국식 바인 로마노스에 주문 마감 시간인 2시 30분 전에 도착하기 위해 스트랜드 거리를 서둘러 걸었다. 우리는 보통 2시 25분에 헉헉거리며 문앞에 도착했다.

피터는 오후 내내 마실 수 있을 정도의 더블샷 스카치 위스키와 소다수를 한꺼번에 주문했다. 희미한 안개가 조금씩 스며들어왔다. 그때의 분위기가 떠올랐다. 안개 냄새와 스카치의 스모키한 향, 테이블에 깔려 있는 작은 슈웹스 소다수 병들에 반사되어 반짝이는 빛들, 그리고 내가 얼마나 예쁜지, 우리가 얼마나 즐거운 시간을 보낼 것인지, 그리고 모스크바와 부에노스아이레스, 부다페스트,

중국 등 우리가 멀지 않은 미래에 돈이 생기면 여행할 낯선 곳들에 대해 즐겁게 이야기하는 피터의 낮고 굵은 목소리.

그는 세 번째 하이볼을 마시면서 이런 말도 했다. "패티, 내가 자기한테 술을 제대로 마시는 법을 가르쳐줄게. 주변 남자들의 아내를 보면 술을 제대로 마실 줄 아는 경우는 흔치 않아. 좋은 스카치는…… 큰 슬픔이 닥쳤을 때 좋은 친구가 되어줄 거야……. 물론 내가 당신에게 큰 슬픔이 닥치도록 놔두지 않겠지만 말이야. 큰 슬픔도…… 아기도 없을 거야. 적어도 몇 년 동안은 아기를 낳지 말자. 당신은 너무 젊고 아름다워. 난 당신이 망가지는 게 싫어."

그러나 우리에게 집이 생긴 뒤 아기도 생겼다. 피터가 일주일에 45달러를 벌 때였다. 그는 무척 불안해했다. 늘 아기를 어떻게 부양할 것인지 걱정하거나, 그렇지 않을 때는 내가 얼마나 망가질지, 내가 다시 예뻐질 수 있을지를 걱정했다.

당시 그는 스물두 살이었고, 나는 스물한 살이었다.

우리 가족들은 우리가 고생하도록 놔뒀다. 그래야 젊은 사람들이 삶의 현실을 제대로 인식할 수 있게 된다고 생각했기 때문이다. 하지만 사실 가족들은 우리가 일주일에 75달러로 빠듯하게 생활하는 정도라고만 생각했다. 우리가 피터의 수입이 그 정도라고 말했기 때문이다.

아기가 생긴다는 생각에 익숙해지자, 나는 어쩌면 그것도 좋겠다는 생각이 들었다. 피터를 닮은 어린 아들을 갖게 된다면.

그는 말했다. "원룸에 살면서 아기를 어디서 재워야 하지? 우린 결코 단둘이 있을 수 없을 거야. 당신 시간을 몽땅 뺏길 거야. 아기는 끊임없이 씻기고 먹이고 얼러줘야 하잖아."

내가 말했다. "어쩌면 부엌에서 재울 수 있을 거야. 그리고 가족들의 집에 보내서 오래 지내다 오게 할게. 당신이 피곤하지 않게 말이야."

"맙소사. 아기들은 계속 울어대잖아. 안 그래?"

"모르겠어. 피터, 내가 그렇게 끔찍해 보여?"

"물론 아니지. 어쨌든 당신은 극복할 거라고 생각해."

나는 출산을 위해 보스턴에 있는 친정에 갔다. 피터가 비참한 얼굴로 도와주려고 애쓰는 모습을 보지만 않는다면, 어떤 일이 닥치든 한결 쉽게 견뎌낼 것 같았다.

아기는 아들이었다. 커다랗고 짙은 파란색 눈에 피터처럼 색이 엷은 머리카락이 솜털처럼 나 있었고, 체중이 3.8킬로그램이었다. 나는 아기에게 푹 빠졌지만, 중간중간 모든 에너지와 의욕을 상실한 듯 느껴지고 앞으로도 계속 그럴 것만 같은 무기력한 순간들도 있었다.

물론 피터는 아기를 보러 왔지만, 내가 다시 날씬해진 것이 너무 기뻐서 아기 이야기는 거의 하지 않았다. 다만 이렇게 말하기는 했다. "패트릭이라고 부르자. 당신 이름이 패트리샤니까. 그리고 아기가 다 클 즈음이면 패트릭이라는 이름이 꽤 드물어져서 다시 괜찮은 이름으로 여겨질 거야." 그래서 나는 그렇게 했다. 아기 이름을 패트릭이라고 붙이는 게 재미있다고 생각했다.

친정집에서 패트릭과 3개월을 보낸 뒤, 나는 피터도 만나고 아기를 키울 수 있는 아파트도 찾을 요량으로 혼자서 일주일 예정으로 뉴욕으로 올라왔다. 막상 아기가 태어나고 보니, 주방 해법은 적절하지 않아 보였던 것이다.

그런데 뉴욕에 올라오고 이틀 만에 아기가 죽었다.

다시 피터에게 돌아왔을 때, 우리는 심하게 돈에 쪼들렸다. 피터는 내 병원비를 대기 위해 돈을 빌렸었다. 우리가 비용을 댈 수 없다는 것을 가족들에게 알리고 싶지 않았기 때문이다. 그는 일주일에 10달러를 더 벌 것을 기대했지만 5달러밖에 더 벌지 못했다.

우리는 그다지 행복하지 않았다. 가끔 그가 피곤할 때

는 내가 아기 때문에 너무 많이 운다며 짜증스러워 했고, 나는 그가 아기 때문에 전혀 슬퍼하지 않는 것 같아 늘 막연한 원망을 품고 있었다.

어느 정도 시간이 지난 뒤 상황이 나아졌다. 우리가 아주 가난하다는 것을 알게 된 가족이 우리 생일 때 수표를 보내주었고 그 돈으로 빚을 갚았다. 우리는 그리니치 마을 서쪽 경계의 아파트로 이사했다. 그 집은 옥상이 있었는데, 8월의 더운 밤이면 그곳에 앉아 예전처럼 우리가 머지않아 갈 곳들과 할 일들에 대해 얘기하곤 했다(그러나 그 시기가 1년 전에 생각했던 것만큼 빠르지는 않을 것 같았다).

길 건너에 사는 남자가 쇼팽을 기가 막히게 연주했다. 나는 피터의 어깨에 머리를 기대고 앉아 연주에 귀 기울이며 평온함을 느꼈다.

하루는 그가 말했다. "패티, 예산을 좀 조정해야겠어. 내 구두 한 켤레를 포함시켜야 할 것 같아. 옆구리가 터진 데다 밑창까지 닳아버렸네."

"참 대참사네, 피터. 한 달 동안 얼음 배달부와 세탁소 배달부가 동시에 불평 없이 조용히 지나간 적이 없어. 그런데 남자 구두가 얼마나 해?"

"자기야, 예전에 내 구두를 살 때 지불했던 돈이랑 요즘 한 켤레 사는 데 드는 돈은 전혀 달라."

다음 날은 이렇게 말했다. "6달러짜리 구두를 봐뒀는데, 썩 나쁘지는 않아 보였어. 우리가 이번 주에 3달러, 다음 주에 3달러씩 떼어둘 수 있을까?" 그는 닳아버린 구두 밑창에 넣기 위해 마분지를 오리고 있었는데, 무척 쾌활해 보였다.

나는 너무 슬펐다. 가엾은 피터. 그는 항상 캐주얼하지만 세련되게 옷을 입고 다녔었다.

그 2주 동안 새 구두는 큰 사건이 되었다.

두 번째 지불일이 되기 전날 밤, 그가 쾌활하게 집으로 돌아와서 말했다. "해리슨 삼촌이 사무실로 전보를 쳤는데, 7시에 브레부르트 호텔로 오셔서 우리를 근사한 저녁 식사에 데려가시겠대, 팻. 서둘러서 옷 입어. 내일이었으면 좋았을 텐데. 괜찮은 구두를 신을 수 있게." 기다리는 2주 동안, 그 구두는 '썩 나쁘지 않은' 상태에서 '괜찮은' 상태로 격상했다.

나는 옷을 입었다. 혼수로 가져온 옷들 중에 입을 만한 두 벌 중 하나를 골랐다. 하지만 나는 이렇게 말해야 했다. "피터, 어느 쪽이 더 나아? 안쪽에 올이 크게 풀린 스타킹이랑 아니면 뒤쪽에 중간 크기의 올 풀림이 있는 스타킹 중에?"

"맙소사, 여보. 스타킹이 전부 닳았어?"

"그런 것 같아."

우리는 안쪽에 올이 나간 스타킹을 선택했고, 그의 삼촌과 함께 더없이 멋진 저녁식사를 했다.

다음 날 피터가 뭔가 쑥스러운 듯한 모습으로 들어왔다. 나는 사랑스러운 구두를 찾았지만, 그는 새 구두를 신고 있지 않았다. 대신 작은 꾸러미를 들고 있었다. "선물을 샀어, 패티." 그가 말했다. 나를 위해 스타킹 세 켤레를 산 거였다.

다음 주에 피터의 주급이 10달러 인상되었다. 다음 달에는 내가 《뉴욕 타임스》에 실린 카피라이터를 구하는 광고를 보고 연락했고, 경력을 살짝 부풀려서 주급 40달러에 일자리를 구했다. 내가 일을 배울 때까지, 처음에는 피터가 나 대신 전날 밤에 다음 날 치 광고를 써주었다.

갑자기 우리는 가정부를 둘 돈이 생겼다. 피터가 집에 들어오는 길에 한잔할 수 있는 여유도 생겼다. 그리고 우리 둘 다 밤마다 외식을 하고, 파티를 위해 진을 구입할 수 있었다.

그 후에 우리 관계가 지속된 기간은 불과 1년이었다.

피터와 나는 둘 다 술을 잘 마셨다. 다시 말하면, 피터는 술을 마셔도 시끄럽게 소란을 피우지 않았고, 나는 실실 웃으며 풀어진 모습을 보이지 않았다. 우리 둘 다 밤이 끝날 무렵 창백한 모습으로 해롱해롱하며 아무 침대에나 널브러진 모습으로 발견되는 일이 없었다. 하지만 그렇다고 그가 세 잔을 마셨을 때보다 여덟 잔을 마셨을 때 함께 춤추는 여자에게 몸을 더 밀착하지 않았다는 얘기는 아니었다. 그리고 내가 술의 잔 수에 따라 비례적으로 거의 모든 남자의 시시한 얘기에 더 흥미롭게 반응하지 않았다는 얘기도 아니었다.

우리는 여전히 서로를 사랑했고 극도로 질투했지만, 그런 질투심을 결코 인정하지 않았다. 그런 질투가 너무 심하게 구식처럼 느껴졌기 때문이다. 피터는 내가 타지에서 온 옛날 친구와 함께 자신이 데려갈 여유가 없는 곳들에 가서 저녁식사도 하고 춤도 추도록 권했다. 내가 좋은 시간을 보내기를 바라는 마음에서였다. 그리고 그는 다소 오해를 살 여지가 있는 예쁜 유부녀들 두어 명과 어울리게 되었다. 그들은 브리지 게임을 할 때 네 번째 멤버로, 또는 차를 함께 마실 상대로 그를 불렀다. 나는 그런 것들이 그에게 즐거움이라고 생각했다.

그러나 우리는 질투했다. 한번은 그가 어느 파티에서 어느 매력적인 여자의 어깨에 입 맞추는 모습을 목격했을 때, 나는 아무 말 하지 않았지만 속으로 원망했다. 그리고 내가 뉴저지에서 사소한 자동차 사고가 났던 날 밤, 새벽 5시에 옷매무새가 흐트러진 채로 나타났을 때, 그는 현대적인 남편처럼 침착하고 여유로운 태도를 보였지만, 눈빛은 분노로 타오르고 있었다.

그런 종류의 일들은 점점 수위가 높아지기 마련이다.

내가 일주일간 바닷가에 가 있을 때, 피터가 불행한 유부녀들 중 한 명과 하룻밤을 보냈다. 그는 그 사실을 내게 말했다. 그와 나는 뭐든지 솔직하게 말한다는 방침을 확고하게 지켰다. 나는 그 일로 소란을 피우지 않았다. 하지만 그날 이후 피터에 대한 감정이 결코 예전과 같지 않았다.

외도를 한다는 것은 당시로서는 상상도 못 할 일이었다. 하지만 그 사건 이후 두세 달 뒤에 나는 외도를 했다.

피터는 일요일까지 필라델피아에 가 있었다. 리키가 전화를 걸어서 평소처럼 셋이 함께 토요일 밤에 맥주를 마시거나 외식을 하면 어떻겠냐고 물었다. 나는 그에게 피터가 집에 없다고 말했고, 그러자 그는 나를 데리고 나가서 즐겁게 해주겠다고 했다. 그런 식의 일은 전에도 수십 번 있었고, 그중 상당수는 리키와 함께였다.

그는 피터의 가장 오랜 친구 중 하나였다. 사립 고등학교 때 같은 반이었던 것을 시작으로 인연이 이어졌다. 리키는 아주 매력적인 사람이었다. 그는 나를 좋아했다. 우리는 자주 함께 춤을 추었고, 저녁을 보내면서 한두 번은 그가 내게 살짝 입을 맞추기도 했다. 피터도 그것을 알았다. 그날 리키가 나에 대해 여느 날보다 특별히 큰 욕심을 품었다고 생각하지는 않는다.

우리는 슬럼가 탐방을 하고 싶었고 할렘가에 갔다. 그러나 그날 저녁은 날이 너무 덥고 습했고, 할렘은 사람들로 붐벼서 끈끈했다. 그래서 리키가 말했다. "우리 집으로 갑시다. 내가 시원하게 마실 걸 만들어줄게요. 축음기로 교향곡도 좀 듣고. 그편이 훨씬 평온할 거예요."

반대할 이유가 없어 보였다. 아직 이른 시간이었고, 어차피 졸리지도 않았다.

리키가 진 피즈 칵테일을 만들었다. 우리는 한동안 창가 자리에 앉아 워싱턴 스퀘어의 풍경을 감상했고, 음악을 들으며 진 피즈를 좀 더 마셨다. 내 기억에 따르면, 우리는 골즈워디와 웰스, 베넷에 대해 이야기했다. 나는 립스틱을 새로 바르기 위해, 그의 침실로 들어갔다. 그런데 그가 들어왔고 나에게 키스하고 싶은 충동을 느꼈다. 나도 그에게 키스했다. 나는 리키를 아주 많이 좋아했다.

그런데 그때, 리키가 갑자기 야성적으로 돌변했다. 그게 여름밤이기 때문이었는지, 육체적 끌림 때문이었는지, 아니면 칵테일 때문이었는지는 별로 중요하지 않다. 처음에 나는 그냥 깜짝 놀랐다. 그리고 다음 순간 화가 나서 이렇게 말했다. "리키, 이거 당장 멈춰요." 여기서 구체적으로 '이거'란 그가 내 입에 키스하는 것을 멈추고 목에 키스하기 시작한 것을 말했다.

그는 멈췄고, 한동안 내 어깨에 팔을 두른 채 서 있었다. 나는 그를 올려다보았다(그는 나보다 30센티미터쯤 더 컸다). 그는 상냥한 갈색 머리의 젊은이였다.

"미안해요." 그가 말했다.

"그런 비극적인 얼굴 하시 말아요, 리키. 누가 그런 표정을 짓는다고 우쭐해질 줄 알아요?" 그러자 그가 웃었고, 다시 키스했다. 잠시 후 모든 것이 다시 시작되었다.

그러나 그 순간 나는 크게 저지하고 싶은 마음이 사라졌다. 호기심이었을까? 아니면 욕망? 피터는 실험을 했는데 나라고 못 할 게 있나 싶은 마음? 그것이 모험일 거라는 생각? 지금은 기억나지 않는다. 너무 많은 것들이 개입되어 있었다.

나는 6시에 깨어났다. 잠들어 있는 리키는 무척 평화로워 보였다. 그 매력적인 얼굴은 어느 각도에서 봐도 악당처럼 보이지 않았다.

피터를 생각하니 갑자기 토할 것 같았다. 그래서 조용히 일어나 샤워를 하고 옷을 입었다. 리키는 여전히 잠들어 있었다. 나는 쪽지를 남겼다. 쪽지 내용도 기억난다.

"리키에게. 히스테리를 부리는 건 아닌데, 아무리 생각해도 아침을 먹으면서 무슨 말을 할지 떠오르지 않네요. 조만간 우리한테 연락해요."

집에 도착하자마자, 나는 히스테리를 부렸다. 착한 여자였던 모든 조상 유령들이 내 주위에 둘러앉아 나를 저주하는 것 같았다. 이어서 나는 피터의 문제를 생각했고, 더 히스테리를 부렸다. 배가 몹시 고팠다. 그래서 앨리스 멕콜리스터 커피숍에 가서 푸짐한 아침을 먹었다.

피터는 저녁 6시에 집에 올 예정이었다. 4시쯤 되었을 때, 나는 그에게 사실을 말하기가 두렵다는 것을 깨달았다. 이론상으로는 현대적인 젊은 남편이지만, 그에게 아내의 외도 사실을 직면하게 하는 것은 나로서는 도저히 할 수 없는 일이었다.

그래서 내가 한 일은 다시 목욕을 한 거였다. 그런 다음 조심스럽게 표정을 관리하며, 고백 대신 차와 머핀으로 그를 맞이했다. 우리는 외식을 나갔다가 우연히 리키와 마주쳤다. 그와 피터는 평소처럼 한때 같은 팀에서 활동했을 때를 떠올리며 저녁 시간을 보냈다. 나는 이야기를 들으며 삶이 그렇게 단순하지 않다고 생각했다. 그런 생각이 든 것은 아마도 그때가 처음이었을 것이다.

나는 설령 피터에게 말한다 해도, 상대가 리키라는 사실만큼은 말할 수 없다는 것도 깨달았다. 아내와 절친한 친구라는 구도는 특별히 끔찍했다. 게다가 피터가 지극히 전통적인 방식으로, 아내를 타락의 길로 이끈 남자를 두들겨 패야 한다고 생각할 수도 있었다. 그런데 그가 자신보다 덩치가 훨씬 큰 리키를 두들겨 팰 수는 없을 것 같았다. 그렇게 되면 피터의 굴욕감만 더 커질 터였다.

이 모든 게 우스꽝스럽게 들린다는 걸 나도 안다. 마치 그때 내가 그 일을 하나의 촌극처럼 취급하려 한 것으로 보일 것이다. 그런데 사실은 그렇지 않았다. 그때 내 마음은 불안과 후회와 당혹감으로 뒤범벅되어 있었다. 그러나 시간이 흐르면서 그런 감정들은 희미해졌다. 지인들의 성적인 모험에 대해 이야기할 때는 전적으로 타당해 보였던 실험의 권리와 다양한 경험의 바람직함에 대한 모든 이론들이 막상 피터와 내가 관련된 결정에서는 전혀 도움이 되지 않는다는 사실에 놀랐던 것만 기억난다.

또한 내가 피터와 결혼한 지 2년이 넘었는데 그가 이 문제를 어떻게 받아들일지 조금도 몰랐다는 것도 놀라웠다. 그가 나를 총으로 쏘는 것도 가능하다고 생각했다. 하지만 그러지 않고 나를 영원히 떠날 가능성이 더 컸다. 하지만 이 모든 것이 얼마나 우연적인 일인지를 이해할 가능성도 있었다.

일주일이 지나갔다. 나는 낮에는 광고 문안을 쓰고 저녁에는 춤을 추러 다녔고, 피터에게 '잘하려고' 노력했다. 그가 마음에 들어 하는 모자를 사주었고, 아침식사 때 그가 좋아하는 음식을 차려주었으며, 저녁을 먹을 때도 그가 좋아하는 레스토랑에 가자고 제안했다.

그리고 그가 키스할 때마다 눈물이 날 것 같았다.

그래서 나는 그 주가 끝날 무렵 그에게 말하고 말았다. 나는 적절한 순간을 기다리지 않았다. 물론 적절한 시간이란 결코 오지 않았을 것이다. 다정하고 느긋하게 일요일 아침식사를 마칠 무렵, 나는 사실을 털어놓았다. 그 순간에는 무슨 일이 벌어지건 그냥 아무 일도 없었던 척 살아가는 것보다는 차라리 나을 것 같았다. 심지어 나는 비교적 쾌활했다.

나는 와플을 다 먹고는(피터가 좋아하기 때문에 만든 와플이었다) 생각했다. '내 평생 와플을 또 먹는 일은 없을 거야.' (그리고 정말로 먹지 않았다.)

그리고 피터에게 커피를 두 잔째 따라 주며 생각했다. '내 손이 차갑지만 떨리지는 않네.' 담뱃불을 붙이며 생각했다. '아침식사용 방이 있으니 참 좋군.'

그리고 벽걸이 거울에 비친 피터와 나를 보며, 우리 둘

다 외모가 정말 매력적이라고 생각했다(금발 머리의 피터는 군살 없이 탄탄한 몸 위로 낡은 자주색 실크 가운을 걸친 편안한 모습이었고, 검은 머리에 피부가 하얀 나는 작은 몸 위에 상대적으로 화려한 청록색 네글리제를 입고 있었다).

우리 둘이 거기 앉아 있는 게 보이는데도 그것이 피터와 나처럼 느껴지지 않았다. 마치 먼지 낀 유리창을 통해 길 건너편 문가에 앉아 있는 낯선 두 사람을 보는 것만 같았다.

나는 농담조로 가볍게 말하려고 노력했다. "피터, '아내의 고백 쇼' 타임을 가질까 해."

그는 걱정스러워 보였다. "맙소사, 자기, 혹시 외상으로 모피 코트라도 산 거야?"

"그보다 더 심한 거야."

"그럼 실직해서 우리가 다시 청빈한 상태로 돌아가야 하는 거야?"

"지금 농담할 때가 아냐, 피터."

그의 목소리가 바뀌었다. "미안, 패티. 뭔데……? 너무 걱정스런 표정 짓지 마. 설마 내가 당신을 때리겠어?"

나는 숨을 길게 들이쉬었다. "내가 외도를 저질렀어." (외도……. 얼마나 이상한 말인가.)

나는 그를 볼 수 없었지만, 봐야만 했다. 나는 항상 피터의 침착함에 감탄했다. 이제 그는 아무 표정 없는 얼굴로…… 하지만 무섭도록 조용하게 앉아 있었다.

"패티…… 혹시 장난하는 거야?"

"아니." 내가 무슨 짓을 한 걸까……. 그는 무슨 생각을 하고 있을까?

"어쩌다 그런 일이 일어났어?" 그의 목소리는 무척 차분했다.

나는 리키에 대해 말할 수 없었다. 무엇을 말하고 무엇을 말하지 않을지 계획한 건 없었다. 그가 무엇을 물어볼지도 생각한 적이 없었다. 이런…….

"술에 취해 있었어, 피터." 얄팍한 거짓말이었다. 그는 내가 그렇게까지 취하지 않는다는 걸 알았다.

하지만 그는 그냥 넘어갔다. "상대가 누구야, 패티?"

(시간을 벌어야 해. 어디서 전화가 오거나 하면 생각할 시간이 생길 텐데.)

"난 당신이랑 함께 있었던 여자의 이름을 묻지 않았어." 물론 어차피 알긴 했다.

"그건 상관없는 일이야."

그가 그렇다고 느낀다면 그런 거였다.

("리키"라고 말하면 안 돼……. 최근에 이곳을 떠난 사람이 있을까……? 아니, 누구 이름도 말해선 안 돼.)

"누군지 말해, 패티." 그는 리키를 15년 동안 알고 있었고…… 나를 제외하면 누구보다 리키를 아꼈다. 나는 리키를 아끼지 않았다. 정말로 그가 어디에 가서 죽든 말든 상관없었지만, 피터에게 그토록 지독한 굴욕감을 안겨줄 수 없었다.

그가 내 손을 잡으며 말했다. "그렇게 겁먹은 표정 짓지 마, 자기. 내가 이해하려고 노력해볼게." 훨씬 더 나이든 사람의 목소리 같았다.

"하지만 누구인지는 말해줘야 해. 그 남자에게 할 말이 있어."

(시간을 벌자……. 생각할 시간을.)

"피터, 당신 좀 고루해졌네."

그 방법은 통하지 않았다.

"그런가 봐. 제발 얼버무리지 말아줄래?"

나는 이성을 잃었다. 마치 타블로이드판 신문에 나오는 전형적인 여자 살인범처럼, 그 순간 총성이 들리는 듯했다.

나는 이렇게 말하고 있었다. "그래 봐야 소용없어. 사실…… 한 명이 아니거든."

그가 테이블에서 커피 잔을 떨어뜨렸다.

"미안. 내가 실수했어. 계속 말해……. 무슨 말을 하고 있었지?"

"피터, 당신은 모르겠지만, 가끔 파티에서 정신이 흐릿해질 만큼 술을 마셨어⋯⋯. 통제를 잘 못하는 거 같아. 한동안 이 상태가 이어졌어⋯⋯."

(그에게 날짜를 확인할 틈을 주지 말아야 해.)

"당신에게 말하고 싶었지만 감히 엄두가 안 났어⋯⋯. 그리고 물론 친정에 가든 이혼을 하든 당신이 원하는 대로 할게." (아, 그가 내 말을 믿어야 할 텐데. 아니, 믿지 말아야 할 텐데.)

그가 상처받은 것처럼 입을 움직였다. "그렇게 빨리 말하지 마, 패티."

나는 말을 딱 멈추었다. 그는 내 말을 믿을 것이다. 항상 그랬으니까. 그때까지 그에게 거짓말을 한 적이 없었다.

그가 일어섰다. 그리고 인간미가 전혀 느껴지지 않는 목소리로 말했다. "난 항상 당신이 세상에서 가장 깨끗한 사람이라고 생각했어."

내가 울기 시작했다. 눈물이 통할 거라고 생각해서가 아니라 어쩔 수 없었기 때문이었다.

"그러지 마, 패티." 그가 다시 아주 부드럽게 말했다. "내 말 들어봐. 나를 위해 뭘 좀 해줄래?"

내가 말했다. "응."

"잠시 앉아서 책을 읽을래? 착한 아이처럼……. 다 괜찮아……. 그냥 혼자 있고 싶어서 그래."

나는 앉았다. 그는 침실로 가서 문을 닫았다. 나는 책 속에 인쇄된 사진들을 보며 눈물을 뚝뚝 떨어뜨렸다. 그것이 우스운 짓이라는 걸 알았다.

문득 이런 생각이 들었다. '어쩌면 피터가 자살할지도 몰라. 말려야 해.' 나는 침실 문을 살짝 열었다. 그는 내 소리를 듣지 못했다. 침대에 얼굴을 묻고 엎드린 채 흐느껴 울고 있었다.

내가 피터의 우는 모습을 본 건 그때가 처음이자 마지막이었다.

감히 들어갈 엄두가 나지 않았다. 그래서 다시 나와서 거실 벽을 응시했다. 크림색 벽이었다. 장식을 다시 할 필요가 있었지만, 절실하게 필요한 정도는 아니었다.

잠시 후 피터가 샤워를 하는 소리가 들렸다. 그가 들어왔다. 겉보기엔 괜찮아 보였다. 아니, 거의 괜찮아 보였다.

"팻, 할 말이 있어. 짧게 할 테니까, 내 말 자르지 말아줘. 자기는 무척 매력적인 젊은 여자인데, 난 자기를 전혀 돌보지 못했어. 술을 마시거나 그런 비슷한 걸 하도록 부추겼지. 이 쇼는 나 때문에 벌어진 일이야. 다시는 이 얘기를 하지 말자. 그냥…… 당신이 또 그러지만 않는다면.

안 그럴 거지?"

"당연하지. 절대 안 할 거야. 하지만 그건 당신 잘못이 아니야. 당신은 나를 믿어줬어."

"더 중요한 건, 만일 내가 당신을 좀 더 보살폈다면……. 자, 여보, 샤워하고 옷 입어. 내가 칵테일을 만들게. 한두 잔 마시고, 리키에게 전화해서 뭐 하고 있는지 물어보자."

나는 옷을 입었고, 우리는 각자 맨해튼을 두 잔씩 마시고 리키를 만나러 갔다. 리키는 하이볼을 만들어줬다. 내가 첫 잔을 마신 뒤, 피터가 내 잔을 빼앗아갔다. "이 아가씨가 요즘 술을 좀 줄이고 있어. 신경에 안 좋거든." 그가 말했다. 리키는 놀란 것 같았지만 아무 말 하지 않았다.

그와 피터는 술에 취해 축구 얘기를 했다.

2주 뒤 나는 피터에게 말했다. "그런데 말이야, 혹시 다시 생각해보니까 그 쇼 때문에 내가 친정에 갔으면 좋겠다거나 그런 생각이 들면 나한테 말해줘."

그가 말했다. "그 일은 잊어, 우리 천사. 난 잊었어." 그는 잊지 않았지만, 나는 그 얘기를 다시 꺼내지 않았다.

이후 우리는 아주 평화로운 석 달을 보냈다. 사소한 변화는 있었다. 피터는 내가 술 마시는 것을 검열했고, 보스턴에서 알고 지내던 빌 마틴이 뉴욕에 와서 옥상 댄스파티에 가자고 청했을 때, 피터는 내가 안 갔으면 좋겠다고 했다.

나는 조금도 마음이 상하지 않았다. 나는 이 모든 일이 있기 전에도 피터를 사랑했고, 이 일이 있고 나서는 두 배 더 사랑했다. 나는 그가 놀랍도록 잘 처신하고 있다고 생각했고, 지금도 그렇게 생각한다.

나는 생각했다. '피터에게 항상 상냥하게 굴고 최대한 예쁘게 보여서 보답해줘야지. 그의 모든 이야기를 잘 들어주고 더 이상 사치를 부리지도 않을 거야.' 나는 많이 성장한 기분이 들었다.

어느 날 피터가 말했다. "이제 보니 당신은 가장 사랑스러운 결혼 상대자가 되어가고 있네. 그냥 완벽한 아내야."

그때 나는 정말로 다시금 행복을 느꼈다.

그로부터 일주일 뒤 힐다 자비스가 뉴욕에 왔다. 그녀의 성격에 대한 내 모든 판단은 기본적으로 부정확할 수밖에 없을 것이다. 한번은 힐다가 제 딴에는 친절하게 군답시고 내가 왜 피터에게 해로운 여자인지 설명한 적이 있었다. 내게 도덕관념이 없어서 도덕관념이 있는 사람들을 이해하지 못한다는 거였다.

나는 그녀에게 정말 그럴지도 모르지만, 내 왼손 엄지손톱에 있는 남자에 대한 감각이, 65킬로그램 나가는 그녀의 몸 전체에 있는 남자에 대한 감각보다 낫다고 응수했다.

우리의 모든 대화는 이처럼 본질을 벗어나고 악의적이 되었다. 생각해보면, 우리는 같은 언어로 말한 적이 한 번도 없었다. 보스턴에서 이웃으로 살던 시절에는 그것이 중요하지 않았다. 그때 우리가 나눈 이야기는 전부 책과 옷, 그녀의 주느비에브 고모에 대한 내용들뿐이었기 때문이다. 그녀는 고모에게 무척 잘했다.

다시 시도해보겠다……. 힐다는 사고방식이 경직된 것처럼, 관절도 조금 경직되어 있었다. 그녀는 체격이 좋고, 손재주와 발재주도 좋았다. 매끄럽고 긴 갈색 머리에 눈은 파란색이었다. 볼연지를 발랐다면 그 눈이 훨씬 더 깊어 보였을 것이다. 하지만 그녀는 볼연지를 바르지 않았다. 그녀는 매우 순수한 아가씨였다. 단순하고 소박한 남자와 결혼해서 상냥한 아내가 되었어야 할 사람이었다. 물론 순한 아이 두 명을 낳았다면, 몸이 많이 불었을 것이다.

그렇다. 나는 그녀를 싫어한다. 그녀는 내게 미덕의 상대성에 대해 설득했다. 즉, 어떤 여자가 스무 명의 남자에게 잠자리를 하자는 제안을 받았는데 그중 열아홉 명의 제안에 응하지 않았다면, 순전히 비율로만 따졌을 때, 한 명에게만 제안을 받아서 그것을 받아들인 여자보다 훨씬 더 도덕적이라는 거였다.

그녀는 결혼하지 않았다. 병약한 고모가 돌아다니며 남자를 만나는 것을 허락하지 않았기 때문이다. 그녀는 고모에게 무급 간호사였고 말동무였으며 비서였고 가정부였다. 그녀는 따분한 삶을 살았고, 나의 제안으로 뉴욕에 있는 우리 집에 석 달 간 방문하게 되었을 때 극도로 기뻐했다(고모가 플로리다로 소내를 받았는네 일다는 조대받지 못했다).

피터와 나는 둘 다 급료가 인상되었고, 여분의 침실이 있는 아파트를 얻었다. 그래서 내가 그녀에게 놀러 오라고 제안할 수 있었던 것이다. 그녀는 우리의 첫 손님이자 마지막 손님이 되었다.

처음에는 그녀가 우리 둘 다를 조금 못마땅하게 여겼다. 칵테일과 담배, 대화 내용 때문이었다. 피터는 그녀의 태도에 조금 따분함을 느꼈다. 그러나 우리가 유쾌한 이탈리아 레스토랑에 두어 번 데려간 다음부터, 그녀는 새로운 체험을 해보기로 작정했다. 레드와인 두 잔을 마시는 동안 그녀는 이제 막 피어난 꽃봉오리 같았다. 나는 그 모습이 사랑스럽고 조금은 애처롭다고 생각했다. 그동안 인생의 즐거움을 거의 모르고 살아온 것이 여실히 드러났기 때문이다.

어느 날 저녁 피터는 그녀가 프랑스 시를 멋지게 읽고 있는 것을 발견하고 기뻐했다. 그것은 그가 열정적으로 좋아하는 취미 중 하나였다. 나는 불어를 읽을 줄 알았지만, 불어 선생들이 별로여서 발음은 형편없었다. 그 둘은 즐거운 시간을 가졌다. 프랑수아 비용으로 시작해서, 그 이후로도 이런 시간은 내가 일하는 동안 일주일에 두세 번씩 이어졌다(당시 나는 비버 코트 살 돈을 벌기 위해 일시적으로 두 건의 프리랜서 광고 일을 맡았고, 그래서 이 부업에 시간을 할애해야 했다).

힐다는 프랑스 시인들보다 피터를 더 사랑하게 되었다. 나는 이해할 만한 일이라고, 걱정할 것은 없다고 생각했다. 그녀는 어떤 남자와도 피터만큼 오랜 시간을 함께 보낸 적이 없었고, 피터는 아주 매력적이었다. 피터는 이제 그녀를 좋아했다. 그녀는 무척 얌전하고 상냥하고 예의 발랐다.

나는 힐다의 문제를 능숙하게 해결할 생각이었다. 우리가 아는 남자들 중에 그녀를 매력적이고 너무 지루하지 않다고 느낄 만한 사람이 누구일지 생각해낸 뒤, 자주 초대해서 어떤 악영향도 없이 피터를 향한 그녀의 애정이

자연스럽게 옮겨 가도록 유도할 계획이었다.

하지만 나는 극도로 바빴고, 항상 피곤했다. 그래서 그 일을 무심코 흘려버렸다. 그녀가 점점 더 피터에게 열중하고 있다는 것은 알았다. 그녀가 눈에 띄게 내게 무례하게 굴기 시작했기 때문이다. 그녀는 항상 내가 바르는 립스틱의 양과 목이 깊이 파인 옷, 짧은 치마 길이에 대해 잔소리를 해댔다. 나는 짜증이 좀 났지만, 너무 바빠서 크게 신경 쓸 겨를이 없었다.

이느 비 오는 금요일 저녁, 나는 피터와 힐다가 시를 낭송하는 시간에 불쑥 끼어들거나, 이 시간 동안 리키와 함께 저녁을 먹거나 둘 중 하나를 선택할 수 있었다. 이 시기에 리키는 피터가 나와 함께 저녁 먹는 것을 기꺼이 허락하는 유일한 남자였다. 피터로서는 충분히 논리적인 판단이었다. 리키는 그의 가장 오랜 친구였고, 그가 가장 신뢰하는 사람이었다.

리키와 나는 우리 사이에 있을 수 있었던 민망함과 어색함을 이미 해결한 상태였다. 그는 기회가 생기자마자 10분 만에 내게 피터 때문에 그런 일이 생긴 것이 유감스럽다고 말했다. 그는 내가 남편에게 무엇을 말했는지, 뭐든 말하긴 했는지 몰랐다. 하지만 그날 일어난 일이 후회할 만한 사고였다는 것을 인정함으로써, 그와 나는 다시

편한 사이가 되었다.

그래서 '시 낭송의 밤'에 청중이 되는 것과 리키와 저녁을 먹는 것 사이의 선택에서, 나는 리키를 택했다. 나는 피터에게 전화를 걸어 11시경에 집에 갈 거라고 말했다. 피터는 힐다를 데리고 저녁을 먹으러 나갔다.

11시가 되기 전에 힐다는 내 인생을 뒤흔들어 놓았고, 그렇게 함으로써 기독교도의 의무를 다했다고 생각했다. 하지만 나는 그녀가 자신이 원하는 것을 얻기 위해 그날 저녁 손에 쥐게 된 무기를 비양심적으로 휘둘렀다고 생각한다.

피터는 술에 취해서 내 이야기를 하기 시작했다. 힐다는 나를 충동적이고 불안정한 사람 취급하며 점점 잘난 척을 했다. 피터는 나에게 받은 아직 치유되지 않은 깊은 상처 때문에 이 안정적이고 '착한' 여자에게 위로받고 싶었고, 그래서 점점 속마음을 털어놓기 시작했다. 충분히 이해할 만한 일이었다.

그는 힐다에게 내가 충동적이고 불안정하다고 말했고, 그래서 네다섯 명의 남자와 외도를 저질렀다고 말했다.

피터는 힐다의 고모 주느비에브를 만난 적이 없었다.

힐다가 착한 여자와 나쁜 여자, 흑과 백, 옳고 그름, 선과 악에 대한 이분법적 구분을 굳게 믿도록 길러진 것도,

그녀가 살면서 절대적인 것에 대한 확신을 흔들어놓을 만한 경험이 없었다는 사실도 알지 못했다.

그녀는 말했다. "가엾은 피터. 패티는 전적으로 가치 없고 난잡한 여자예요. 당신을 만나기 전에 보스턴에서도 몇 명의 남자와 관계를 맺은 게 분명해요. 어쩌면 패티는 자기도 어쩔 수 없는 건지도 몰라요. 하지만 피터, 당신은 명예와 신의를 지키는 걸 이해하잖아요. 패티가 다시 실망시키기 전에 어서 마음에서 몰아내야 해요."

(별거 아닌 것으로 보일 수도 있는 일이었다. 어쩌면 힐다는 자신의 말이 진실이라고 믿었을 것이다. 피터의 말만 들어보면, 나는 '나쁜' 여자였으니까. 하지만 피터가 힐다에게 무슨 말을 들었는지 설명해준 건 2년이나 지난 뒤 우리가 함께한 흔치 않은 저녁식사 자리에서였다.)

그녀가 피터에게 한 말은 진실이 아니었다. 나는 피터를 만나기 전에 누구와도 관계를 맺지 않았다.

1925년 그 가을 저녁, 나는 평온하고 들뜬 기분으로 집으로, 피터에게로 돌아갔다. 그러나 그는 이미 나를 마음에서 정리한 후였다. 나는 그 이유를 몰랐다. 만일 알았다면 아마 도움이 되었을 것이다.

나는 혼자 문을 열고 집으로 들어갔다. 아파트는 어두

웠다. 나는 옷을 벗으며, 몸을 뒤척이는 피터에게 말했다. "오늘 리키하고 아주 재밌는 쇼를 봤어."

그가 말했다. "당신이 뭘 봤건 관심 없어."

나는 생각했다. '아주 짜증이 많이 났네……. 힐다와의 저녁이 지겨워진 걸까? 뭔가 조치를 취해야겠어.' 그리고 잠자리에 들었다.

다음 날 집에 돌아왔을 때, 피터는 내게 이혼을 요구했다.

아무 설명도 없이, 그냥 그렇게.

나는 말했다. "좀 놀랍네. 왜?"

그가 말했다. "힐다와 결혼하고 싶어서." (힐다는 그날 저녁 일부러 자리를 비웠다.)

나는 우리 중 하나가 미쳤다고 생각했고, 그게 나라고는 믿지 않았다.

"왜 갑자기 힐다랑 결혼하고 싶은데?"

피터가 말했다. "힐다가 순수하기 때문이야. 당신은 그게 무슨 의미인지 조금도 모르겠지."

이 모든 일이 모자와 코트를 벗기도 전에 일어났다. 나는 옷을 벗지 않고, 다시 밖으로 나갔다. 강둑을 따라 긴 산책을 하며 생각을 정리하려 했다.

나는 피터가 힐다에게 나의 외도에 대해 말했고, 힐다

가 그것을 이용했을 거라고 결론 내렸다. 또한 몇 달 전에 그가 이혼을 원했다면 떠났겠지만, 지금 힐다 때문에 떠날 수는 없다고도 결론 내렸다. 그에게 선과 악에 대한 이런저런 경구들을 수시로 얘기하면서 그것이 정작 무슨 의미인지도 모르는, 고향에서 온 계집애 때문에 그를 떠날 수는 없었다.

나는 피터를 지키기 위해 싸우기로 결심했다. 하지만 무엇과 싸우는 건지 알 수 없었다.

나는 커피 팟이리는 곳에서 저녁을 사 먹었다. 부두 노동자들 두어 명이 내게 말을 걸려 했다. 하지만 나는 그들이 그곳에 있었다는 사실조차 인식하지 못했고, 한 시간쯤 지난 뒤에야 문득 그 일이 떠올랐다.

내가 돌아왔을 때 힐다는 집에 있었다. 그녀는 순수해 보이는 동시에 마치 크림을 잔뜩 먹은 고양이처럼 보이기도 하는 얼굴로 내게 즐거운 산책이었냐고 물었다. 피터는 불편해 보였다.

그때 내가 얼마나 형편없이 처신했는지!

나는 단도직입적으로 말했다. "힐다, 내일 집에 돌아가도록 해. 이제 너를 여기 두는 게 불편해. 네 인생에서 피터와 보낸 시간은 고작 3주지만, 난 3년이야. 너와 피터가 그동안 서로에게 엄청난 사랑을 키워온 것 같네. 좋아. 두 사람을 영원히 갈라놓으려는 건 아냐. 넌 집에 가고, 피터는 여기 있는 거야. 6개월 동안 나는 피터에게 제정신이 아니라고 설득할 거야. 그런 뒤에도 두 사람의 서로에 대한 감정이 지금과 같다면, 그땐 두말 않고 이혼해줄게. 나한테 6개월을 주지 않는다면, 절대 이혼해주지 않을 거야. 내가 어떤 잘못을 했건(그리고 난 어떤 잘못도 너에게 인정할 생각은 없어), 피터는 그 잘못을 용서했고, 나와 이혼할 수 없어. 받아들이든가 말든가 알아서 해. 잘 자."

나는 침대로 갔다. 피터는 힐다의 방에서 밤을 보냈다.

나는 침대에 누워서 말했다. "난 싸울 거야. 난 분명 내가 한 짓의 대가를 치르겠다고 말했는데, 피터는 그럴 필요 없다고 했어. 그걸로 끝난 거야. 이 계집애 때문에 피터를 포기하지 않을 거야. 걔에 대해서는 피터보다 내가 더 잘 알아. 피터가 처음 술에 취한 채로 집에 들어와서 '세상이 빙글빙글 돌아, 내 사랑. 하지만 네 어깨에 머리를 기댄다면 행복하게 돌 것 같아'라고 말하며 지친 아이처럼 머리를 기대면, 걔는 술의 해악에 대한 설교부터 늘어놓을 거야. 걔는 피터가 어떤 사람인지, 얼마나 복잡한 사람인지 몰라. 게다가 나는 피터를 원해. 그런 멍청한 계집애에게 빼앗길 수는 없어."

다음 날 힐다는 나의 도덕관념 부족에 대해 한바탕 설

교를 한 뒤 집으로 돌아갔다. 피터는 내게 말했다. "당신에게 6개월을 줄게. 그 시간이 당신에게 도움이 되길 바라. 이번만큼은 당신의 말이 진실이라는 데 기대를 걸어보는 거야. 6개월이 지나면 이혼해준다는 말. 그게 내 인생에서 당신을 비교적 빠르게 없애기 위한 최선의 기회로 보이니까."

나는 혼잣말을 했다. "믿을 수가 없어. 하지만 화내지 말고 냉정을 유지해야 해. 따지고 보면 피터는 나를 매력적이라고 생각하고 내게 익숙해져 있어. 내게 유리한 점들이 있어. 그리고 내게는 6개월이라는 시간이 있어."

나는 일을 하고 예쁜 옷들을 사며 화를 참았다. 그리고 곧 피터가 내게 다시는 키스하지 않으리라는 것을 깨달았다. 적어도 맨정신일 때는.

나는 "이 또한 지나갈 거야"라고 혼잣말을 하며 냉정을 유지했다.

그는 나와 함께 저녁을 먹지 않았고, 어디에 가는지도 말하지 않았다. 내가 물으면 나를 비웃었다. 가끔은 며칠씩 나에게 아무 말도 하지 않았다. 아침식사를 할 때는 신문을 읽었고, 내가 잠자리에 들 때까지 집에 들어오지 않았다. 가끔은 손님 초대를 시도했지만, 그는 손님이 온다는 말을 듣고도 집에 오지 않는 경우가 대부분이었다. 혹시 오더라도, 손님들에게는 정중했지만, 그 긴 저녁 시간 동안 내게는 절대 말도 걸지 않았다.

힐다가 그에게 나와 아무 관계도 맺지 않겠다는 약속을 받아낸 것이었다.

그러나 술에 취해 들어올 때는 그 약속을 잊었다. 그는 내 침대 가장자리에 앉아 말하곤 했다. "패티, 완전 걸레야. 너무 예쁜데, 걸레라니 안타까워. 하지만 사랑스러운 걸레지."

나는 생각했다. '소리를 질러야 해. 미친 듯 화를 내야 해. 이런 모욕을 참을 수는 없어.' 그는 샤워를 해서 시원해진 몸으로 묘한 미소를 지으며 앉아 있었다. 나는 그의 목에 팔을 감았다.

나는 모든 것이 예전 그대로인 것처럼 행동했다. 하지만 다음 날 아침이면 그는 다시 내게 말을 걸지 않았다.

피터는 돈에 대해서는 항상 천사였다. 그런데 지금은 내게 돈을 한 푼도 주지 않았다. 나는 내 주급 55달러로 집세와 가정부 임금, 얼음값, 전화 요금과 전기 요금 청구서, 피터의 양복점과 내 세탁소 비용까지 감당해야 했다.

우리는 싸웠다. 돈과 관련된 믿을 수 없을 만큼 추악하고 어리석은 싸움이었다. 어느 날 아침 얼음 배달부가 와서 2달러를 달라고 했다. 피터는 욕실에서 면도를 하고 있었고, 가정부는 아직 오지 않았다.

내 지갑을 열어보니 20달러짜리 지폐 하나밖에 없었다. 그래서 피터의 지갑에서 2달러를 꺼내 지불했다. 피터가 욕실에서 나왔는데, 그는 숙취가 있었다. 그가 말했다. "내 주머니를 뒤져서 돈을 훔치다니, 본때를 보여주겠어. 쌍년아." 그가 내 입을 후려쳤다. 피가 났다.

나는 생각했다. '이건 악몽이야. 피터와 나 같은 사람들에게 이런 일이 일어날 리 없어. 그는 완전 미쳤어. 그의 상태가 나아질 때까지 기다려야 해. 만일 내가 미친다면, 그도 기다려줄 거야.'

그는 주말에 힐다를 보러 가곤 했다. 돌아오면 항상 전보다 상태가 더 나빠졌다. 그는 앉아서 책을 읽었고, 나도 앉아서 책을 읽었다. 나는 30분 동안 재미있는 이야깃거리를 생각했다. 그래서 내가 이야기를 꺼내면, 그는 가끔 내게 책을 집어 던졌다.

힐다는 그에게 날마다 편지를 썼다. 그는 밤에 그녀의 편지들을 꺼내 와서 내 앞에서 읽고 또 읽었다.

다른 모든 친구들과 마찬가지로, 리키는 피터와 내가 곧 끝날 거라고 어렵지 않게 짐작했다. 리키는 여러 주에 걸쳐서 어떤 태도를 취해야 할지 고민했다. 그는 15년의 우정과 하룻밤 상대를 저울질하는 것 같았고, 결정은 쉬왔다. 그는 더 이상 나를 보러 오지 않았고, 일주일에 두세 번씩 피터와 예일 클럽에서 함께 저녁을 먹었다. 그것도 당연한 일이었다.

힐다가 돌아가고 2개월 뒤, 피터가 그녀에게 주말에 뉴욕에 오라고 초대했다. 그녀는 그라머시 파크에 있는 여성 전용 호텔에 묵었다. 그녀와 피터는 함께 파티에 갔다.

나는 그녀가 뉴욕에 있다고 짐작했다. 피터가 이 이틀간의 행적에 대해 특히 비밀스러운 태도를 보였고, 이후에 평소보다 훨씬 더 뚱해 보였기 때문이다. 하지만 화요일에 리키가 사무실로 전화를 걸어올 때까지는 구체적으로 아무것도 알지 못했다.

그가 말했다. "팻, 이 대화를 발설하지 않을 거라고 믿어요. 난 피터를 정말 좋아하지만, 힐다라는 여자는 끔찍한 거 같아요. 이 정보가 당신에게 유용하면 좋겠어요. 토요일에 힐스 파티에서 힐다가 난리를 좀 부렸어요. 피터가 다른 여자와 세 번 춤을 추고, 술에 취했다는 이유로요. 그 여자가 피터를 위한답시고 통제하려는 태도를 취하기에는 때가 너무 이른데, 그걸 알 만큼 머리가 좋지 못하더군요. 꿋꿋이 버텨요. 당신은 해낼 수 있을 거예요. 행운을 빌어요."

나는 희망을 조금 품게 되었다.

또 한 달이 지났을 때, 며칠간 아침마다 어지러움과 두통을 겪은 뒤, 임신이 아닌가 하는 생각이 들었다.

몇 주 동안은 그 사실을 믿지 않으려 했다. 나는 생각했다. '너무 끔찍해. 상황이 이 모양인데 이 일까지 감당할 수는 없어. 그냥 신경 쓰지 말고 지내보자. 사실이 아닐 수도 있잖아.'

또 한 달이 지났다. 낮에는 광고 문안을 쓰고, 저녁에는 피터와 끔찍하게 싸우고, 점점 심해지는 두통과 어지럼증을 겪고, 친구들과 피터로부터 내 모습이 얼마나 엉망인지에 대한 말을 들어야 하는 지긋지긋한 나날을 보낸 끝에(피터는 말했다. "요즘 당신 끔찍해 보여. 이제 예쁘지도 않아"), 나는 비로소 그것이 사실이라는 걸 알게 되었다.

나는 처음 임신했을 때를 떠올렸다. 피터에게 사실을 말하는 것을 얼마나 부끄러워했는지. 피터가 임신 사실을 썩 달가워하지 않으면서도, 내게 얼마나 잘해주고 먹지도 못할 화려한 리큐어 초콜릿 상자와 꽃다발 등등을 안겨줬는지. 하지만 그건 2년 전이었다.

이번에는 내가 그에게 말했다. "책 읽는 거 잠시 멈춰줄래? 할 얘기가 있어."

그가 눈을 들었다. "만세! 새 애인이 생긴 모양이네."

"나 임신이야. 10주에서 11주 정도 됐어."

그는 잠시 아무 말도 하지 않더니 이렇게 말했다. "이번엔 누구 애야. 혹시 모르는 거 아냐?"

나는 벌떡 일어나서 그에게 소리쳤다. 마치 세탁부가 트럭 운전사에게 소리 지르듯이. 내 목소리는 내가 듣기에도 끔찍했다.

나는 말했다. "당신 애야, 당신 애, 빌어먹을 당신도 알잖아."

"소리 좀 그만 질러. 그리고 가서 거울 좀 봐." 그가 말했다. "그럼 당장 입을 다물게 될걸."

나는 거울을 보러 갔다. 내 모습은 끔찍했다. 붉고 일그러진 얼굴. 서른다섯은 되어 보였다. 그리고 나는 피터를 증오했다. 누구를 그렇게까지 증오한 적이 없었다. 나는 우리가 어쩌다 이 지경에 이르게 되었는지를 모두 잊었다. 그가 역겨울 정도로 냉정한 목소리로 끔찍한 말을 내뱉는 사람이라는 것, 그리고 그가 나를 쭈그렁 할망구처럼 만들어놨다는 것, 그리고 내가 그를 증오하고 또 증오한다는 것만 깨달았을 뿐이었다.

"어때? 곁에 두기 참 매력적인 존재겠지? 안 그래?" 그가 내 뒤에서 말했다. 내가 돌아섰다. 이번에는 내가 꽤 진정된 목소리로 말했다.

"좋아, '이번엔 누구 애'냐는 문제는 그냥 넘어갈게. 혹시 내가 어떻게 할지 알고 싶어?" 내가 말했다.

"그래, 알고 싶어. 당신의 정신세계는 항상 흥미로우니까."

그는 담배 파이프에 불을 붙이고 그 너머로 나를 보았다. 나는 거기 서서 아주 천천히 말했다. 목구멍이 무척 아팠다.

"오늘 밤 당신 아버지와 어머니에게 편지를 써서 우리에게 또 아기가 생겼다고 말할 셈이야. 그리고 물론 일을 당장 그만둔다고 할 거야. 그리고 힐다에게도 같은 편지를 쓸 거야. 힐다는 워낙 '착한' 여자니까, 내가 착하게 굴 거리를 줘야지. 그런 다음 우리가 아기를 낳고, 당신이 나와 아기를 돌보는 거야. 힐다 얘기는 이걸로 끝이야."

그가 천천히 일어나서 파이프를 내리고 나를 노려보았다. 나는 두려웠다.

그가 말했다. "지금 당장 이 방에서 나가줄래? 내가 당신을 죽이기 전에? 당신을 10초만 더 봤다간 목을 조를 거 같으니까." 그러더니 그가 갑자기 가까이 와서 내 목을 두 손으로 움켜잡았다.

하지만 나는 두려움보다 그를 증오하는 감정이 더 컸다. 그래서 말했다. "당신은 날 못 죽여. 앞으로 내가 말한 대로 하게 될 거야."

그는 나를 죽이지 않았다. 그냥 나를 아침식사 방의 유리문으로 집어 던졌다. 그런 뒤 밖으로 나갔다.

나는 아침식사 방의 바닥에 누워 설마 이런 일이 일어났을 리 없다고 생각했다. 돌이켜보면, 꽤 오랜 시간을 간헐적으로 그런 생각을 하며 보냈던 것 같다.

그 순간 나는 왼팔에서 피가 나는 것을 느꼈다. 천천히 일어나서 욕실로 갔다. 드레스의 왼쪽 팔 전체가 유리에 베여 너덜너덜했다. 유리에 부딪칠 때 본능적으로 팔로 얼굴을 가린 모양이었다. 그래서 얼굴은 베이지 않았다. 조금 어지러웠지만 심하지는 않았다.

나는 드레스를 벗었다. 왼팔에 상처가 여섯 군데 있었지만, 하나만 빼면 찰과상 정도였다. 팔을 조심스럽게 닦았다. 한 곳은 상처가 꽤 깊어서 피가 멎지 않았다. 그래서 최대한 단단하게 붕대를 감았다. 그리고 소매 없는 드레스를 입고 옷과 어울리는 끈 달린 구두로 갈아 신었다.

나는 피터의 서랍에 스카치위스키가 담긴 휴대용 병이 있다는 것을 알고 있었고, 여기저기 뒤져서 찾아낸 뒤 한 잔 따랐다. 나는 마치 남의 일처럼 무덤덤하게 생각했다. '내가 자기 위스키를 마신 걸 안다면 내 목을 조를까?'

하지만 나는 더 이상 그를 증오하지도 사랑하지도 않았다. 그에 대해 아무런 감정도 없었다. 그저 피곤했다.

출산을 감행함으로써 붙잡을 생각은 추호도 없었다. 그 방법은 통하지 않을 게 뻔했고, 어차피 아기를 낳는 것 자체가 너무 큰 부담이었다.

팔에서 계속 피가 났다. 다음 날 파리 수입품들에 대한 일요판 《뉴욕 타임스》 광고를 써야 한다는 사실이 떠올랐다. 병원에 가서 팔을 치료하는 게 좋겠다고 생각했다.

웨이벌리 플레이스에 있는 병원을 알았다. 거기서 감기와 편도선염 치료를 받은 적이 있었다.

택시를 잡으러 밖으로 나갔을 때 찬 공기가 놀라울 만큼 상쾌하게 느껴졌다. 밤 9시였다. 병원이 거의 문 닫을 시간이 되어갔다. 나는 오래 기다릴 필요가 없었다.

의사는 예의 바른 금발 머리 젊은이였는데 매우 믿음직해 보였다. 그가 무슨 일이냐고 물었을 때, 나는 남편이 나를 유리문에 던졌다고 담담하게 말했다. 다른 할 말이 떠오르지 않았다. 그는 경악한 것 같았지만 더 이상 질문하지 않았다.

팔을 한 바늘 꿰매야 했다. 치료를 마쳤을 때, 그가 내게 앉아서 담배를 피우는 게 좋겠다고 했다. 그리고 암모니아 수용액을 만들어주었다. 그는 내 일에 대해 물었다. 내가 광고 일을 한다는 사실을 기억하고 있었던 것이다.

나는 그의 말을 끊고 물었다. "제가 낙태를 해야 해요.

혹시 해주실 수 있나요? 그리고 비용은 얼마가 들까요?"

그는 충격받은 것 같지 않았다. "암모니아 수용액을 마저 마시는 게 좋겠습니다. 정말로 임신을 했다면 왜 낙태를 해야 하는지 말해줄 수 있을까요?"

그건 쉬웠다. "남편이 곧 나를 떠날 거기 때문이에요. 저는 돈도 없고 일자리도 지켜야 하거든요."

"하지만…… 사생활에 대해 묻고 싶지는 않지만, 아기가 생기면 부부 사이가 다시 가까워지는 경우가 있습니다."

내가 웃고 또 웃었다. 그냥 거기 앉아서 웃었다. "우리 아기가 죽었을 때 피터는 기뻐했어요, 선생님."

"진정하세요."

잠시 이야기가 중단되었다. 나는 마치 극도로 중요한 사실이라도 되는 양, 1년여 전에 죽은 패트릭이 지금까지 내가 본 누구보다 속눈썹이 긴 아기였다고 말하려다 문득 멈추었다.

그는 말했다. "죄송하지만 그런 종류의 수술은 할 수가 없습니다. 6년 동안 일하면서 한 번도 해본 적이 없어요……. 그건 직업윤리에 어긋나고—"

나는 그의 말을 막았다. 의사의 직업윤리에 대해서는 나도 잘 알았다. 아버지가 의사였기 때문이다.

"좋아요. 그럼 하지 마세요. 대신 그런 일을 하는 다른 사람을 알려주세요. 의사의 전화번호를 알려줄 만한 지인들이 있지만, 실력이 얼마나 좋은지 잘 모르겠어요. 선생님의 표현에 따르면 '그런 종류의 수술'을 받다가 죽는 건 지저분해 보이잖아요."

그가 또다시 말했다. "진정하세요."

내가 말했다. "선생님은 좋은 분이세요."

그가 말했다. "죽게 될 일은 없을 겁니다. 감염 외에는 다른 위험이 없으니까요. 그런데 그 의사가 수입을 위해 그런 종류의 시술에 의존하는 부류라면, 어쩌면 전날 밤 술을 많이 마셔서 손이 떨릴지도……. 하지만, 겁먹을 필요는 없어요. 그런데 나이가 몇 살인가요?"

"스물네 살이 되어가요."

"열아홉 살처럼 보이네요."

그가 주저했다. "때로는 이런 수술을 하는 부류의 의사들은 그 수술이 꼭 필요하다고 말하죠. 정말로 그렇건 그렇지 않건 말이에요. 혹시 내게 검사를 맡길 의향이 있다면……."

나중에 그는 말했다. "더 이상 미뤄선 안 되겠어요. 거의 3개월은 된 것 같습니다. 추천해줄 만한 사람이 있어요. 의과대학 동기였는데, 그 친구가 아주 과학적인 절차로 수술을 한다고 하더군요. 그런데 그 친구는 다소 히스테릭한 여자들을 상대할 수밖에 없기 때문에, 좀…… 무뚝뚝해 보일지도 몰라요. 혹시 당신 마음이 편해질 수 있다면, 제가 함께 가죠."

"저, 선생님. 토요일 아침으로 약속을 잡아주실 수 있다면, 제가 그날 휴가를 낼 수 있어요."

"남편분도 함께 가시나요?"

"아닐 것 같아요."

"그럼 저랑 가요. 내일 전화하시면, 제가 약속을 잡도록 하죠."

나는 이 유능한 젊은 남자에게 무척 고마움을 느꼈다.

그때부터 토요일까지 피터와 나는 더 이상 대화하지 않았다. 나는 홍보부장에게 몇 가지 그럴싸한 거짓말로 가불을 할 수 있었다.

토요일.

나는 극도로 신경 써서 옷을 입었다. 해가 지기 전에 시체로 나타날지도 모른다는 기분이 들었다. 그건 그리 중요하지 않았지만, 이왕이면 잘 치장한 시체가 되고 싶었다.

입욕제는 기분이 좋았다. 아주 아름답게 재단된 글로

브 실크 소재의 속옷도 피부에 닿는 감촉이 좋았다. 한때 내 삶은 이처럼 좋은 감각들로 가득했었다. 그리고 지금 남아 있는 것이라도 한껏 즐기는 게 좋지 않을까? 의사가 10시에 데리러 오기로 했다. 피터는 일하러 나갔다.

나는 그에게 말했었다. "오늘 아침에 낙태하러 갈 거야."

그가 말했다. "당신 일이니까 알아서 해. 너무 고생하지 않길 바랄게."

나는 이것이 이번 생에서 피디에게 듣는 마지막 말이 아닐까 생각했다.

그래, 극도로 친절한 젊은 의사에게 부끄러운 존재는 되지 말아야지. 콜드크림, 영양크림, 아스트린젠트, 볼연지, 파우더, 립스틱. 나는 짙고 풍성한 검은 속눈썹에 감싸인 커다란 회색 눈을 가지고 있다. 그리고 피부가 무척 하얀 것에 비해, 머리는 검은색 직모다.

증조할아버지가 정말로 인도 아가씨와 사랑에 빠진 게 아닌가 싶었다. 그러면 검은색 직모가 설명이 되었다. 증조할아버지가 그녀에게 잘해줬을지 궁금했다.

검은 머리, 검은 눈썹, 사랑스러운 어깨, 새하얀 피부. 처음부터 끝까지, 그런 것들은 내게 참 많은 것을 가져다주었다. 다른 무엇보다 많은 것을.

"키 155센티미터, 체중 49킬로그램의 여성". 다양한 신문에 그날의 평범한 죽음들 중 하나로 이렇게 실리게 될까? 설마 아니겠지.

나 때문에 큰 수고를 해주고 있는 젊은 의사에게 부끄럽지 않은 존재가 되자.《위민스 웨어》에 광고 몇 개를 써준 대가로 생산자가 헐값에 넘긴 제인 레그니 정품을 입어야지. 회색 늑대 털 칼라와 넓은 소매 끝단이 돋보이는 부드러운 회색 트위드 재킷, 크림색 블라우스. 재킷의 빨간 테두리 장식과 색을 맞춘 모자, 반짝이고 납작한 핸드백. 진홍색, 파란색이 섞인 화려한 스카프, 스타킹과 색을 딱 맞춘 그레이 모카색 장갑, 검은색 도마뱀 가죽 스포츠화. 작고 날씬하고 겁에 질린, 아주 세련된 젊은 여자.

"난 순수하지 않을지 모르지만, 다행히 겉으로는 완벽해 보여."

10시 5분 전. 스카프의 파란색에 딱 맞는 손수건을 찾아야 해. 그런데 그게 중요해? 그럼 뭐가 중요하지? 죽은 아기 패트릭. 작고 향기롭고 아직 치아도 나지 않은 장밋빛 입술. 엄마가 자기를 두고 멀리 가버렸을 때 죽고 만 아기. 그건 감상주의야. 이번 아기는 태어나서 죽게 하지 않을 거야.

손수건과 머리에 향수를 뿌리자. 치자나무 에센스 조

금만. 낮 시간에 어울리는 가벼운 향으로.

피터, 피터.

초인종이 울린다. 가정부가 나가볼 것이다. "의사 선생님이 오셨어요."

"잠깐만 기다리시라고 해요, 노라."

핸드백, 돈, 장갑.

"안녕하세요, 선생님."

"아주 좋아 보이시네요. 너무 긴장하지 않으면 좋겠어요."

(젠장. 산송장 같은 기분이다.)

"전혀 긴장되지 않아요, 선생님. 출발할까요?"

택시에서. "당신은 이 일을 이겨낼 거예요. 당신은 건강하고, 신체적으로 아무 부작용 없이 이겨낼 수 있는 사람이에요. 이겨내는 걸 보고 싶어요. 좀…… 비윤리적으로 들릴지 모르지만, 만약 정말로 남편과 헤어지면, 어떻게 지내는지 가끔 알려주면 좋겠어요. 당신은 아주 젊고, 삶은 당신을 위한 많은 가능성을 품고 있어요." (좀 설교조로 나오는 거 같네?)

그는 계속 말했다. "언젠가 당신이 이 모든…… 불행한…… 일을 잊게 되면, 당신에게 저녁을 대접할 기회가 있으면 좋겠어요. 언제든 마음 편히 전화하세요. 내게 큰 기쁨이 될 거예요."

(참 좋은 젊은이야. 매력적이고. 피터, 피터, 내 생각을 조금이라도 하고 있는 거야? 《시티 뉴스》 원고를 다시 쓰면서 내 생각을 하고 있어? 단 5분이라도?)

"선생님, 시간이 오래 걸릴지 여쭤도 될까요?"

"길어봐야…… 20분 정도? 침착함을 유지할 수 있다면, 가스 마취는 절대 권하고 싶지 않아요. 심장에ㅡ."

"권하시는 대로 할게요, 선생님." (내가 이 아기를 원했을까? 이제 와서 그런 생각을 해봐야 무슨 소용이람.)

"선생님은 너무 친절하세요. 정말 감사합니다. 조만간 전화 한번 드리고 저녁식사에 초대하고 싶어요."

그가 환하게 웃는다. 그래, 나는 사랑스러운 트위드 정장 세트를 입고 있고, 선홍색 모자를 소화할 만큼 피부가 깨끗해.

"다 왔네요. 자, 잘 기억하세요. 제가 가까이 있을 거고, 30분 내에 모든 게 끝날 거예요."

(그때쯤 난 시체가 되어 있을까? 오, 겁먹지 마, 패트리샤. 시카고시에서는 하루에 천 명씩 한다잖아.)

우중충한 대기실, 초록색 벨벳 소파 세트. 잡지도 없다. 환자들에게 곰곰이 생각이나 하라는 거겠지. 커튼이 드리워져 있고, 화분 속 야자나무는 바짝 말라 있다.

의사가 아무 사심 없이 도움을 주기 위해 내 손을 잡고 있다. 한 쌍의 남녀가 들어온다. 여자는 바워리 거리에서 산 싸구려 옷을 입고 있지만, 사랑스럽고 순해 보이는 얼굴의 금발 머리 아가씨다. 그리고 놀라울 만큼 어려 보인다. 기껏해야 열일곱 살 정도?

그녀는 그 청년을 구세주를 보듯 바라본다. 그도 역시 착해 보이는 청년인데, 파란 눈의 유대인이다. 허리까지 오는 코트. 아마 스물한 살 정도 된 것 같다.

"선생님." (아주 조용하게.) "저 아가씨는 아이에 불과해요."

"그러게요. 이런 곳은 사람을 우울하게 만드네요……. 아, 코언 선생. 이쪽은 내 환자예요."

파리제 트위드 정장 세트가 코언이라는 의사에게 인상적인 모양이다. 그의 얼굴은 정말 딱딱해 보이지만 손은 효율적이고 깨끗해 보인다.

"이리로 오시죠."

(진료실은 위장용인 게 분명해. 수술실은 아주 위생적으로 보이네. 그 점은 인정해야겠어. 다섯 개의 침대가 놓인 뒤쪽 방. 간호사. 꽤 예쁜걸? 그녀가 라벤더색 기모노 같은 걸 준다. 그 색이 일종의 상징일까? 아니면 그냥 세일할 때 왕창 사온 걸까? 간호사에게 5달러를 줘야지. 그녀가 기뻐한다.)

"이제 겁먹지 마세요, 마담. 함께 오신 의사 선생님께서 가스 마취를 권하지 않는다고 들었어요. 정말 합리적인 판단이세요."

"손 좀 잡아도 될까요, 간호사님?"

"물론이죠."

이제 이를 악물자.

침대가 아주 편안하게 느껴진다. 내 의사가 왔다. 그에게 말할 뭔가를 생각해야 한다. 뭔가 적절한 말을. 이렇게 말해도 괜찮을까? "음, 살아남았네요. 그래도 딱히 좋은 건 모르겠지만."

"말하려고 하지 말아요. 당신은 젊고 용감한 여성이에요." ('쾌락의 대가'에 대해 농담을 하는 그 역겨운 의사 앞에서 내가 울지 않았기 때문이겠지.) "주사를 놔달라고 할게요. 잠을 좀 자려고 해봐요. 두어 시간 뒤에 돌아와서 집에 데려다줄게요."

그가 갔다.

그래, 쉬자. 아무 생각 말고. 이제 금발 머리 소녀가 라벤더색 기노모를 입고 있다. 그녀가 말을 건다.

"저기요, 많이 아픈가요?"

(그 어린 소녀에게 손을 내밀자.) "그렇게 심하지는 않아

요. 곧 끝날 거예요."

그녀가 입은 노란 슈미즈가 얼마나 멋진지. 놀라워. 그리고 아직 성숙하지 않은 몸이 얼마나 예쁜지.

그녀는 무척 겁을 먹고 있다. 천천히 옷을 벗으며. 좀 더 이야기를 하고 싶어 한다. 내가 깨어 있기를 바라는 눈치다.

"맙소사. 너무 무서워요. 남자친구는 더해요. 앞에 앉아서 이마의 식은땀을 닦고 있어요."

"봤어요. 아주 잘생겼던데."

"그렇죠? 그 사람 참 멋져요. 제게 이 슈미즈를 사줬어요. 용기를 내려고 이걸 입었죠."

가엾은 어린애.

"금방 끝나요."

"남자친구와 저는 언제든 결혼할 수 있어요. 그러면 이런 일을 할 필요가 없었을 텐데. 그런데 남자친구 어머니가 정통파 유대교 신자라서 종교적으로 정결하지 않은 여자와 결혼하면 돌아가실 거예요. 그 사람, 효자거든요."

이제 그녀가 선명한 노란색 슈미즈를 벗는다. 기모노 같은 옷은 계속 입고 있다. 그 소녀가 내 손을 잡고 말한다. "그렇게 끔찍하지는 않죠?" 간호사가 그녀를 부른다.

"아니, 괜찮아요. 숨을 참으면서 이렇게 '앞으로 5분만 더 참으면 돼'라고 말해요. 행운을 빌어요."

그녀가 씩씩하게 미소 짓는다.

수술실 문이 조금 열려 있다. 그 냉정한 목소리가 묻는다. "가스 마취 비용을 지불할 건가요, 어린 아가씨?"

그녀의 열정적이고 거친 어린 목소리가 대답한다. "글쎄…… 글쎄, 아마 그럴 거예요. 남자친구가 전부 다 하라고 했거든요." 수술실 문이 쾅 닫힌다.

잠을 자자. 이제 좀 자자. 패트릭, 피터……. 이번에는 딸이었을까 궁금하네……. 음, 잠을 자는 게 좋겠어.

"괜찮아요?"

"꽤 회복되었어요, 선생님, 감사합니다. 이제 옷을 입을게요."

금발 머리 소녀는 잠들어 있다. 세상 평온해 보이는 모습이다. 그녀를 다시 볼 일은 없겠지. 선물을 하나 주고 싶다. 칠보 세공된 휴대용 분갑. 그녀의 손에 쏙 넣고 쥐여준다. 그러자 손이 그것을 움켜쥔다……. 아기처럼.

"깨어나면 말해주시겠어요, 간호사님? 이걸 주고 싶었다고."

"예, 마담."

"안녕. 내일이 되면 기분이 나아질 거야."

그날 밤 피터가 말했다. "당신 상태가 안 좋아서 안타깝네……. 내가 수프나 뭐라도 만들어줄까?"

"고맙지만 됐어."

"이것 봐, 팻. 당신과 나 사이의 일은 미안하지만, 나를 놓아준다면 당신도 더 쉬워질 거야. 당신이…… 그렇게 매달리지 않는다면."

그가 친절할 때가 오히려 더 괴로워. 끝까지 싸우자. 혹시 운이 따를지도 몰라. "노예 노릇도 9주밖에 안 남았어, 피터." 그는 아무 말도 하지 않고 나갔다.

완전히 미친 짓이고, 완전히 말도 안 되고, 완전히 끔찍해. 하지만 끝까지 싸워야 해. 그러기로 마음먹었으니까. 이제 생각도, 감정도 마비된 것 같아. 하지만 시간을 좀 더 벌자. 힐다는 멍청해. 시간이 지나면 그 멍청함이 나를 구할 수 있을지도 몰라.

또 한 주, 또 한 주, 또 한 주. 피터는 힐다의 편지를 모두 책상 서랍 제일 위 칸에 보관했다. 서랍은 잠가두지 않았다. 그가 제대로 된 가정교육을 저렇게나 신뢰한다는 게 신기하다. 그런데 그는 정말로 그랬다……. 하지만 편지의 내용을 안다면, 그들이 무슨 계획인지 안다면, 내가 대응할 방법을 생각해낼 수도 있을 것이다.

그동안 마침 크리스마스 대목이어서, 나는 광고 일을

하고 있는 것에 감사했다. 그렇게 2주가 또 지났다.

피곤에 지친 어느 날 밤, 자신이 왜 순결한지를 설명하는 힐다의 모습을 내가 흉내 내자 피터가 내 손목을 비틀었다. 손목이 부러지는 줄 알았다. 나는 울고불고 난리 치며 화를 내고 애원도 했지만, 그는 그런 나를 놔두고 떠났다. 이제 그것이 만성적인 일이 되어버렸다. 내가 뭐든 항의하기 시작하면, 그는 그냥 나가서 저녁 내내, 때로는 밤새도록 돌아오지 않았다.

나는 왠지 그가 가끔 주디스를 만나러 간다는 의심이 들었다. 주디스는 착하지만 둔한 남자와 방금 이혼한 여자였는데, 늘 탐욕스러운 눈으로 피터를 바라보았다. 지금 그가 그녀를 보러 간다면, 그건 좀 이상했다. 하지만 힐다 문제와 마찬가지로, 그건 내가 평가하기에는 너무 복잡한 일이었다. 그 편지들. 손목이 고통스럽게 욱신거렸다. 그 편지 내용을 안다면……

나는 제일 위에 있는 편지에서 한두 문장만 읽었다.

"당신이 계속 팻의 접근을 막는다면, 아마 곧 다른 남자를 찾을 거예요. 그럼 당신과 나는 팻을 떼어낼 수 있어요, 내 사랑 피터."

나는 조심스럽게 편지를 다시 봉투에 넣었다. 그 여자애…… 그 여자애는 자신이 뭘 하고 있는지도 몰랐다. 피터가 제정신을 차리면, 그녀는 한 달도 못 버틸 것이다. 하지만 그래도 피터와 나를 끝장낼 만큼은 버틸지도 몰랐다.

그날 밤 그가 돌아왔을 때 내가 말했다. "피터, 당신의 친애하는 사랑이 쓴 편지를 좀 치우고 잠가두는 게 좋겠어. 나를 처리하는 방법에 대한 개의 조언을 더 읽었다가는, 편지를 변호사에게 보낼지도 몰라. 그리고…… 내가 전에 무슨 말을 했든 상관없어. 난 당신이 그 여자랑 결혼하라고 이혼 따위 해주지 않을 거야. 절대, 절대, 절대."

그가 나를 때릴 거라고 생각했다. 이제는 상관없었다. 처음으로 입술에 멍이 든 채 정처 없이 돌아다녔을 때 그것이 내 영혼, 또는 그 비슷한 무언가에 영구적인 상처를 남겼다. 그 후로는 그냥 어둠 속에서 탁자에 부딪혀 넘어졌다고 농담처럼 말했다. 누구도 내 말을 믿지 않았다. 그들이 믿건 믿지 않건, 그건 중요하지 않았다.

그러나 그는 나를 때리지 않았고, 그저 편지를 챙겨 주머니에 넣고는 말했다. "다음 주 토요일에 떠날 거야, 팻."

이제 다음 주 토요일이 되었다. 나는 오랫동안 안락의자에 앉아 엉뚱한 것들을 회상했다. 그러다가 담뱃갑을 뒤졌다. 한 개비도 남아 있지 않았다. 한 갑을 다 피운 것이다.

아파트가 참을 수 없을 만큼 적막했다. 어쩌면 앞으로는 항상 그럴지도 모른다는 생각이 들었다. 더 이상 피터가 쾌활한 모습으로 돌아와서 코트와 모자와 장갑을 이 의자, 저 의자에 벗어 던지며, "패티, 패티, 여보. 오, 가장 섹시하고 젊은 아내. 오늘 밤 남편이 집에 왔어. 하느님, 감사합니다!" 하고 열렬히 외치는 일 따위는 없을 것이다.

피터가 없는 아파트는 아마 참을 수 없을 만큼 적막할 것이다. 나는 이제 겨우 스물네 살인데, 이때부터 앞으로 40~50년을 피터 없이 살게 될 거라는 생각이 퍼뜩 들었다. 그것은 내게 아주 놀라운 사실처럼 다가왔다. 얼마나 많은 밤을 그렇게 보내야 할까? 수천 밤도 넘겠지.

나는 일어섰다. 담배 생각이 간절했다. 벽난로 선반에 피터가 두고 간, 두세 개비 남은 담뱃갑이 있었다. 위층에 사는 여자는 남의 속도 모르고 감상적인 발라드를 틀어놓았다. 〈어떻게 해야 하지?〉◆였다. 천하의 바보 같은 노래였다. "한 번의 입맞춤으로 당신의 입술과 내 입술이 묶이네. 불행하게 끝나버린 입맞춤……. 기억만 남았는데, 이제 난 어떻게 해야 하지?" 전화를 걸면 그 여자가 전축을 꺼줄까? 그게 무슨 소용이람.

◆ 원곡은 어빙 벌린이 작곡한 〈What'll I Do?〉로 냇 킹 콜을 포함한 여러 가수들이 불렀다.

의사에게 전화를 걸자. 재미있을 거야. 그가 놀랄까? 안 될 게 뭐 있어? 번호는 전화번호부에 있어.

나는 밴조 시계를 보았다. 11시 20분 전이었다.

"나중에 어떻게 됐는지 알고 싶다고 하셨죠? 결국 버림받았어요."

(그는 나를 아주 잘 기억하고 있어. 그의 목소리는 아주 쾌활하고, 단연코 직업적인 목소리가 아니야.)

"축하할 일이군요. 내가 가서 축하해줘도 될까요? 그리고 춤추러 가면……? 30분 뒤에? 좋아요!"

황금빛 양단 드레스와 끈 달린 장밋빛 구두, 큐빅 목걸이와 큐빅으로 수놓은 가방. 아주 선명한 색 립스틱. 장밋빛 벨벳 숄. 나는 의사가 어떻게 생겼는지도 반쯤 잊었다.

이 아픔이 멈추지 않는다면, 나는 사람들 앞에서 울음을 터뜨려서 그를 망신스럽게 할 거야. 그가 스카치위스키를 좀 가져오면 좋겠어. 위스키를 마시면 견뎌낼 수 있을 텐데. 위스키가 "큰 슬픔이 닥쳤을 때 좋은 친구가 되어줄 것"이라고, 예전에 누군가 나보다 훨씬 젊은 누군가에게 말했었지.

모든 준비가 끝나고 5분이 남았다.

두 개의 창문 사이에 오래된 긴 거울이 있었다. 나는

나 자신을 보았다. 나쁘지 않군. 전혀 나쁘지 않아. 윤기가 흐르는 검은색 단발머리, 회색 눈, 곧은 코, 부드럽고 따뜻해 보이는 새빨간 입술, 뾰족한 턱, 사랑스러운 어깨, 날씬한 허리, 곧게 뻗은 다리, 작은 발. 하지만 다 쓸모없었다. 그것을 의미 있게 만들어줄 피터가 없다면, 내게 아무 의미도 없었다. 그러나 앞으로 40여 년 동안 내가 가진 거라고는 이것뿐이었다.

아기가 있었을 수도 있었다. 피터를 닮은, 나를 닮은 아이. 이제 절대 아니다. 그래서 뭐? 앞으로 40년의 밤들을 어떻게든 견뎌내야 했다. 초인종이 울린다. 오늘이 그 첫 번째 밤이 될 것이다. "만나서 반가워요, 선생님. 이제 보니 야회복을 입으면 5년은 더 젊어 보이는 남자들 중 하나였네요. 덜 엄숙해 보이고요. 제 마지막 담배인데, 피우세요."

IV

이틀 전에 내린 눈이 녹은 자국 때문에 거무칙칙해진 창문을 통해 3월의 햇살이 희미하게 들어와, 피터의 침대 위에 구겨져 있는 침대보를 비추었다. 파란색과 하얀색이 섞인 사각거리는 이불 아래에서, 의사는 조용히 잠들어 있었다. 일어나 앉아서 팔을 뻗으면 그의 어깨를 만질 수 있었지만, 전혀 그러고 싶지 않았다.

어제 피터는 말했다. "나 때문에 오래 슬퍼하진 마."

내 사랑 피터, 어떤 의미에서 나는 당신 때문에 겨우 일곱 시간 동안 슬퍼했지만, 어쩌면 앞으로 당신 때문에 평생을 슬퍼할지도 몰라. 의사는 효율적인 사람이다. 하지만 나는 그를 별로 좋아하지 않는다. 그가 직업적인 태도에서 정열적인 태도로 바뀌었다가, 다시 원래대로 돌아가는 방식은 거의 자동적이다. 온수에서 냉수, 냉수에서 온수로 바꾸는 것과 같다. 그는 6~7년 전쯤 어느 병원 직원들 사이에서 돈 후안이었을 게 뻔하다. 그러나 그는 내 하룻밤을 해결해줬고, 그때 내가 원한 건 바로 그거였다.

(피터가 일어났을지 궁금하다. 피터, 당신을 돌아오게 할 수만 있다면, 다시 1922년으로 돌아갈 수만 있다면, 나는 악을 쓰며 주먹으로 바닥을 치고, 몇 시간이건 며칠이건 몇 주건 울고불고할 수 있어. 하지만 그렇게 해서 일어나는 일이라고는 의사가 잠에서 깨는 것뿐이겠지. 그러면 의사는 야회복 주머니에서 브롬화제 알약◆을 꺼낼 거야. 틀림없어. 야회복을 입은 채 집에 가려면 전화로 택시를 불러야 할 거야. 그런데 이 사람은 온종일 잠을 자려는 걸까?)

나는 잠을 잘 잤다. 이례적으로 충분히. 보통은 남편에게 버림받았을 때 그러지 않는다. 보통은 이불을 깨물며 깨어나거나 뭐 그런 식이 된다. 하지만 나는 너무 피곤했다.

겨우 스물네 살에 버림받은 아내가 된 건 참 놀라운 기분이다. 딱히 인생에서 계획했던 일은 아니다. 나는 전쟁

◆ 20세기 초반에 진정제로 사용된 약품.

이 또 일어나면 적십자 간호사가 될 계획이었다. 지난 전쟁 때 나는 겨우 열여섯이었고, 나라를 위해 마지막 휴가를 나온 군인과 결혼도 못 할 만큼 어리다는 것을 속상해했다.

피터도 너무 어렸다. 그가 군복을 입었다면 기막히게 멋졌을 텐데……. 해군 항공대의 녹색 제복. 하지만 해군 항공대의 대부분은 바다를 건너지 못했다. 행군하는 피터. 그의 금발 머리 위로 빛나는 햇살.

이런, 밉소사. 울음이 터져버리면 결코 멈출 수 없을 텐데. 일어나서 의사의 아침으로 차릴 만한 게 있는지 봐야겠어. 그가 깨었을 때 옷을 제대로 입은 채로 있고 싶어.

침대에서 오른쪽 다리를 내린 다음 왼쪽 다리를 내리고, 네글리제를 입고, 슬리퍼를 신는다. 정신이 맑은 기분이다. 어젯밤에 우린 술을 많이 마시지 않았다. 아마도 의사는 건강관리를 중요하게 생각하는 것 같다(나중에 물어보면, 분명 '건강한 신체에 건강한 정신이 깃든다' 따위의 표어를 언급할 게 뻔해. 학교 체육관 벽에 쓰여 있는 것처럼).

나도 건강관리를 중요하게 생각한다. 거실에 가서 맨손체조를 해야겠다. 그가 깨어나서 바로 나를 보는 건 싫다. 나는 매일 아침, 그리고 급박한 일이 없을 때는 밤에도 맨손체조를 한다. 그 10분은 운동하던 청소년 시절을 기억하는 신성한 시간이다.

하나, 둘, 셋, 넷, 다섯, 여섯, 일곱, 여덟. 체조가 도움이 된다. 바닥으로 몸을 숙여 손이 발끝에 닿을 때 기분이 좋다. 맨손체조를 하면 초원에서 뒹구는 살아 있고 따뜻한 짐승이 된 듯한 기분이 든다. 술도 현실에서 멀어지게 해 주지만, 그건 초원 위의 따뜻한 몸과는 달리, 정신이 우주를 자유롭게 떠다니는 듯한 느낌을 준다.

의사를 보러 가야겠다. 그는 아직 자고 있다. "인생의 발작적인 열병을 치른 후에."◆ 아니, 그게 아니다. 샤워를 해야겠다. 누군가 샤워를 할 때 입욕제를 사용할 수 있는 방법을 발명하면 좋겠다. 그러면 완벽할 텐데.

사실 배가 고프다. 사람들은 보통 상심했을 때 잘 먹지 못한다. 그런데 나는 태엽 감긴 자명종 시계처럼 때가 되니 칼같이 반응이 온다. 생각을 하지 말아야 한다……. 담장을 뛰어넘는 양을 세자……. 아니, 그건 잠들려고 하는 거잖아.

흰색 칼라와 커프스가 달린 파란색 저지 드레스를 입어야겠다……. 소박해 보이는 걸로. 맙소사, 난 소박한 게 아니라 소박 당했지. 오, 젠장. 정신을 차려야 해. 저 남자

◆ 셰익스피어의 희곡 《맥베스》에 나오는 구절. "After life's fitful fever he sleeps well."

가 깰 텐데. 그런데 저 사람 이름이 뭐지? 물어본다는 걸 깜빡했네. 전화번호부에서 찾아봐야 하나?

나는 노라가 아침으로 뭘 주문했을까 생각한다. 그녀는 아주 좋은 가정부다. 그녀가 일요일에는 오지 않아서 다행이다. 이제 그녀에게 다른 일자리를 구하라고 해야 할 것 같다. 아마 그레첸이 덥석 데려가겠지. 더 이상 이 아파트를 유지할 수 없다. 나는 어떻게 될까? 틀림없이 비참한 결말이겠지. 6번가를 떠돌다 피터의 팔을 잡으며 50센트를 구걸하는⋯⋯. 아, 정말 끔찍해.

이 주방은 참 좋고 햇볕이 잘 든다. 물론 의사에게 오렌지 주스를 줘야지. 비타민이 풍부하니까.

거위 알이 있다⋯⋯. 노라가 피터의 일요일 아침식사를 위해 제퍼슨 시장에서 사 온 것이다. 피터가 말도 안 되게 거위 알을 좋아했기 때문이다. 눈물이 날 것 같다. 하지만 그것도 잠시뿐⋯⋯. 거위 알을 의사에게 주면 되겠다. 다른 건 없다. 거위 알이 아주 맛있게 오븐에 구워졌다.

"안녕, 패트리샤⋯⋯. 아주 생생해 보이네요."

"맨손체조를 하고 있었어요."

"건강한 정신을 위해서요?"

(그가 키스하는 동안 모든 걸 멈춰. 담장을 뛰어넘는 양을 세.

키스는 오래가지 않을 거야.)

그는 생각보다 통찰력 있는 젊은이다. "어제 일 때문에 마음이 복잡한 거예요? 미안해요, 내 사랑."

"괜찮아요. 난 그저 조금…… 남편이 신경과민이라고 말하던 그런 상태예요."

"이해할 만한 일이에요. 혹시 면도칼 같은 남성용품이 있을까요, 패트리샤?"

"우스꽝스러운 작은 금색 면도칼이 있어요……. 내 화장대에. 제가 가져올게요. 그걸로 될까요? (피터는 일자로 된 큰 면도칼을 썼었다……. 나는 그걸로 손목을 그으려 했었다……. 그가 그것을 챙겨 갔고…… 욕실은 하룻밤 사이에 여성적인 공간으로 바뀌었다.)

의사가 아침을 먹으며 약과 비타민과 내분비선 따위에 대해 이야기했다. 그는 매우 통찰력 있는 사람이었다. 그리고 거위 알을 좋아했다.

그는 브레부르트 호텔 프런트에 전화를 걸어 택시를 불렀다. 그러고는 말했다. "난 눈치 있게 행동하고 싶어요. 당신 전화를 기다릴게요, 패트리샤. 내가 막 들이대는 느낌을 주고 싶지 않으니까요."

내가 다정해 보이기를 바라며 미소 지었다.

"내가 당신보다 나이가 조금 더 많으니까…… 아주 작

은 조언, 또는 충고를 해도 될까요?"

"물론이죠. 오늘 아침에 제가 너무 아이처럼 굴었다면 죄송해요, 선생님."

"전혀요……. 어쩌면 당신이 깨닫지 못했을지 모르겠지만, 당신은 젊은 여성, 그것도 남편과 헤어진 아주 매력적인 여성이고, 남자들은 그런 당신을 세상에서 가장 좋은 사냥감이라고 생각할 거예요. 당신은 거기에 익숙해지며 적응할 거예요. 처음에는 힘들 수 있어요……."(음, 왜 이 남자는 난노식입석으로 조언하지 않는 거지? 성의 심리학 강의라도 하려는 건가? 아냐, 너무 조급하게 굴면 안 돼. 그는 내게 아주 친절했잖아. 지금 초인종을 울리는 사람은 택시 기사겠지.)

"시간이 모든 걸 치유해준다는 진부한 얘기가 진리라는 사실을 기억해요."

(의료 전문가가 내게 말해줄 수 있는 게 고작 이것뿐일까? 내가 알고 싶은 건 대체 시간이 얼마나 걸리느냐는 건데.)

"예, 택시 기사님. 밖에서 잠깐만 기다리세요."

"그런데 패트리샤. 너무 심각하게 받아들이지 말아요."

그가 미소 지었다. "인생에서 가장 즐거운 밤 중 하나였어요." 그가 꽤 진지하게 말했다.

그가 모자를 집어 들고, 내게 섣불리 키스하는 것을 자제하며 손을 내밀었다. 그 마지막 행동이 갑자기 진심으로 고마워서, 나는 정말로 밝게 미소 지으며 그 순간의 진실을 말할 수 있었다. "함께해줘서 기뻐요."

"전화해주길 기대할게요, 패트리샤." 그의 등 뒤로 문이 닫혔다. 정말로 이해심 많고 좋은 남자였다.

나는 그에게 다시는 전화하지 않을 것을 알았다. 다시는 그를 만나지 않을 것을. 그는 그것도 이해했다.

전화벨이 울렸다. 루시아였다. 그녀는 무척 아름다웠고, 아치볼드라는 남자의 전처였다. 나는 아치를 한 번 만난 적이 있었고, 루시아와는 광고 클럽에서 그럭저럭 알고 지내는 사이였다. 그녀는 최근에 내게 관심이 커진 듯했다. 내가 백화점 점원들이 '가정불화'라고 부를 법한 일을 겪고 있다는 사실을 알게 된 뒤부터였다.

"리키의 친구의 친구한테 들은 얘긴데, 네 남편과 리키가 간밤에 예일 클럽에서 총각 시절로 돌아온 것을 축하했다던데."

"놀랄 일도 아니네. 그 사람은 어제 저녁이 되기 전에 벌써 떠났으니까."

잠시 침묵이 흘렀다.

"기분이 어때?"

"괜찮은 거 같아." (마치 장티푸스에서 회복 중이기라도 한 것처럼, 사람들이 계속 기분이 어떠냐고 묻는다면 정말 괴로울 것 같아.)

"우리 집에 와서 차나 한잔할래?"

"좋지."

"그리고 팻, 익숙해지면 누군가의 전처가 되는 것도 나쁘지 않아. 인생과 비슷하지."

"그 얘기는 차를 마시면서 해줘."

"좋아."

전처, 피터의 전처는 비버 코트를 입고 흰색 새 장갑을 낀다. 내가 피터의 전처라는 것이 참을 수 없다.

일요일 늦은 오후의 햇살을 받으며, 피터의 전처는 5번가에서 사람들을 헤치고 업타운을 향해 빠르게 걸어가고 있다. 저녁에 과식한 사람들이 음식을 소화시키려는 듯 뒤뚱뒤뚱 우스꽝스럽게 걷고 있다(남자들의 얼굴 표정에서 내 모습이 괜찮다는 것을 알 수 있다. 어쩌면 지난주의 내 모습과 같을 것이고, 다음 주와도 많이 다르지 않을 것이다. 앞으로 5년, 또는 내가 운동만 잘하면 그 이후에도 여전히 그럴 것이다. 5년에서 10년 뒤에도 나는 여전히 이 거리를 걸으며 다음 블록에서 피터를 마주치기를 기대하고 있을까?).

파크 애비뉴.

검은색 벨벳 드레스에 붉은 머리, 계란형 얼굴. 루시아는 마치 성모 마리아 같다. 하지만 티치아노의 성모 마리아보다 훨씬 더 날씬하다. 말하자면 티치아노의 성모 마리아와 번 존스가 그린 여자들을 섞어놓은 듯한 모습이다.

"팻, 차 대신 하이볼을 줄게."

"직설적으로 말해줘, 루시아 언니. 이런 걸 과연 극복할 수 있어?"

그녀가 하이볼을 홀짝였다. 그녀의 가늘고 긴 손가락 사이에 담배가 끼워져 있었다. 그녀는 나를 연민 어린 눈으로 보는가 싶더니, 이내 평가하듯 보았다. 그러더니 짓궂게 싱긋 웃었다. 그녀의 사랑스러운 얼굴과 어울리지 않는 표정이었다. 내가 재미있다고 생각하는 것 같았다. 그녀는 대답하지 않았다.

"그런 일은 절대 극복할 수 없을 것 같아. 그렇지?"

그녀가 짜증스러운 듯 담배를 벽난로에 던져 넣었다. "내가 예언 하나 할까, 팻? 3년 안에 넌 네 남편의 눈 색깔도 기억하지 못하게 될 거야."

"그 말을 들으니 위안이 되네."

"그렇게 생각해?" 루시아가 말했다.

V

 이제 집에 갈 시간이었다. 루시아는 당연히 저녁 약속이 있었다. 하지만 나는 떠나고 싶지 않았다. 한때 피터와 나의 것이었던 아파트에서 또 하룻밤을, 아니 단 한 시간도 더 보내고 싶지 않다는 생각이 불현듯 밀려왔다.

 루시아는 말했다. "위층에 올라가자. 보여주고 싶은 게 있어." 그녀가 보여주려 했던 것은 두 개 층에 걸친 작은 복층 아파트의 위층이었다. 아파트 각 층에는 큰 방 하나와 욕실 하나가 있고, 두 층을 연결하는 재미있는 내부 계단이 있는 구조였다. 창밖으로는 맨해튼의 흔한 풍경인 공사 중인 건물들이 보였다.

루시아가 말했다. "네가 이리로 이사 와서 나랑 같이 살면 이 아파트의 비용을 감당할 수 있을 것 같아. 어차피 여자 룸메이트를 구하고 싶거든. 어느 정도 사생활이 보장된다면, 나름 장점이 있을 거야."

그 순간 아무려면 어떤가 하는 생각이 들면서 마음이 편해졌다. 어차피 나는 어딘가에서 살아야 하고 루시아는 아주 친절한 사람이었다. 안 될 게 뭔가?

"원래 그렇게 멍청한 동물들에게 친절해?"

그녀가 웃었다. "잠깐 동안은 멍청할 거야, 팻. 나도 그랬거든……. 난 모자를 써야겠어. 곧 체코가 올 거거든. 오늘 밤 너도 여기서 자고 가는 게 좋겠어. 먹을 만한 과일 케이크가 있어. 아니면 밖에 나가서 영양가 있는 걸 사 먹어도 되고. 뭐 하러 집에 가서 남편 전화를 기다리고 있어? 어차피 전화하지도 않을 텐데. 난 늦을 거야……. 소파 겸 침대가 펼쳐져 있어. 아니면 소파에서 자도 되고. 그런데 혹시 네 집에도 소파 겸 침대가 있니, 패트리샤? 그게 없으면 완벽한 전처의 집이라고 할 수 없어. 장식 효과가 좋은 1인용 침대인데, 비상사태가 발생하면 상황에 맞게 조절할 수 있거든."

나는 소파 겸 침대에 관심이 없었다. "그런데 체코가 누구야?" 내가 물었다.

"아무도 아냐. 그냥 가끔 쉬는 일요일에 도움을 주는 사람이지. 후년에 서사시를 쓸 거래. 그동안 몇몇 영화배우와 권투 선수의 대필 작가로 일하고 있어. 네가 괜찮다면, 그 사람을 아래층에서 만날까 해. 네가 그 남자 취향이라, 너에게 한 시간 동안 말을 걸 게 뻔한데, 난 지독하게 배가 고프거든."

"정말 나랑 살고 싶어, 언니?"

"그래. 우린 재미있을 거야. 두고 봐."

초인종 소리에 루시아가 아래층으로 내려갔다. 나는 담뱃불을 붙이고 골즈워디의 《은수저》를 읽기 시작했다.

루시아가 모든 것을 정리해줬다. 그녀는 우리 아파트 집주인을 만나 임대 계약을 해지하겠다는 허락을 받았고, 이사 갈 때 어떤 가구를 가져갈지 선택했고, 노라를 만나서 그녀가 우리 옷을 다림질해주고 속옷 끈을 꿰매준다면 우리가 집세를 내면서도 그녀의 생활비를 보태줄 수 있겠다는 판단을 내렸으며, 내게 소파 겸 침대까지 사주었다.

그 일요일 이후 짐 보관소 사람들이 짐을 싸러 온 날이 내가 옛날 아파트에서 10분 이상 보낸 유일한 시간이었다.

파인애플 모양 기둥이 있는 단풍나무 침대, 증조할머니가 주신 독수리가 조각된 금테 거울, 피터가 소중하게 간직했던 배 모양 북엔드, 우리가 런던 리버티 백화점에서 산 커튼은 모두 신속하게 미라처럼 갈색 종이에 감싸인 채 떠나갔다.

나는 피터가 두고 간 포트와인 한 병을 발견하고 보관소 인부들에게 줬다.

아파트는 다른 사람이 들어오기 전에 새 단장을 해야 할 것이다. 그들도 같은 색으로 아파트를 꾸밀지 잠깐 궁금했다.

짐 보관소 인부들이 작업을 끝냈다. 나는 은붙이를 직접 챙겨서 택시로 보관소에 가기로 했다. 나는 아파트 관리인에게 열쇠와 10달러를 건넸다. 그는 고맙다는 말과 함께 "힘든 일 겪게 되셔서 마음이 안 좋습니다, 부인"이라고 말하고는 택시를 잡아주었다.

보관소로 가는 길에, 나는 결혼반지도 커피 스푼과 함께 넣어둬야겠다고 생각했다. 보관소에 도착했을 때 보관소 직원들이 영수증을 작성하기 전에 모든 물건을 하나하나 세고 있었다. 커피 스푼과 결혼반지가 담긴 붉은색 플란넬 케이스에 이르러서 "결혼반지를 보관하는 것이 이상하다고 생각하시겠죠"라고 말할 때는 좀 민망했다.

물건들을 확인하던 나이 든 사무원이 무심한 눈으로, 테 없는 안경 너머로 나를 올려다보며 말했다. "부인, 금고에 그런 반지가 2~3백 개는 있을걸요."

나는 흰색 욕실 타일 대신 녹색 타일에 익숙해졌고, 지하철을 타고 업타운 방향으로 출근하는 대신 버스를 타고 다운타운 방향으로 출근하는 것에도 익숙해졌다. 그리고 한결같이 친절하고 한결같이 성격 좋은 루시아에게도 익숙해졌다. 그녀는 매사를 똑같이 대수롭지 않고 재미있는 일로 취급하는 듯한 태도를 지녔다. 나는 루시아와 3주째 함께 살고 있었다.

"여기저기 돌아다녀야 해." 첫째 날 루시아가 말했다. "그동안 남편 친구 대여섯 명하고만 어울렸잖아. 안 그래? 그 사람들은 대화가 지루해질 즈음이면 1919년의 그 대단했던 조정 경기 따위에 대한 기억을 나누곤 했을 거야. 그렇지? 자, 이제부터는 나랑 같이 실컷 돌아다니는 거야."

3주 동안 우리는 여섯 번의 파티와 세 번의 연극 초연, 다섯 곳의 스피크이지 바◆, 네 곳의 나이트클럽, 두 번의 오페라 공연에 갔고, 흑인 가수가 흑인영가를 부르는 음악회에도 한 번 갔다.

◆ Speakeasy, 미국 금주법 시대에 불법으로 운영되던 주점을 일컫는 단어. 고객들에게 조용히 말하라는 의미에서 그 이름이 유래했다.

"언니는 놀라울 정도로 인기가 많아." 또다시 일요일이 되었고, 우리는 딱히 할 일이 없는 한 시간의 짬이 났다.

"전처들이 인기가 많다는 뜻이겠지, 팻. 전처들은 뉴욕에서 가장 인기 있는 부류야. 누구든 '전처'에게 뜨거운 사랑을 바치겠다고 덤빌 수 있지만, 전처는 설령 그 사랑을 받아들인다 해도 상대에게 부담스러운 요구나 행동 같은 건 하지 못해. 적어도 너 같은 전처라면 말이야. 이혼하지 않은 전처니까. 그런데 왜 피터와 이혼하지 않는 거야?"

"아무도 내게는 뜨거운 사랑 따위를 바치지 않던걸. 파티에서 말도 잘 못하겠어. 내가 무슨 말을 해야 할지 좀 알려줘."

"나도 알아. 그런데 혹시 기분 상했니, 팻? 한 달쯤 지나서 기분이 좀 나아지면 그 문제도 극복하게 될 거야. 하지만 진지하게 말하는데, 이혼 문제를 처리하기 위해 뭔가를 해야 해. **빠를수록 좋아.** 그러면 깨끗하게 끊을 수 있을 테니까……. 피터라는 사람한테 연락은 왔어……? 너무 참견하는 것처럼 보이고 싶진 않지만……."

그에게 연락이 왔었다. 쪽지를 받았다. 나는 그것을 가져와 루시아에게 보여줬다.

쪽지 내용은 이랬다. "시내에 있는 집의 마지막 달 집세야. 당신에게 추가로 생활비를 지원할 계획은 없어. 물론 배를 곯거나 하면 연락해. 밥값 정도는 보내줄게. 하지만 당신이 잘해나갈 거라고 믿어. 당신 같은 부류는 그러니까. 당분간 월튼 암스 호텔에서 지낼 거야. 하지만 연락할 일 있으면 사무실로 하는 게 좋겠어. 아파트를 구하면 가구를 좀 가져가게 해줄래? 좋은 시간 보내. 피터가."

"아주 간단명료한 젊은이네." 루시아가 말하고는 잠시 주저했다. 그러더니 "이 남자에 대해 이런저런 말을 들었어, 팻."

"좋아, 말해줘." 나는 말했다. 안 그래도 궁금하던 참이었다. 함께 살기 시작하고 한두 주 정도는, 루시아는 임시적으로 '그가 돌아올지도 몰라, 패트리샤. 희망을 잃지마'의 태도를 보였다. 하지만 곧 '모든 게 끝났어. 하지만 언젠가 차라리 잘됐다고 생각하게 될 거야'의 관점으로 완전히 전향했다.

루시아는 말했다. "내가 물어보고 다녔어. 긴 이야기야. 남편과 별거하는 여자에게는 다들 이런저런 충고를 하지. 내게도 10여 명 정도가 조언을 했어. 몇 명은 도움이 됐고, 몇 명은 전혀 아니었어. 난 너에게 그 남자에 대해 말하라고 강요하고 싶지 않았어. 너무 큰 스트레스가 될지도 모르니까. 하지만 너를 어느 정도 받아들인 다음부터,

가능하면 상황이 어떤지 알면 좋겠다고 생각했어. 너에게 잘못된 조언을 하지 않기 위해서 말이야."

"언니는 천사야. 하지만 정말 말해줘. 주저하지 말고."

"너에게 이러는 건 몇 가지 이유가 있어. 누군가와 함께 살고 싶었는데, 네가 좀 회복이 되면 재미있겠다고 생각했어. 너는 나와 좋은 의미에서 대조를 이루는 부류라는 걸 알았지. 무슨 말이냐면, 너는 검은색 머리에 체구가 자그맣고 (보통은) 명랑한 반면, 나는 붉은기가 도는 금발에 키가 크고 나른하잖아. 게다가 내가 너와 같은 상황일 때 누군가 나한테 그렇게 해줬거든. 나도 누군가에게 갚고 싶었어……. 지금까지 한 말은 별로 관계없는 얘기들이야. 넌 힐다 문제에 대해 말했지……. 그런데 이 주디스라는 여자는 대체 어디서 튀어나온 거야? 피터의 신문사 사람을 아는 어떤 여자를 통해 알아낸 사실인데, 피터가 그 주에 매일 밤 주디스를 만났다는 거야."

"힐다와 무슨 일이 생긴 게 틀림없어." 내가 말했다. 또다시 비참한 기분이 들었다. 나는 조용한 시간에는 30분마다 피터가 어디에 있고 누구와 있는지, 무엇을 하고 있는지를 추측하지 않으려고 안간힘을 쓰며 무척 힘든 시간을 보내고 있었다.

"똑똑하네, 팻. 미안. 놀리려는 건 아냐……. 어쨌든 그 얘기를 듣기 전까지는, 난 네가 사랑하는 남자가 몇 주 안에 힐다에게 질려서 현명해진 모습으로 나타날 거라고 생각했어……. 그리고 한동안 만족할 거라고. 너는 그에게 푹 빠진 것 같고, 두 사람이 겪은 끔찍한 시간에도 불구하고 극적인 화해의 장면이 연출될지도 모른다고 말이야."

그녀는 놀라울 만큼 하얀 팔을 뻗어 터키 젤리 하나를 집은 뒤, 단것을 먹고 싶은 만큼 먹어도 살이 찌지 않으니 하느님께 감사한다고 말하며 조금씩 갉아 먹었다. 그러면서 혹시 내가 울기 직전이거나 뭐 그런 상태가 아닌지 살폈다.

"네가 입은 중국풍 기모노 멋지다, 팻." 그녀가 불쑥 말했다. 나는 웃었다. 이제 루시아의 뜬금없는 말에 익숙해지고 있었다. 그 말은 '이 대화가 괴로우면, 즉시 다른 얘기를 하자'라는 의미였다.

"언니가 입은 네글리제도 멋져." 내가 말했다. "계속해. 언니가 피터에 대해 말해도 거슬리지 않아. 사실은 오히려 도움이 돼. 피터에게는 절대 이혼해주지 않겠다고 했지만, 그가 정말로 이혼을 원하는데 내가 정말 그렇게 한다면 좀 치사한 사람이 되는 게 아닌가 생각하기 시작했어."

그러자 루시아가 말했다. "그래, 우리 모두 이성을 되찾게 되지. 시간이 좀 걸리긴 하지만…… 내가 주디스에 대해 이야기한 취지는, 정말 네 말처럼 '힐다에게 무슨 일이 생겼다면', 그런데 그 사람이 너에게 돌아오는 대신 주디스에게 간다면…… 지금 변호사를 찾아가든 내년에 가든 어차피 똑같다는 얘기야."

(나는 생각했다. '아직은 아니야. 아직은 놔줄 수 없어. 희망이 있는 동안은 지금은 그저 막간 같은 거라고 믿으며 시간을 때울 수 있어. 하지만 희망이 없다면 그럴 수 없겠지.')

루시아가 계속 말했다. "남자들은…… 남자들은 늘 작은 여행을 떠났다가 돌아오지만, 일단 세계 일주를 시작하면……."

"주디스는 세계 일주 감이 아냐. 그 여자는 사실 힐다보다도 별로야. 외모 면에서도."

"주디스에 대해서는 잠시 후에 얘기하고, 우선 단기 여행과 세계 일주에 대해서 말할게. 내 말은, 남자는 설령 한 여자를 진정으로 사랑하더라도, 단순히 어떤 여자가 섹시한 목소리를 가졌다거나 크고 순진무구한 눈을 가졌다는 이유로 분별없이, 짧게 눈이 맞아서 떠날 수 있다는 거야. 하지만 결국 그 여자에게 돌아오지. 전보다 나빠지지 않은 상태로, 심지어 가끔은 더 나아진 상태로. 하지만 남자가 일단 일주에 오르면, 너무 많은 항구에 기착하게 되어서 어쩌면 자기가 어느 도시에서 출발했는지 잊게 되고, 그때부터 자신이 본 모든 풍경들 가운데서 그 도시만이 가진 특별한 점이 무엇이었는지 틀림없이 잊게 된다는 거야. 너의 피터는 항해를 계속하고 있는 것 같아, 팻."

"아직은 믿을 수가 없어, 언니."

루시아는 곧바로 동정심을 느꼈다. "당연히 그럴 테지. 믿으려고 애쓸 필요도 없어. 내가 틀렸을 수도 있으니까. 그리고 조언의 유일한 용도는 그냥 주머니에 넣고 다니다가 언젠가 필요해지면 꺼내 쓰는 거야……. 그런데 주디스는 만난 적 있니?"

"사무실에서 몇 번. 이혼한 이후 스타일리스트로 일하거든. 그리고 파티에서 한 번."

"그 여자 맘에 들어?"

"아니……. 하지만 지금은 어차피 그 여자가 어떤 사람이건 마음에 들지 않을 거야. 내가 질투심이 강한 사람인가 봐, 언니."

"누구나 그렇지. 모두들 안 그런 척할 뿐……. 나도 주디스가 맘에 안 들지만, 그 여자도 나름의 장점이 있어. 그 얘기를 해도 괜찮겠어? 좀 잔인한 얘기지만 피터가 주디스와 어울리기 시작했다면, 왜 그 여자가 널 완전히 끝내버릴 것 같은지 설명하고 싶거든."

"어서 해."(피터가 그 뻔뻔한 여자와 어울리다니. 정말 말도 안 되는 일이었다. 하지만 내가 그녀에 대해 1800년대 사람처럼 고루하게 굴고 있다는 걸 나도 알았다. 솔직히 그녀는 세련되고, 재미있었다.)

"패트리샤, 착한 아이처럼 이 젤리 좀 치워줘. 이러다가 탈 날 것 같아. 그리고 담뱃대 좀 가져다줄래? 호박색으로 된 거."

그러더니 루시아가 말하기 시작했다. "내가 주디스를 싫어하는 이유는 주로 사소한 것 때문이야. 바로 말투야. 물론 속되거나 외설적인 말을 일상적으로 사용하는 건 한때 엄격하게 남자들만 하던 의식 같은 악습이었지만 지금은 남녀 모두에게 확산된 것들 중 하나일 뿐이지. 술을 마시거나 담배를 피우는 것처럼 말이야. 하지만 내 생각엔 둘 사이에는 분명 차이가 있어. 기독교 전통이 뚜렷한 남부 지방에서는 생각이 다르겠지만, 여자들, 특히 매력적인 여자들은 한 손에 담배, 다른 한 손에 칵테일 잔을 들고 있어도, 그 할머니들이 오른손에 부채, 왼손에 꽃다발을 들고 있었을 때의 모습보다 조금도 덜 여성스럽거나 덜 매력적으로 보이지 않아. 칵테일 잔과 담배는 오히려 더 자극적이고 더 화려하지. 물론 나는 술 때문에 반쯤 인사불성이 되어서 싸구려 나이트클럽 테이블에 널브러져 있는 여자를 말하는 게 아냐. 남자들이 그래도 똑같이 봐주기 힘들잖아. 하지만 말투는 달라. 남자들의 클럽이나 바에서라면, 속된 말들이 나름 개성 있고 그럴싸하게 들릴 수도 있어. 남자들이 요즘 우리에게 말하기 시작한 아주 생리학적인 지저분한 농담처럼 말이야. 하지만 내가 보기에, 그런 말들은 소위 교양 있다는 여자들에게는 여전히 어울리지 않아. 주디스가 나쁜 날씨나 일상적인 뭔가에 대해 말하면서 건물 벽 낙서에서나 볼 수 있을 법한 표현을 쓸 때면, 나는 좀 충격적으로 느껴져. 마치 프랑스 의상을 멋지게 복제한 옷을 차려입고 나타나서는 담배를 씹고 중간중간 침을 뱉는 것 같은 느낌이랄까."

"나도 알아, 언니. 그래서 피터가 그 여자를 진지하게 대하지 않을 거라고 생각하는 거야."

"그건 전혀 말이 안 되는 소리야, 팻. 이렇게 말하는 걸 네가 용서할지 모르겠지만, 넌 네 남자에게 끔찍한 충격을 줬잖아." 나는 움찔했다. 루시아는 눈치챘지만 그냥 계속 말하기로 작정했다.

"아, 네가 외도 사실을 피터에게 말한 건 정말 대단한 제스처였어. 앞으로는 또다시 그렇게 미숙한 행동을 할 일은 없겠지……. 그때 넌 외도를 되풀이하지 않기로 결심하고, 그 일을 절대 언급하지 말았어야 했어. 대단한 제스처에는 대단한 대가가 따르는 법이지. 네 제스처의 대가는 피터를 영원히 잃느냐 마느냐였어. 아직 확실하진 않지만, 아마 넌 잃게 될 거야. 네가 미성숙한 젊은 대학생의 여성관을 망쳐놨으니까."

(피터가 미성숙한 젊은 대학생? 그런 생각은 한 적이 없어. 어쩌면 정말 그럴지도 몰라.)

"괜찮아, 팻. 나도 한때는 아치에게 그렇게 미숙한 짓을 했으니까. 나중에 말해줄게. 하지만 우선 주디스 얘기를 마저 할게. 남자들과 다름없이 행동하는 그런 부류의 여자. 그 순간 피터가 원한 건 딱 그거였을지도 몰라. 특히 또 다른 순수한 사랑과의 관계가 삐걱거릴 때는 말이지. 주디스는 성적 매력이 있어. 의도적인 성적 매력이지. 물론 너와는 달라, 팻."

"난 성적 매력이 전혀 없어. 그러니까 남편도 못 지켰지."

"한 가지 예, 그것도 상관없는 예를 일반화하지 마. 넌 사실상 보편적인 성적 매력을 가졌어. 네가 다시 사람들에게 조금이라도 관심을 갖게 되면, 지금처럼 예쁘게 꾸몄지만 전혀 무반응인 상태를 벗어나게 되면, 곧바로 남자들이 하룻밤, 또는 한 달이나 두 달, 또는 더 오랫동안 너를 '사랑하게' 해달라고 줄을 설걸('사랑'을 말할 때는 조롱하는 말투였다). 난 그게 걱정이야. 나 같은 경우는 성적 매력이 별로 없어, 팻. 머리색 말고는 섹시한 면이 없지. 내 영적인 성향 때문에 남자들은 내게 다가오지 않아. 그냥 낮 시간의 동행 정도로만 만족할 뿐이지. 나도 그게 좋아. 반대로 끊임없는 구애를 피해야 하는 건 너무 피곤한 일이니까……. 이 정도면 일요일 설교로 충분하겠지. 주디스와 그런 부류의 여자들은 필요하기 때문에 성적 매력을 키워. 그런 부류의 여자들은 사실 여성스럽지도 예쁘시도 않지만, 영리하게 자신의 매력을 강조하지. 그 여자를 예로 들어볼까? 그 여자는 보기 좋은 적갈색 머리와 나쁘지 않은 눈(개암나무 색이던가?), 적당히 날씬하면서 곡선미 있는 몸매를 지녔어. 하지만 그뿐이야. 그 여자의 이목구비는 그냥 얼굴에 흩어져 있을 뿐이야. 그 여자의 코나 손이나 입, 턱이 기억나니? 그보다는 그 여자의 무릎이 훨씬 더 생생하게 기억나지. 그 여잔 항상 무릎을 높이 꼬고 있잖아. 그것도 제법 괜찮아. 사실 무릎이 가장 잘 기억나. 머리하고. 그 여자는 적절한 상황이건 아니건, 틈만 나면 모자를 벗어서 빛을 받아 반짝이는 머릿결을 보여주려 하지. 그런데 내가 왜 그 여자 눈을 기억하는 거지? 아, 맞다. 그 여자가 졸린 것처럼 눈을 게슴츠레하게 뜨고 사람들을 보기 때문이야."

내가 낄낄거렸다. "대단해, 언니……. 혹시 주디스가 언니한테도 끼어든 적 있어?"

"아니. 하지만 비슷한 누군가가 그랬지……. 그런 부류는 놀랄 만한 말투와 과도한 화장, 그리고 아, 다리를 이리저리 흔드는 방식으로, '나 오늘 한가해요, 한가해요, 난 사실 아주 재미있는 여자랍니다'라고 말하지. 실제로 재미있기도 하고. 그런 여자들은 넥타이를 풀고 앉아 있는 것처럼 편안한 느낌을 주거든. 주디스가 너나 힐다보다 너의 피터에게 더 쉽게 느껴졌을 거라고 확신해. 피터는 잘생겼잖아. 안 그래? 그리고 그 여자는 신문사 남자들과 죽이 잘 맞을 거야……. 패트리샤, 그 여잔 피터를 오랫동안 붙들고 있을 거야. 피터가 또 한 번 성배를 찾는 이상주의에 빠지기 전까지는. 심지어 그런 이상주의가 재발하지 않도록 피터를 개조할지도 모르지. 그런 부류의 여자들은 그러거든."

"루시아 언니, 오늘 오후엔 카산드라◆가 따로 없네."

"한잔하자. 스티븐스의 집에는 술이 없을 거야. 하지만 거기엔 갑자기 노래를 부르곤 하는 놀라운 러시아인들이 있지. 대체로 봐줄 만해. 네가 칵테일을 만들래?"

◆ 그리스 신화에 등장하는 예언자로, 아무도 믿지 않는 예언을 하거나 나쁜 소식을 계속 예언하는 사람이라는 뜻으로 쓰인다.

"브롱스나 만들어야겠네. 진하고 오렌지밖에 없어서……."

"맛이 좋네. 언니, 내가 피터에게 편지를 써서 아직도 이혼을 원하느냐고 물어야 한다고 생각해?"

"왜 편지를 써? 그건 명백하게 무분별한 행동이야……. 전화를 거는 건 어때?"

"지금 아마 클럽에 가 있을 텐데."

루시아는 아무 말도 하지 않았다. 나는 전화기가 놓인, 루시아의 공간과 내 공간을 연결하는 작은 계단 밑으로 갔다. 전화기 옆에 놓인 메모지에는 그 주에 있을 우리의 모든 약속이 낙서처럼 갈겨 쓰여 있었다. 지금까지는 모두 루시아가 잡은 약속들이었다.

"들어봐, 팻. 전화를 걸기 전에 뭐라고 말할지 생각해 둬야 해."

"그건 간단해."

"머레이 힐 0003이요."

나는 피터의 이름을 댔다. 루시아가 내게 두 잔째 칵테일을 가져다주며, 바로 위쪽 계단에 앉았다.

나는 한참 기다려야 했다.

"팻, 그냥 끊는 게 어때? 서두를 건 없어." 루시아가 말했다.

"원래 오래 걸려."

"안녕, 피터? 팻이야."

"그래, 목소리 알아들었어. 어떻게 지내?"

그의 목소리는 꽤 경쾌했다.

"좋아. 혹시 아직도 이혼을 원한다면 해주겠다고 말하러 전화했어."

잠시 침묵이 흘렀다.

"이런, 고마워. 하지만 그렇게 서둘 건 없어."

"어, 힐다는 어때?"(루시아가 옆에서 물어보라고 부추겼다.)

"아주 잘 지내고 있었어. 마지막으로 연락했을 때는."

그다음엔 뭐라고 말하지? "언제 한번 보러 올래?"(역시 루시아가 도와줬다.)

"언제 한번 그러든가 할게. 주소가 어떻게 돼?"(그는 주소를 알고 있었다. 내가 써줬으니까. 하지만 나는 다시 한번 말해줬다.)

"음, 저녁을 먹으면서 이혼 얘기를 해도 좋고······. 당신 전화번호는 어떻게 돼?" 내가 말했다.

"전화해줘서 고마워, 팻."

"안녕."

루시아가 말했다. "이제 셰이커에 남은 술을 마저 마시는 게 좋겠어. 오늘 오후는 완전히 망친 것 같으니까. 맙소사. 4시잖아, 팻. 15분 내로 옷을 입어야 해. 지금 너무 정신없니?"

"모르겠어."

"음, 일단 내 욕실에서 화장하면서 얘기하자."

루시아는 머리를 풀고 빠르게 빗질하기 시작했다. 나는 얼굴에 콜드크림을 바르기 시작했다. 머리 손질은 금방 끝났다.

루시아가 말했다. "참 다행이야."

"뭐가?" 내가 물었다.

"내 결혼이 오래전에 끝난 게." 루시아가 말했다.

VI

 이른 봄이었다……. '부활절 의류와 액세서리' 광고 등을 쓰고, 막바지 바이어 미팅이 끝난 뒤 추가적인 패션 페이지를 준비해야 할 때였다. 서둘러 도판 작업을 하고, 서둘러 삽화 작업을 하고, 서둘러 문안을 조판공에게 보내고, 조판공에게 서둘러 교정을 하라고 재촉해야 했다. 패션 카피라이터가 퇴사하는 바람에, 내가 패션 카피라이터가 되었다. 게다가 광고부 차장이 아파서 내게 자신의 일을 맡겼다. 나는 기뻤다. 덕분에 하루하루가 빨리 지나갔다.

 나는 말했다. "미스 토머스, 수입품 도마뱀 가방을 가져오세요. 도마뱀 구두와 함께 스케치하게요. 미스 헤이스팅스가 내려오는 중예요. 액세서리 지면에 2단으로 들어갈 모든 도판 작업을 그 사람이 맡을 거예요. 스타킹과 장갑, 구두와 가방 세트, 손수건, 액세서리. 공간이 하나 남았어요. 미스터 존슨에게 화훼류 바이어와 향수 바이어 둘 다 지면에 실리기를 희망한다고 말하고, 어떻게 할지 결정하라고 해주세요. 빠진 사람이 왜 자기가 빠졌냐고 내게 따지는 상황은 피하고 싶어요……. 아니, 생각해보니까 부토니에르와 향수병을 한데 놔서 둘 다 쓸 수 있겠네요. 구두-핸드백과 균형이 맞겠네요. 미스 헤이스팅스가 그런 걸 잘하니까."

전문용어. 나는 전문용어를 빠르게 배웠다. 덕분에 집세와 출근할 때 택시비, 그리고 옷값을 벌 수 있었다. 결혼한 이래로 그 어느 때보다 많은 옷을 샀다. "오리지널의 복잡한 단순함을 잘 살린" 파란색 봄 정장 세트를 도매가로 89.50달러에 구입했다. 뒤샤른 프린트 드레스와 비오네트 제품을 훌륭하게 복제한 코트로 이루어진 세트였다. 바이어가 나를 제조업체로 데려갔고, 나는 그의 제품 라인 전체에 대해 정중하게 감탄을 표했다. 그리고 광고에 대해 이야기했고, 《위민스 웨어》에 실릴 광고를 맡았다. 덕분에 일주일에 25달러를 추가로 벌게 되었다. 나쁘지 않았다. 모자류 광고도 같은 식으로 따냈다. 거기서는 주급 15달러를 지불했다. 내가 패션 카피라이터가 된 이래로 직장에서 65달러를 받았다. 요즘 나는 구두 두 켤레와 거기에 어울리는 핸드백을 동시에 구입하면서 그편이 오히려 더 경제적이라고 말했다. 그렇게 하면 제품이 더 오랫동안 보기 좋은 상태를 유지한다는 논리였다.

세탁이 가능한 스웨이드 장갑도 많았는데, 노라가 그것들을 깔끔하게 관리해줬다. 한 달 정도 차고 버리는, 유치하지만 화려한 액세서리. 하지만 그것은 동시에 전체 의상의 콘셉트를 완성했다. 검은 실크 코트. 그러나 그것은 그저 검은 실크 코트가 아니었다. 흰색과 검은색이 조화를 이룬 파투 브랜드 드레스. 모자, 모자, 모자들. 나는 워낙 모자를 좋아했다(피터와 살면서 시즌이 끝나갈 때 할인해서 5달러에 파는 모자 하나를 사려고 이리저리 찾아다녔던 비참한 시절도 있었는데). 값비싼 고급 파우더와 립스틱, 향수(한번은 피터가 우비강의 이데알 향수를 사줬다. 아주 값비싼 것은 아니었지만, 그는 그것을 사기 위해 사흘 동안 점심을 걸러야 했다).

피터가 떠난 지 7주, 내가 루시아와 살기 시작한 지 5주가 되었다. 피터를 생각할 시간이 없거나 많지 않았다. 일어나서 맨손체조를 하고, 약국 겸 편의점에서 오렌지 주스와 토스트, 커피를 먹고, 택시를 타고 출근했다. 9시부터 1시, 또는 2시 30분부터 5시 30분까지는 피터를 생각할 시간이 없었다. 그 이후에도 빠른 걸음으로 2마일을 걸어 45분 만에 집에 도착한 뒤, 샤워를 하고 옷을 입고 여기저기 다녔다.

남자들은 루시아에게 내가 외모는 사랑스럽지만 너무 차갑다고 말했다. 왜 그랬을까? 나는 택시에서든 후끈한 나이트클럽에서 춤을 추면서든, 파티에서든, 남자들이 키스를 원하면 하노록 허락했다. 하지만 그 키스는 진짜가 아니었다. 직장도 진짜가 아니었다.

그러나 옷들은 진짜였다. 나는 언젠가 피터가 전화했을 때, '당장 와도 돼'라고 말할 수 있기 위해 많은 옷을 샀다. 그때 멋지게 차려입고 나가기 위해. 그리고 항상 신경 써서 옷을 입었다. 혹시 어딘가에서 피터의 친구들을 마주칠지도 모르기 때문이었다. 그러면 그들은 피터에게 가서 "오늘 패트리샤를 봤는데, 정말 예쁘더라"고 말할 것이고, 그러면 그가 더 빨리 전화를 걸 것이다.

전화는 진짜였다. 어느 날, 어쩌면 밤늦게 전화벨이 의미심장하게 울릴 것이다. 그것은 피터일 것이다. 그는 "패티, 지난 몇 개월은 전부 말도 안 되는 실수였어. 나 돌아갈게"라고 말할 것이다.

그러면 내가 말할 것이다. "너무 기뻐."

나는 피터에게 내가 갔던 연극 초연들에 대해 이야기할 것이다. 그리고 내가 자려고 올라왔는데 나를 따라와서는 내 타자기로 칼럼을 쓰던 웃기는 타블로이드 신문 칼럼리스트에 대해서도 이야기할 것이다. 루시아가 올라와서 함께 자자며 나를 아래층으로 데려갔을 때, 그 칼럼리스트는 무척 실망한 눈치였다.

또 피터에게 루시아와의 약속에 대해 말해줄 것이다. 루시아 없이 혼자 외출할 때는 새벽 3시에 차일스 식당에서 만나자는 약속이었다. 우연인 척 만나서 함께 집으로 오기 위해서였다. 루시아는 내가 아직 온전히 정신을 차리지 못하고 있어서 누구도 감당할 수 없다고 말했고, 그래서 그런 약속을 하게 된 거였다. 그 얘기를 들으면 피터가 재미있어할 것이다. 나는 그에게 그가 떠나고 몇 주 동안 몽유병 걸린 사람처럼 돌아다녔다고 말할 것이다.

그러는 사이에 낮 시간은 빠르게 흘러갔고 저녁 시간도 빠르게 흘러갔다. 2인용으로 조절할 수 있는 소파 겸 침대(루시아는 애인도 없으면서 무슨 의도로 그런 말을 한 걸까?)에 누우면, 대체로 잠이 들었다.

가끔 잠들지 못하는 밤이면 피터가 내 어깨에 머리를 기대었을 때의 감각이 떠올라 마음이 아팠다. 나는 생각했다. '피터의 헝클어진 부드러운 머리칼을 쓰다듬을 수 있다면 얼마나 좋을까, 그가 깨지 않도록 부드럽게⋯⋯.'

그럴 때면 아래층으로 내려가 루시아의 공간에 있는 소파에서 잠을 잤다. 나중에 그녀가 깨어나서 그냥 이렇게 말했다. "안녕, 자기야. 숙취가 심하네."

그러면 내가 말했다. "언니는 밤에 맨손체조를 해야 해. 숙취에 끝내주거든."

"아이고, 그렇게 따분한 운동하는 양처럼 굴진 말아줘. 맨손체조라니, 생각만 해도 지친다. 아직 8시야?"

6시 반까지 근무한 어느 날 저녁, 나는 택시를 타고 집으로 왔다. 루시아와 내가 7시에 네 명이 함께 하는 저녁 약속이 있었기 때문이다. 15분 안에 옷을 갈아입어야 했다.

하지만 루시아는 집에 없었다. 나는 우리가 항상 서로에게 메모를 남기던 전화기 옆 메모장에서 메모를 찾았다. 메모에는 이렇게 적혀 있었다. "네 남편이 6시에 전화했더라. 그래서 7시에 다시 하라고 했어. 두 남자는 내가 데리고 나갈게. 행운을 빌어."

"추신: 냉정을 잃지 마, 자기야."

"추추신: 자정쯤 집에 갈 테니까. 내려오고 싶으면 내려와."

7시 12분 전이었다. 나는 모자와 장갑, 핸드백, 그리고 ('황홀경'이라는 색조의 시폰 스타킹 두 켤레와 파리에서 건너온 망사 머리띠가 들어 있는) 쇼핑백을 모두 계단에 내려놓고, 그 옆에 주저앉았다. 무릎이 떨려서 계속 서로 부딪쳤는데, 이상하게도 그게 재미있게 느껴졌다. 핸드백에서 담배와 성냥을 꺼내 담배를 피우며 희망 회로를 돌렸다.

(그가 돌아오려는 거야. 힐다와는 끝났고, 주디스는 도저히 견딜 수 없는 걸 거야. 그는 돌아올 거야. 그럼 이 아파트는 어떻게 하지? 피터가 브루클린 하이츠에서 살려고 할까? 아니면 돈을 절약하고 몇 년 안에 아기를 또 갖기 위해 좀 더 경제적인 어딘가에서 살려고 할까? 난 항상 생각했어. 내가 전부 끝났다고 믿지 않는 한, 끝난 게 아니라고. 눈치 있게 행동해야 해. 그가 그동안 뭘 했는지 너무 호기심을 보이지 말고. 그는 그냥 짧은 여행을 다녀온 거야. 루시아의 말에 따르면, 남자들은 더 나아진 상태로 여행에서 돌아온다잖아. 그걸 기억해야 해. 그 의사에 대해 말해야 할까? 아니, 절대 안 돼. 그땐 내가 잠시 미쳤던 거야. 미치지 않았다면 절대 그런 일이 일어나지 않았을 거야.)

전화벨이 울렸다.

"피터, 자기!"

"어, 당신이야, 팻? 오늘 저녁 먹을 시간이 있나 해서. 우리 이혼에 대해 얘기할 수 있을까?"

나는 한동안 대답할 수 없었다(하지만 참 멍청하기도 하지. 그가 돌아오고 싶다는 말을 곧바로 할 리가 없잖아. 그러면 그가 너무 일관성 없게 보일 거야. 남자들은 그런 걸 싫어하잖아).

"그래, 오늘 시간 있어, 피터. 45분 정도만 시간을 주면 준비할게. 방금 집에 들어왔거든. 좀 씻기도 해야 하고······."

"좋아. 그럼 8시 15분 전쯤 되겠네. 내가 데리러 갈까, 아니면 당신이 나올래? 블루스타에서 저녁을 먹을까 하는데."

(아, 우리가 돈이 있을 때 기념할 일이 있으면 가끔 가곤 했던 기분 좋은 프랑스 스피크이지 바였다. 그가 거기서 저녁을 먹고 싶어 한다는 건 좋은 신호였다. 거기서 만나는 게 좋겠어. 그가 기다리는 동안 칵테일을 한잔할 수 있게. 그럼 분명 기분이 좋아질 거야.)

"거기서 8시에 만나면 될 거 같아."

"좋아. 그럼 한 시간 뒤에 거기서 만나지. 이따 봐."

뭘 입을까? 파란색 정장 세트? 아니면 파투 드레스와 검은색 코트? 나는 허겁지겁 위층에 올라가서 목욕물을 틀어놓고 뽀송뽀송한 담홍색 프랑스제 슈미즈를 꺼냈다. 슈미즈 전체에 핀턱과 주름이 예쁘게 잡혀 있었다. 피터는 예쁜 색깔 속옷을 좋아했고, 레이스 달린 것은 싫어했다.

그 순간, 그런 생각이 불러온 암시들, 그가 그 슈미즈를 보고 감탄할 거라는 생각에 갑자기 숨이 막혔고, 잠시 주저앉아 담배를 한 개비 더 피워야 했다.

고민하던 두 가지 옷 중에 파투 드레스가 분명 더 인상적이었다. 그 옷을 입으면 형언할 수 없이 날씬해 보이면서도 충분히 곡선미 있게 보였다. 나는 급하게, 그러나 효율적으로 목욕을 하고 옷을 입었다. 큰 문제는 볼연지를 얼마나 바를 것이냐였다. 지금 그녀는 자체적으로 혈색이 좋았지만, 나중에 혈색이 약해졌을 때 창백하고 초라해 보이고 싶지 않았다. 차라리 좀 과한 게 낫지. 블루스타의 불빛은 어두웠고, 검은 드레스에 모자를 쓰면 커버할 수 있을 것이다.

드레스를 입었다. 깊게 파인 흰색 칼라와 과장된 커프스가 인상적이고, 꽃잎 모양으로 재단된 검은색 크레이프 소재의 드레스였다. 검은색 새틴 오페라 펌프스……. 새틴 신발은 별로 좋아하지 않지만, 이 구두를 신으면 발볼이 좁아 보였다. 챙이 거의 없는 검은색 밀라노 모자. 앞쪽에는 비스듬하게 금빛 화살이 수놓아져 있다. 진주, 아니, 납작한 금 목걸이.

목걸이를 찾다가 옛날 반지 하나를 발견했다. 흠이 있는 에메랄드를 독특한 이탈리아식 세공으로 장식한 반지였다. 피터가 런던 옥스퍼드 거리에 있는 골동품 가게에서 사준 것이었다. 나는 화해의 제스처로 그 반지를 끼었다.

루시아에게 뉘 드 노엘 향수가 있었다. 피터는 그 향수를 좋아했다. 나는 향수를 가지러 아래층으로 내려갔다. 루시아의 욕실에서 긴 거울에 비친 빛나는 나를 보며, 내 외모에 감사했다. 내 외모는 피터와의 관계에서 아주 유용했었고, 그건 그리 오래전 일이 아니었다. 루시아는 '냉정을 잃지 말라'는 메모를 남겼다. 피터와 있으면 절대 그럴 수 없었다. 그래본 적이 없었다. 하지만 지금 내가 최상의 모습인 것을 보니 안심이 되었다.

택시에서 나는 검은 실크 코트의 등판이 구겨지지 않도록 아주 조심하며 앉았고, 장갑을 더럽힐 수 있는 무엇도 만지지 않으려 애썼다. 그러는 동안, 불현듯 조금 서늘한 기분을 느꼈다. 피터가 외모를 제외하면 나의 어떤 점을 좋아했었는지(혹시 그런 것이 있다면) 도무지 기억이 나지 않았기 때문이다. 그것을 알아내려면 돌이켜 생각해야 했다. 그를 마지막으로 본 지 거의 두 달이 지났고, 그 이전 6개월 동안은 그야말로 전쟁이었다……(아, 그 생각은 하지 말자. 그를 만나면 무슨 말을 할지를 생각하자).

그는 처음 보는 파란색 정장 차림으로 빈 칵테일 잔을 앞에 둔 채 담배를 피우고 있었다. 그는 마르고 단단해 보였으며, 조금 낯설게 보이기도 했다. 그는 내가 가까이 갈 때까지 나를 보지 못했다.

"아, 왔네, 팻. 어떻게 지내? 뭐 마실래?"

"마티니가 좋겠어."

"좋아. 식사 주문부터 하고 얘기하자." 그가 말했다. "팻, 멋져 보이네."

"당신도."

"광고 일은 어때?"

"좋아. 나 승진했어. 신문사 일은 어때?"

"나도 승진했어. 마티니 한 잔 더 할래?"

"응, 고마워."

나는 마티니처럼 차갑고 건조한 느낌이 들었다. 전에도 피터와 좁은 테이블을 사이에 두고 마주 앉은 적이 수백 번은 되었지만, 그때는 그의 멋지고 단단한 팔에 안겨 있는 것처럼 가깝게 느껴졌었다. 그런데 지금 그들 사이에는 거짓말과 말다툼과 각자의 모험으로 인해 더욱 벌어진 거리가 있었다. 그런 거리가 있을 것을 모르지 않았다. 하지만 아마 그런 거리는 메울 수 있을 것이다. (그를 재촉하지 말자. 생각하려 애쓰자. 그런데 생각할 수가 없어. 그냥 이렇게 말하고만 싶어. '나를 다시 데려가. 내게 한 번 더 기회를 줘. 내가 다시 살아날 수 있게.')

나는 손수건을 꺼내는 척하며 핸드백 속 거울에 비친 내 모습을 슬쩍 보았다. 내 얼굴은 침착해 보였다. 다행이었다.

"나를 대신할 사람을 아직 못 만났어, 팻?" 그가 싱긋 웃었다. 충분히 친근한 미소였다.

"못 만났어."(여기서 뭔가를 해야 해. 잘하는 짓인지 멍청한 짓인지 모르지만, 뭐라도 해야 해.)

"사실은 나 보고 싶지 않았어, 피터?"

"사람이라면 당신처럼 오랫동안 곁에 있었던 누군가를 보고 싶어 하는 게 당연하지. 하지만 서서히 회복하고 있어."

나는 조금 화가 났지만, 그러지 말아야 한다는 걸 알았다. "당신의 대단한 로맨스는 어떻게 되어가고 있어, 피터?"

"어떤 로맨스?"

웨이터가 수프를 가져갔다. 피터는 내 와인 잔을 채웠다.

"순결한 영혼 힐다 말이야."

"아, 그건 완전 끝났어. 얘기 못 들었어?" 그는 완전 아무렇지도 않은 목소리로 말했다. 그는 눈에 띄게 즐거워하며 생선 요리를 먹었다(여기 소스가 좋네. 안 그래, 팻?).

"아니, 못 들었어. 무슨 일이 있었는데?"

"뭐 말 못 할 것도 없지. 어느 날 밤 내가 술에 취해서 이름도 기억나지 않는 누군가와 키스했다고, 그 풋내기 아가씨가 큰 소란을 피웠어. 그리고 다음 날 내가 자기를 10분 기다리게 하고 맥주 냄새를 풍기며 들어왔다며 또 한바탕 쇼를 벌였지. 마지막으로, 어느 날 저녁에 그 여자가 내게 담배와 키스와 술을 끊겠다는 약속을 받아내려 했지. 맙소사, 정말 소유욕이 강한 여자야! 그래서 내가 그 기준을 맞추지 못하겠다고 했지. 그랬더니 내 수준에 딱 맞는 건 당신이라고 하더라. 어때, 만족해?"

"뭐 그다지."

나는 와인 잔을 비우고, 숨을 길게 들이쉬었다. 피터가 잔을 또 채워주었다. "당신은 외모가 출중한 사람이야, 팻." 하지만 그의 목소리는 여전히 아무렇지 않았다.

(음, 너무 나가는 거 아닐까? 하지만 잃을 건 없고, 어쩌면 뭔가를 얻을 수도 있잖아.) "힐다가 떠났으니, 이제 내 위치는 어디야, 피터?"

"전과 같아."

웨이터가 치킨을 가져왔다.

"그게 무슨 뜻이야, 피터?"

그가 마치 중요한 일이 아니라는 듯 부드럽게 미소 지

으며 말했다.

"끝났다는 거지."

우리 둘 다 잠시 아무 말도 하지 않았다.

"당신을 만나서 저녁을 먹으면 기분 좋을 거라고 생각했어. 그리고 기분 좋아. 난 당신이 좋고, 당신이 매력적이고 사랑스러운 목소리와 손을 가졌다고 생각해. 그리고 당신에게 그런 일을 겪게 해서 미안해. 당신도 그렇게 생겨먹은 걸 어쩔 수 없었을 텐데. 그 걱정은 하지 마. 애초에 그건 내 실수였으니까. 와인 좀 더 마셔……. 그리고 언제건 당신이 이혼하고 싶을 때 내게 말하면 내가 모든 걸 준비할게. 물론 나야 급할 건 없어. 사실 이런 상황이 나에게 일종의 보호막이 된다는 걸 느끼기 시작했거든……."

나는 한동안 아무 말도 할 수 없었다. 그러다가 말했다. "'내가 그렇게 생겨먹었다'는 건 무슨 뜻이야?"

"아, 진정해, 팻. 그걸 파고들어서 무슨 소용이야?"

"왜 안 돼?"

"저녁을 먹자고 데려와놓고, 당신한테 걸레라고 말할 수는 없잖아."

나는 몹시 화가 났다. "주디스보다 걸레는 아니야."

"소식을 잘 알고 있었네? 당신이 더하지는 않을지 모

르지만, 적어도 주디스는 내게 아닌 척하지는 않아."

그 순간 나는 절망적이었다. 둘 사이에 물리적 장벽이 자리 잡고 있는 것만 같았다. 그걸 무너뜨릴 수 있을까? 어떻게 해야 할지 방법을 생각해낼 수 없었다. 눈물 두 방울이 샐러드 위로 떨어졌다. 피터가 그것을 보지 못했기를 바랐다. 사람이 자존심이 있지. 아니, 바보 같은 소리다. 내게 자존심 따위는 없었다. 이런 와중에도 그를 신경 쓰고 있었으니까. 나는 그저 자존심이 있어야 한다고 느낀 것뿐이었다.

그의 목소리는 친오빠처럼 다정했다. "울릴 생각은 아니었어, 팻. 그 생각은 이제 하지 마. 코냑과 베네딕틴 섞은 거 한잔할래? 예전에 좋아했잖아."

"고마워." 나는 그를 보았다. 그리고 테이블 위에 그의 손이 놓여 있는 곳으로 손을 뻗었다. 혹시 그가 내게 손을 잡게 해준다면…….

그가 슬그머니 내 손등에 손을 얹었다. 그리고 그때 에메랄드 반지를 발견했다. "아, 세상에, 팻. 기억나?" 그가 말했다.

우리는 런던에 대해 이야기했다. 우리가 살았던 첫 번째 아파트, 내가 단돈 1달러로 마련한 2인용 저녁식사, 오래전에 멀리멀리 가버린 것들.

밖으로 나왔을 때 그가 내 팔을 끌어다가 팔짱을 끼었다. 우리는 봄날 저녁 내내 산책을 하며 상점의 유리창들을 들여다보고, 우리가 아주 어렸을 때 했던 일들과 장난을 떠올리며 서로를 웃게 만들었다.

그는 스물다섯이었고 나는 스물넷이었다. 그리고 우리는 '우리가 아주 어렸을 때'를 이야기했다. 나는 부끄러워하면서도 그에게 내가 사는 아파트를 보러 가지 않겠냐고 물었다. 그는 그러고 싶다고 했고, 그래서 우리는 택시를 잡아탔다. 나는 우리가 꽤 필사적으로 서로의 손을 붙잡고 있다는 것을 깨달았다.

루시아의 아파트를 지나칠 때 불빛은 없었다. 나는 곧장 위로 올라가서 계단 꼭대기에 있는 문을 잠갔다. 루시아와 낯선 사람들이 들어와서 그들이 본 연극에 대해 이야기하면서 방해하는 것을 원치 않았기 때문이다. 나는 대신 피터와 대화하고 싶었다.

하지만 이야깃거리를 생각해내야 했다. 나는 담배를 건넸다. 그는 나를 바라보았다. 나를 보는 것이 즐거운 것처럼. 그러나 그 때문에 마음이 아픈 것처럼.

"피터, 그동안 극작가들과 칼럼리스트들과 내 초상화를 그려주겠다는 화가와 그 밖에 재미있는 사람들을 만났어……."

"그래, 유명인들을 쫓아다닐 셈인가 보군."

나는 말을 멈추었다. 이 아파트가 아닌 우리 둘과 아무 관련 없는 곳에 있었으면 좋겠다는 생각이 들었다.

"미안해, 팻. 무례하게 굴 생각은 없었어."

"괜찮아."(그는 아직 내게 키스하지 않았다. 만일 했다면, 정말로 괜찮았을 것이다. 그것이 우리 사이의 거리를 메워줬을지도 모르니까.)

그는 왔다 갔다 했다. 조금 취한 상태였다. 나는 내가 멍청한 말을 할까 봐 두려웠고, 그래서 아무 말도 하지 않았다. 그가 입을 열었다. "팻, 내가 당신과 사랑에 빠지기 전에, 나탈리라는 여자에게 대차게 차인 적이 있어. 기억나? 내가 언급한 적이 있는데. 대학교 사교계를 주름잡는 여학생이었다는 등등 말이야. 나는 그 여자에게 시를 써줬는데, 그 여자는 제라드 때문에 나를 차버렸지. 제라드는 엄청나게 돈이 많았거든. 뭐 그 여자로서는 이성적인 판단이었지. 어차피 그 여잔 나보다 다섯 살이나 많았고, 나는 그저 풋사랑이었으니까. 하지만 난 그 일로 제법 큰 상처를 받았어……. 그러다가 당신을 만났지……."

나는 피곤함을 느꼈다. 이 이야기가 어디로 흘러가고 있는 걸까?

"당신은 무척 깨끗해 보였어. 뭔가가 있었지. 좀 구식 표현이지만, 나는 당신을 '이슬 같다'고 생각하곤 했어, 패트리샤."

그는 주머니에 손을 넣고 서서 나를 보았다. 화가 난 것 같지도, 나를 증오하는 것 같지도, 그리고 분명 나를 사랑하는 것 같지도 않은 모습이었다. 그저 혼란스러워 보였고, 그 역시 조금 피곤한 것 같았다.

"팻, 나한테 말해줄 수 있어……? 내가 사랑하기에 아주 부족한 남자였이? 그래서 여러 남자와 자고 다닌 거야?"

나는 남자가 누군가에게 얻어맞고 기절했다가 다시 의식을 되찾기 시작할 때 이런 기분이 아닐까 상상했다. 내가 대체 피터에게 무슨 짓을 한 걸까?

"피터, 내 사랑. 아냐! 내가 정말 어떻게 된 건지 설명해도 될까?"

나는 리키에 대해 말할 셈이었다. 리키 따위 지옥에 가든 말든 상관없었다. 그렇게 해서 피터의 얼굴에서 그 지친 표정을 지워낼 수만 있다면.

그는 한쪽 입꼬리만 올리고 미소 지었다.

"솔직히, 됐어, 팻. 새로운 버전은 듣고 싶지 않아. 믿지도 않을 거고. 당신은 지난 여덟아홉 달 동안 몇 가지 버전을 제시했잖아. 기억 안 나?"

"하지만 이건 진실이야."

"그 얘기들도 그땐 그랬지."

그는 더 이상 나를 믿으려 하지 않을 것이다. 그런데 얘기해봐야 무슨 소용일까?

"피터, 지금 키스해줄래?"

그가 곧바로 걸어왔다. 우리는 키스했다. 나는 마침내 지난 1년이 없었던 것처럼 느껴졌다.

그때 그가 나를 안아 올려 새로 산 아름다운 소파 겸 침대에 앉혔다. 그러고는 방을 가로질러 걸어가서 전에 본 적 있는 판화를 유심히 들여다보았다. 그리고 그의 인생과 나의 인생, 우리가 성인이 되기 전부터 모두가 그렇게 떠들어대던 우리 세대를 유심히 들여다보는 것도 같았다. 어쩌면 불멸성에 대한 그의 의견을 유심히 들여다보는 건지도 몰랐다. 그의 표정은 충분히 멀게 느껴졌다.

그가 돌아섰다. 그는 완전히 불행해 보였다. 그가 말했다. "맙소사. 한때 나는 당신이 특별히 나를 위해 진화된 일종의 기적이라고 생각했어." 그가 선 채로 나를 응시했다.

나는 아무 말도 하지 않았다.

"음, 당신은 여전히 내가 아는 가장 상냥한 여자야. 침대에서는."

반박할 게 뭐 있나? 그냥 하고 싶은 말을 다 하도록 놔두자. 그래서 기분이 나아질 수 있다면. 그건 아무 의미도 없었다. 그냥 말일 뿐.

이제 그의 목소리가 떨렸다.

"다시 키스하고 싶어."

"그래." 내가 말했다.

내가 원한 게 정말 이런 거였나? 피터가 아이처럼 머리를 내 가슴에 대고 잠드는 것? 결혼 생활에서 제일 먼저 사라진다고들 하지만 우리에게는 다른 무엇보다 오래 갔고, 그래서 결국 우리가 서로에게 이야기하는 유일한 방식이 되어버린 이런 열정을? 아니, 이런 것을 원한 건 아니었다. 나는 예전과 같은 피터를 원했다.

그렇지만 어쩌면 이것이 나머지를 회복하기 위한 계기가 될 수도 있었다. 아침에 우리는 옷을 입고 어디론가 아침을 먹으러 나갈 테고, 아침을 먹는 동안 내가 무척 쾌활하고 재미있어서 피터가 떠나기 싫어질 테고, 내일이나 모레쯤 분명히 다시 찾아올 테니까. 그러다 보면 서서히…… 나는 마음이 따뜻해지고 행복감을 느꼈다. 피터와 함께 아침을 먹으러 가면 행복할 것이다.

주디스? 피터가 헝클어진 머리를 내 어깨에 대고 누워 있으니 내 안의 뭔가가 단단해진 느낌이 들었다……. 난 힐다를 극복했어. 그러니 주디스도 극복할 수 있을 거야……. 나는 평온하게 잠들었다.

그러나 아침에 깨어났을 때, 피터는 가고 없었다.

나는 한동안 그 사실을 믿을 수 없었다. 피터가 한마디 말도 없이 떠났다는 것이 믿기지 않았다. 마치 내가 전날 밤 스피크이지 바에서 만난 별로 재미없는 여자라도 되는 것처럼. 피터가 내게 그런 짓을 할 리가 없었다. 하지만 그는 바로 그런 짓을 했다.

나는 그와 함께 아침을 먹으러 가고 싶었다. 너무나 그러고 싶었다. 나는 울기 시작했고, 일어나서 손수건을 찾았다. 그러다 벽난로 선반에서 '패트리샤'라고 적힌 메모를 보았다. 그리고 내가 예전에 리키에게 메모를 남겼던 것이 떠올라 더 크게 울었다. 그래서 한동안 그것을 읽을 수 없었다.

메모의 내용은 이랬다. "환대해줘서 고마워. 언젠가 다시 보자." 그게 다였다.

나는 비틀거리며 아래층으로 내려가서 루시아를 찾았다. 어쩌면 그녀가 이제 어떻게 해야 할지 말해줄 수 있을 것 같았다. 나는 알지 못했다. 루시아에게 메모를 보여 주며 말했다. "피터가 미워. 다시는 만나지 않을 거야. 다른 많은 남자랑 키스할 거야. 피터가 어땠는지 기억도 못할 만큼. 피터가 나더러 걸레래. 진짜 걸레가 될 거야. 하지만 피터와는 두 번 다시 안 할 거야. 루시아 언니, 피터가 왜 내게 이런 걸까?"

"팻, 자기야. 잠깐 정신 좀 차려봐. 미안하지만 팻, 네가 할 수 있는 건 아무것도 없어. 그냥…… 실컷 울어……. 그런 다음에 얘기하자."

나는 앉아서 흐느껴 울었다. 루시아는 옷을 입으며 몇 번을 말했다. "곧 기분이 나아질 거야, 자기야."

나는 기분이 전혀 나아지지 않았지만, 잠시 후에 울음을 그쳤다.

"직장에 전화를 걸어서 치과에 가야 한다는 핑계를 대고 오후에 출근하겠다고 해, 팻. 나도 같이 나갈게. 오늘 날이 좋아. 보든 가족이 떠난 다음 날 이후로 오전 근무를 쉬어본 적이 없어."

"차를 타고 씽씽 달리고 싶어, 언니. 기찻길 건널목까지 기차와 경주하듯이 말이야."

"그래, 옷 입어, 팻. 느긋하게 어디론가 나가서 아침을 먹자."

나는 새로 산 파란색 정장 세트를 입었다. 우리는 메리 엘리자베스 레스토랑에 갔다. 늦은 아침 시간이어서 그곳은 조용했고, 거리를 내다볼 수 있었다.

"언니, 내가 피터를 자고 가게 했어. 그러면 돌아오지 않을까 해서."

"뭐 때문에 그 사람이 돌아오길 원하는 거니?"

"우리가 서로 깊이 사랑했었으니까."

"정말로 지금도 그 사람을 사랑하니?"

"이 순간은 피터가 죽어버렸으면 좋겠어. 하지만 평소에는 사랑해."

"지금의 피터, 아니면 예전의 피터?"

"예전의 피터."

"어떻게 그 사람을 예전의 모습으로 되돌려놓으려고?"

그녀가 자기 잔에 두 번째 커피를 따랐다.

"내가 곧 너한테 담배 광고 문구의 유명한 출처를 인용할 거야."

"《루바이야트》?◆"

"바로 맞혔어. '움직이는 손가락은 글을 쓰고, 일단 쓰고 나면······' 그래서 어쩌라는 말이냐고? 나처럼 살아. 연

◆ 페르시아 시인 오마르 하이얌의 4행 시집.

극을 구경하듯 사람들이 어떻게 살아가는지 지켜보되 관여하지는 마."

"《루바이야트》는 그저 사춘기 감성의 철학적 이상이야. 술에 관한 부분만 제외하면."

"사춘기 감성이 아닌 철학이 있다면 한번 말해봐. 자기 표현이니, 여성을 위한 새로운 자유니, 프로이트의 그 위대한 변명 같은 거?"

"하지만 진보도 있어, 언니. 나만 해도 취향이 진보했는걸. 스콧 피츠제럴드에서 어니스트 헤밍웨이로."

"얼마나 진보했는데?"

"어휘의 확장이라는 측면에서는 장족의 발전을 했지."

루시아가 웃었다. "이거 봐, 너 이미 기분이 좀 나아지고 있잖아, 팻. 내가 너보다 다섯 살 많다는 거 알았어?"

"그렇게 차이가 나는 줄은 몰랐네."

"그래, 난 스물아홉 살이야. 스물다섯일 때 아치가 나를 버렸지. 내가 아치를 너무 많이 통제하려 했어. 아치를 성공시키고 싶었지. 다른 여자들 때문에 소란도 피우고. 뻔한 스토리야. 아치는 시카고 사무실을 맡게 될 만큼 성공하자마자 떠나버렸어. 그러면서 내게 음악에 대한 사랑으로 위안을 삼으라고 했나, 뭐 그런 취지의 말을 했어. 정확히 기억은 안 나."

그녀가 계속 말했다. "그 사람 때문에 마음고생이 심했어. 그 사람이 뉴욕에 방문하기를 애타게 기다렸지. 2~3년 동안 못 봤지만, 이젠 괜찮아. 하지만 여전히 첫사랑에 대한…… 아주 살짝 마음이 흔들릴 여지 정도는 남아 있어……."

그럼에도 그녀는 아주 차분해 보였다. 나는 마음이 아팠지만, 가만히 앉아 루시아의 이야기를 듣고 있는 것이 도움이 되었다.

"스물아홉쯤 되면, 일반화의 단계에 이르게 될 거야. 난 더 이상 나 자신을 무척 중요한 사람으로 생각하지 않아. 그냥 어딘가에 매이지 않고 시내를 떠도는 여자의 흥미로운 예로 생각하지. 새로운 자유의 희생자. 좋든 싫든 그 자유를 떠안게 된 거지. 너도 같은 유형에 속해. 넌 더 젊고, 더 꺼리는 편이지만."

"우리는 어떻게 될까, 언니?"

"아무것도. 다른 모든 사람이랑 똑같이 되겠지. 늙고, 흰머리가 생기고, 살이 찌거나 뼈만 앙상해지겠지."

설마 루시아가 저렇게까지 무심할 리는 없을 것 같았다. "전처들에 대해 정말로 어떻게 생각해?"

그녀의 얼굴에 생기가 돌았다.

"우리가 자유롭다? 웃기는 소리! 그래, 너무 자유로워서 집세도 내야 하고, 옷도 스스로 사 입어야 하고, 남편 하나의 비위를 맞추는 대신 세 명에서 여덟 명쯤 되는 직장 상사의 별별 기이한 행동을 참아줘야 하지. 우리가 더 이상 지배당할 필요가 없다? 순 헛소리! 옛날 제도하에서 야만스럽거나 타락한 남자와 결혼한 여자는 운이 없었다고 쳐. 그런데 책임감 있고 멀쩡한 평균적인 남자들과 결혼한 여자들과 비교하면 그런 여자들이 얼마나 됐겠어? 너와 피터가 50년 전이었다면 한 번도 외도를 하지 않았을 기야. 1년에 외도를 할 수 있는 기회가 스무 번도 없었을 테고, 설령 피터가 외도를 했다 해도 신중하게 잘 관리했을 거야. 그렇지 않으면 사회적으로 배척당했을 테니까. 그리고 그렇게 태연하게 너에게 너의 길을 가라고 말하지 않았을걸. 어차피 네가 갈 길 같은 건 없었을 테니까. 여자들을 지루한 가정생활에서 해방시킨 결과, 가장 크게 달라진 건 남자들이 사랑이나 정절 따위에 대한 대가로 안정성을 제공할 필요에서 해방되었다는 거야. 옛날 여자들은 상대적으로 안정된 지위를 누렸어. 그런데 지금은 성공적인 매춘부와 같은 지위를 갖게 되었어. 그것도 외모가 받쳐주는 동안만 말이야. 다음 세대 여자들이 조금이라도 분별 있다면, 수전 B. 앤서니 동상을 폭파하고 기사도 정신을 부활시키기 위한 운동을 시작할 거야. 남자들로부터의 자유? 우리 중 누가 어떤 남자에게든 몰두해 있으면서 자유로울 수 있을까? 옛날 여자들의 선택지는 세 가지였어. 결혼, 수녀원, 거리. 그런데 지금도 똑같아. 결혼의 경우는 예전과 이름이 같아. 어떤 여자들은 결혼 대신 경력을 선택해서 모든 감정적 에너지를 쏟아 부을 수 있어(수녀원처럼). 아니면 성에 대해 남성을 흉내 내는 태도를 취하며 의미 없는 관계를 반복하고 문란하게 생활하면서(그건 곧 거리지), 그 대가로 서랍 위에 놓고 가는 돈 대신 난초나 저녁식사를 제공받는 거지. 옛날 여자들은 자기 남자가 잘해주면 행복했고, 나이가 들면서 자식들이 잘 살면 행복했지. 지금도 여자들은 같은 기준으로 행복을 느껴. 옛날 여자들은 꿈을 가지고 전쟁터든 일터든 남자들을 따라다녔지만, 적당한 일거리와 약간의 키스만 있다면 집에 있어도 충분히 만족했어. 내 생각엔, 몇몇 비정상적인 여자들이 그런 생활을 너무 고통스러워했고, 그래서 결국 소리를 지르고 밀어붙여서 평온하게 굴러가던 나머지 우리의 삶까지 엎어버린 거야."

그녀가 말을 멈추고 담배에 불을 붙였다.

"하지만 언니, 우린 여기에 있고 새로운 시대의 태양이 우리를 비추고 있잖아. 우리가 어떻게 해야 할까?"

"팻, 커피하고 마멀레이드를 좀 더 먹자. 이제 기분이 좀 차분해졌니, 꼬마야? 네가 여성 일반에 대해 생각한다고 피터와 너 자신을 균형 잡힌 시선으로 보게 될까? 아마 아닐걸. 하지만 2~3년만 기다려봐. 전처들은 세 가지 부류가 있어. 어떤 전처들은 독신주의와 사업적 성공을 추구해. 그 둘은 거의 항상 하나가 다른 하나를 필요로 하지. 여자들이 쓸 수 있는 에너지에는 한계가 있으니까. 대부분의 여자들은 경력과 격렬한 연애(또는 연속적인 연애)를 동시에 감당할 수 없어. 하지만 어떤 의미에서는 경력을 추구하는 여자들이 옳을 거야. 노후를 위해 돈도 모을 수 있고. 하지만 그런 여자들은 자식이 없을 테고, 그러니까 그들이 죽으면 모든 게 끝나. 그게 첫 번째 부류야."

"난 이 부류에 속하지 않아, 언니. 물론 내가 단어들을 조합할 줄 알고 돈 잘 버는 직업이 있고 부수입도 챙길 수 있어서 다행이라고 생각하고, 운이 좋다고 느껴. 하지만 난 그런 건 중요하게 생각하지 않아. 어딘가에서 주급 20달러를 받는 점원으로 일할 때보다 호화롭게 살 수 있다는 점을 제외하면 말이야."

"현재로서는 넌 두 번째 부류고, 내 생각엔 내가 속한 세 번째 부류로 가는 도중인 것 같아. 두 번째 부류는 '사랑은 끝났고, 남은 건…… 모험을 하며 돌아다니는 거지.' 조금 전 아침을 먹기 전에, 네가 많은 남자들이랑 키스를 해서 남편이 어땠는지조차 잊겠다고 말하는 걸 보고 판단한 거야. 아마 그 방법을 쓰면 네가 남편에게 거리를 두는 데 도움이 될 거야. 그리고 네가 그 생각을 정말로 실행한다면 잃는 것보다 얻는 게 더 많을 거야."

"물론 우리가 성장한 방식 때문에 양심의 가책은 남아 있어, 언니."

"맞아. 하지만 내 생각엔 피임이라는 게 들어오면서 사실 정조 관념도 사라진 것 같아. '결과'가 없다면, 그게 그렇게 중요할 것도 없지. 사람들의 생각, 사람들이 연애에 대해 말하는 것들은 크게 변하기 시작했어. 심지어 그런 생각들조차 실제 행동, 실험적 행동들보다 반세대쯤 뒤진 것들이지."

"하지만 밖에 나가서 애인을 쉰 명쯤 사귄다는 생각에 그다지 마음이 동하지는 않아, 루시아 언니. 결국 내게 남는 게 뭐지? 기억뿐이겠지. 제기랄! 기억은 빅토리아 시대 사람들에게는 어느 정도 위안이 되었을지 몰라. 그들의 시를 보면 말이야. 하지만 난 기억에서 기적을 만들어 낼 수는 없을 것 같아. 피터가 1923년에 나를 사랑했다는 것을 기억해봐도, 1926년의 나는 아무 감흥이 없는걸. 오늘 밤 피터가 아닌 누군가와 저녁을 먹어야겠어. 피터가 한때 영원한 사랑에 대해 뭐라고 말했건 말이야."

"그래. 결국 너는 세 번째 부류가 될 거야. 다시 결혼할 거야."

"다시 결혼해, 언니?"

"물론이지, 자기야. 1년쯤 뒤에 그럴 거야. 서른에 가까워지니까 이제 곧 40대가 되겠다는 생각이 들더라. 내가 광고 사무실에 지친 얼굴로 앉아서 히스테리나 부리는 여자가 될까? 대학을 갓 졸업한 젊고 똑똑한 카피라이터를 고용할 때마다 벌벌 떨고, 나보다 열 살이나 어린 상사에게 굽신거리면서? 절대 아니지."

"좋아하는 사람 있어?"

루시아의 고요한 얼굴이 갑자기 아쉬운 듯한 표정으로 바뀌었다. "아니. 아치 이후에는 누구도 그렇게 원한 적이 없어. 아, 물론 시도는 해봤지. 많지는 않았지만, 애인도 있었고. 항상 나보다는 본인에게 관심이 훨씬 더 많은 가벼운 애인들이었어. 가벼운 애인들은 그래. 그래놓고 내가 머리색에 대한 약속(팻, 네 경우는 입술 형태가 되겠지)을 지키지 않으면 상처받더라고. 그리고 키스하고 있지 않을 때는 무슨 말을 해야 할지 모르겠더라. 내가 항상 아치가 뉴욕에 오기만을 기다리고 있지 않았다면, 아마 누군가를 다시 좋아하게 됐을지도 모르지. 넌 그러지 않으면 좋겠지만, 틀림없이 그럴 거야."

"그런데 누구랑 결혼하게?"

"네가 내 남자들 중 누구에게 덤벼도 좋아. 샘만 빼고."

"하지만 샘은 외모가 별로잖아. 그리고 좀…… 따분하지 않아?"

"네가 놀랄 줄 알았어. 샘은 우리가 아는 누구보다 실속 있는 사람이야(은행 잔고뿐 아니라 성격 면에서도 그래). 샘은 더 이상 '이게 다 무슨 의미일까?' 따위의 질문을 하지 않아. 인생이라는 쇼에서 자신이 뭘 원하는지 몇 가지는 알고 있지. 그중 하나가 바로 나고."

"언니가 샘과 결혼할 것 같지는 않은데."

"1년만 두고 봐. 손톱 손질 받으러 가자."

손톱 손질을 받은 뒤, 나는 출근해서 오후에 하루치 일을 다 했다. 피터에 대해 생각할 시간이 생기면, 타자기를 두드리며 히스테리를 부릴 게 뻔했기 때문이다. 백화점 광고 사무실에서 히스테리를 부리는 건 아주 성공한 소수의 여성 바이어에게만 허용된다. 5시에 일이 끝났고, 나는 피터에게 전화를 걸고 싶었다. 하지만 무슨 할 말이 있을까? "피터, 나랑 아침을 먹었어야 하잖아?" 그래봐야 큰 의미가 없었다. 그래서 대신 위층에 있는 미용실이 문을 닫기 전에 얼굴 마사지나 받기로 했다.

루시아가 나를 어떤 파티에 데려가기로 했다. 아랍 사랑 노래로는 세계 최고라는, 아라비아에서 온 여자를 위해 열리는 파티였다.

루시아와 나는 대체로 아래층에 있는 루시아의 방에서 함께 옷을 입었다. 옷을 입는 동안 이야기를 나누기 위해서였다. "팻, 오늘 마사지 받았구나. 그렇지? 멋져 보여. 오늘 오후 너를 위해서 손을 좀 써놨어. 네드에게 전화를 해서 찰리를 데려오라고 했지. 네가 아직도 부도덕한 애정 행각을 벌일 생각이라면, 그 신세대 소설가와 시작할 수도 있을 거야. 그럴래?"

"모르겠어. 아직도 마음이 찢기듯 아파. 내가 원하는 만큼 피터를 가까이 둘 수 없으니, 차라리 아주 멀리 있는 사람처럼 느끼고 싶어."

"중간 거리라는 건 이도 저도 아닌 상태지. 분홍색 장미처럼, 안 그래? 음, 찰리한테 시도해봐. 기회가 있을 거야. 찰리는 그런 부류거든……. 네가 정말로 기회를 잡을 작정이라면, 난 불꽃놀이를 흥미롭게 지켜볼게. 지금까지 넌 외모가 충분히 괜찮아서 내가 소개하는 남자들은 네가 소파 쿠션처럼 수동적이어도 별로 개의치 않았어. 오늘은 빨간 드레스를 가져왔네."

나는 아직 그 드레스를 입은 적이 없었다. 색이 너무

예뻐서 사긴 했지만, 그 드레스는 누가 봐도 주목받기 위해 입는 옷이었다. 딱 맞는 엉덩이, 깊이 파인 등.

루시아는 풍성하게 부풀린 금색 드레스를 입어서 마치 천사처럼 보였다. 하지만 천사라고 하기엔 너무 세련된 모습이었다.

네드와 찰리가 이미 혼합된 칵테일이 담긴 휴대용 병을 들고 나타났다. 네드는 출판업자였다. 그는 내게 주목한 적이 한 번도 없었지만 그 빨간 드레스 때문인지 오늘은 좀 달랐다. 그러나 곧 루시아에게 몰두했다. 찰리는 중간 체격의 평범한 금발 머리 젊은이였는데, 스쿼시라도 시작했다면 좀 더 나아 보였을 것이다. 그러나 그는 지금 입고 있는 완벽한 야회복처럼, 조금은 과장되게 자신의 성공을 의식하는 분위기를 풍기고 있었다.

"여기 손이 정말 섬세하고 아름다운 여인이 또 있네요." 그가 말을 시작하고 두 번째인가 세 번째 문장에서 이렇게 말했다.

"당신의 어깨는 남자에게 모든 환멸을 싹 잊게 만들 거예요." 그가 다섯 번째인가 여섯 번째 문장에서 말했다.

그런 다음 우리는 리츠 호텔로 저녁을 먹으러 갔다. 루시아는 작은 목소리로 네드를 담당했고, 그래서 나는 찰리의 책에 대해 얘기했다. 다행히 그 책을 읽긴 했지만,

꼭 그 책이 아니더라도 나는 원래 책을 많이 읽었다. 나는 그의 책이 통렬하다고 말했고, 그는 기분이 좋은 듯했다. 오랫동안 누구의 기분을 좋게 해주려고 노력한 적이 없었다. 이 남자는 꽤 쉬웠다.

우리가 파티에 갔을 때, 아랍의 사랑 노래로 유명하다는 여자를 보았다. 그녀는 노래하는 모습이 아름다워 보일 나이는 한참 지났지만, 그럼에도 노래를 불렀다.

나는 찰리가 이끄는 대로 마실 것을 찾아 위층으로 올라갔다. 그는 여자와 사랑에 대해 이야기했다. 다시는 오지 않을 황금 같은 순간이 왔을 때 그것을 재빨리 낚아채야 하며, 그렇지 않으면 김빠진 샴페인처럼 될 거라는 따위의 말을 했다. 어쨌든 그것이 이야기의 전반적인 취지였다. 나는 그가 키스하도록 놔뒀다.

그는 기술적으로 노련했다. 보통 그런 건 대학교 2학년 때부터 알게 되는 법이다. 그는 그렇게 감동적인 키스는 몇 년 만에 처음이라고 말했다. 다음에도 항상 그렇게 말할 게 뻔했지만, 그래도 기분은 좋았다.

화장실에서 입술 화장을 고치고 있는 루시아를 만났다.(찰리와 나는 센트럴파크로 택시 드라이브를 가려던 참이었다. 찰리는 '이 멍청한 사람들로부터 벗어나자'라고 말했다.)

"이봐." 그녀가 말했다. "정말 이런 걸 하고 싶어? 찰리는 자타가 공인하는 이 지역 최고의 연애꾼 중 하나야. 당장은 너한테 푹 빠져 있는 것 같지만, 그게 다 무슨 의미야?"

"하고 싶은지는 잘 모르겠어. 그런데 안 하고 싶은 것도 아냐." 나는 내가 무엇을 원하는지 생각하려 했다.

"언니, 나는 내면이 더 단단해지고 싶어. 남자들처럼 모험을 위해, 순간적인 즐거움을 위해 이런 종류의 일을 받아들이고 싶어. 어쩌면 따뜻한 느낌과 친근함을 위해, 또는 지독한 외로움을 잊기 위한 마취제처럼. 내일 아침에 찰리 때문에 울고불고하는 일은 없을 거야. 그 남자는 그만큼 중요한 존재가 아니니까. 젠장. 화장을 새로 해놓고 울면 안 되는데……. 언니, 재미있을지도 몰라……."

"알았어. 울지 마. 잠시 앉아. 찰리는 잠시 기다리게 하는 게 좋겠어. 내 숄을 가져가. 네 것보다 따뜻하고, 금색이 네 드레스와 잘 어울려. 그리고 노파심에 마지막으로 한마디만 할게. 그러고 보니 내가 꼭 너한테 노처녀 이모처럼 굴고 있네. 아무튼…… 팻, 간밤을 피터와 보낸 것을 기억하면서 이 버릇 나쁜 젊은 소설가와 달아날 수 있겠어?"

"응. 찰리라는 사람이 지난밤 일을 한 달 전, 아니, 일주일 전 일인 것처럼이라도 느끼게 해줄 수 있다면, 그 사람에게 치자나무 꽃이라도 보낼 거야."

"담배 마저 피우고 가. 그리고 네가 정말로 성에 대해 소위 남성적인 태도를 취할 수 있다면, 피터로 인해 상처 입은 너를 뉴욕 전체가 위로해줄 거야. 너에게 미모와 그에 걸맞은 옷이 있는 동안은 뉴욕을 단기 임대할 수 있지. 하지만 장담하는데, 넌 그럴 수 없을 거야. 그럴 수 있는 여자는 많지 않거든."

찰리는 하이볼을 벌컥벌컥 마시며 서성이고 있었다. 우리는 샌드릴파크로 택시 드라이브를 하러 갔다. 나는 그가 말할 때 자신의 책에서 썼던 표현들을 반복하고 있다는 것을 알아차렸다. 하지만 그는 내게 기분 좋은 말을 해주었고, 별로 건방지게 굴지 않았다. 내가 자신을 받아들이는 것을 고마워했고, 심지어 놀라는 듯한 반응까지 보였다.

우리는 내 아파트로 갔다. 그는 서두르지 않고, 이렇게 말했다. "모나리자의 입술을 가진, 작은 꽃 같은 묘한 얼굴." 나는 그가 말을 그만하고 키스를 하면 좋겠다고 생각했다. 그는 몰랐지만, 그가 내게 도움이 될지도 몰랐다. 전날 밤 피터가 여기서 서성였던 것이 계속 떠올라서, 어서 빨리 그 유령을 쫓아내고 싶었다.

마침내 찰리가 내게 키스했다.

날이 밝아올 무렵 그가 떠났다. 나는 잠을 자고 있었다.

아침에 루시아와 나는 급하게 아침을 먹었다. 그녀는 아무 질문도 하지 않고, '트리뷴' 신문사에 다니는 두 남자와 그날 밤 서커스에 가자는 말만 했다. "새로 사귄 네 남자친구가 널 다른 곳에 데려가지 않는다면 말이야, 패트리샤."

"그 남자는 오늘 오후에 뉴욕을 떠나, 언니. 그걸 몰랐다면 어젯밤에 그렇게 무모하게 행동하지 않았을 거야."

"내 수제자가 많이 컸는걸." 루시아가 말했다.

우리는 봄날 햇살 속에서 5번가를 잠시 함께 걸으면서 이런저런 이야기를 나누며 웃었다. 그러다가 각자 갈 길을 갔다. 나는 행복하지도 불행하지도 않았다. 피터는 오래전부터 꽤 편해진 것처럼 보였다. 나는 '부활절 모자 세일' 광고를 어떻게 쓸 것인지 생각했다.

VII

찰리는 뉴욕에 돌아와서 내게 세 번 전화했지만, 그때마다 나는 무척 바쁘다고 말했다.

그 이후로 가끔 파티에서 마주칠 때면, 우리는 서로에게 미소를 지으며 아직 탐험하지 않은 영역을 향해 지나쳐 갔다. 변덕스러운 기분만큼이나 빠르게 지나간 몇 주 동안, 찰리의 뒤를 이어 몇몇 남자들이 같은 방식으로 스쳐갔다.

기분에 대해 말해볼까. 피터 때문에 괴로운 기분은 점차 줄어들었지만, 오히려 그런 사실 때문에 더없이 쓸쓸했다. 그와 함께 피터에 대한 희망도 줄어들었기 때문이다. 낮이건 저녁이건 혼자 있는 시간을 견뎌내는 것보다는 일을 하고 옷을 차려입고 사람들에게 말할 이야깃거리를 생각하려고 노력하는 편이 조금 덜 힘들었고, 그런 수고를 감내해야 할 때는 피곤한 기분을 느꼈다. 정글처럼 땀에 젖은 할렘가 댄스홀의 뜨거운 열기에서부터, 새벽녘에 메아리가 울리는 텅 빈 다운타운 거리를 자동차로 달릴 때 배터리 파크 너머로 스치듯 보이는 배들의 차가운 불빛에 이르기까지, 뉴욕의 매혹적인 풍경을 접할 때는 활기찬 기분이 들었다. 나 자신과 나의 고통 사이에 비현실감이 스며들어와 분주한 날들의 사람과 사건들이 한낱 꿈속의 사람과 사건처럼 느껴질 때는 평온한 기분도 들었다. 그럴 때면 피터와 함께한 나의 삶 전체가 꿈처럼 희미해지며 아득히 멀어져갔다. 어린 시절 창문을 통해 바라본 눈 덮인 습지 너머 저녁노을의 기억처럼.

남자들이 있었다. 가끔 그들의 욕망이 너무도 강렬해서 나의 무관심이라는 방어막을 뚫을 때면, 나는 기쁘지도 크게 유감스럽지도 않았다. 언젠가는 연인이자 친구인 사람의 곁에서 깨어나기를 바라며 잠들었지만, 깨어나 보면 항상 옆에 있는 것은 낯선 남자였고, 그들은 요구가 많거나 의기양양하거나 짜증 나 있거나, 또는 나만큼이나 지루하고 정중했다.

 봄이 지나갔다. 나는 휴가 갈 때 입을 옷에 대한 광고를 썼고, 그 옷을 몇 벌 사서 루시아와 2주일간 메인에 갔다. 그곳에서 수영을 하고 잠을 자고 아무 생각 없이 햇살을 받으며 모래밭에 누워 건강하고 편안한 기분을 느꼈다.

 한여름의 무더위가 안개처럼 뉴욕을 에워쌌다. 나는 날염된 실크 드레스를 입고 비치 웨어와 8월 모피 세일에 관한 광고를 썼고, 하루가 끝날 때마다 축축하고 구겨지고 지저분해진 드레스를 세탁소에 보낼 바구니에 던져 넣었다. 루시아와 나는 꽃무늬 시폰 드레스와 파스텔 톤 끈이 달린 구두 차림으로 호텔 옥상에서 춤을 추거나 차를 몰고 롱아일랜드의 가로변 식당에 가서 저녁을 먹었다.

 하루는 남성용 수영복 광고를 위해 화가가 그려준 다이빙하는 남자의 그림을 보았을 때 문득 2년 전 여름의 어느 날이 생생하게 떠올랐다. 고무보트 가장자리에 앉은 채 다리를 흔들며, 피터가 백조처럼 다이빙하는 모습을 지켜보았던 날이었다. 나는 피터에게 전화를 걸었다.

 "아, 안녕, 팻. 무슨 특별한 일이라도 있어?"

 "혹시 당신이 나를 어딘가 시원한 곳으로 데려가서 저녁을 먹을 수 있을까 해서."

 "지금 시원한 곳은 어디에도 없어. 그리고 이번 주는

많이 바빠. 내가 월요일이나 화요일쯤 전화하면 어때?"

"좋아. 그러면 좋을 것 같아."

그는 전화하지 않았다.

어느 날 밤 항구가 내려다보이는 보서트 호텔 옥상에서 루시아와 나는 피터와 주디스가 춤을 추고 있는 모습을 보았다. 우리는 춤을 추지 않았고, 샘과 그의 친구인 다소 뚱뚱한 또 다른 은행가와 함께였다. 우리 둘 다 몹시 피곤했고, 상태가 썩 좋지 않았다. 가끔씩만 은행가들의 비위를 맞추기 위해 밝은 이야기를 하며 차가운 음료를 홀짝였고, 대부분의 시간 동안 두 남자가 독일이 배상금을 갚도록 누가 대출을 조달해줄 것인지에 대해 이야기하도록 놔뒀다.

루시아가 주디스를 먼저 알아보고 내게 그녀와 함께 있는 사람이 피터냐고 물었다. 나는 "맞다"고 말했고, 즐거워 보이는 얼굴로 요염하면서도 우아하게 춤추고 있는 주디스를 보며 순간적으로 질투심에 휩싸였다. 잠시 뒤 그런 감정은 지나갔고, 나는 더 이상 그들을 보지 않았다. 우리가 나가면서 그들의 테이블 옆을 지나갈 때, 나는 그저 살짝 고개만 숙였고 피터가 조금 창백하고 피곤해 보인다고 생각했다.

다음 주의 어느 날 정오에 도서관 앞에서 주디스를 마

주쳤다. 제법 선선한 날이었고, 나는 은빛 여우 모피 스카프를 하고 한껏 즐거운 기분에 젖어 있었다. 그것은 내가 가장 최근에 구입했고 가장 좋아하는 사치품이었다. 물론 나는 그것을 도매가에 샀지만, 앞으로 3개월 동안 대금을 갚아야 했다. 주디스를 봤을 때 처음 느낀 감정은 그냥 내가 멋진 스카프를 두른 것에 대한 안도감이었다. 내가 가진 최고로 멋진 옷이 아닌 다른 옷을 입은 채 그녀를 본다면 참을 수 없을 것 같았다. 주디스도 옷을 잘 입었다. 그리고 나는 멋이라는 측면에서 나의 전체적인 복장과 주디스의 복장을 비교했다. (괜찮았다. 둘 다 날염된 수입 원단 드레스를 입었지만, 내 것은 비오네가 디자인한 최신 제품의 복제품이었고, 그녀의 것은 샤넬이 디자인한 초봄 제품의 복제품이었다. 내가 쓴 챙 넓은 검은색 밀라노 모자는 그녀의 것만큼 질 좋은 밀짚으로 만들어졌다. 끈 달린 구두는 비겼다. 둘 다 사실상 같은 모델이었다.) 그러다가 문득 참 우스운 짓이라는 생각이 들었다.

"안녕하세요. 어디 가는 길이에요?" 그녀가 말했다.

"점심 먹으러요. 당신은요?"

"저도요. 함께 먹을까요?"

"좋죠."

우리는 40번가에 있는 '배니티 페어'라는 찻집에 갔다.

그녀가 자리에 앉자마자 덥다면서 모자를 벗었다. 나는 그녀의 머리 위에 조명이 있는 것을 알아차렸고, 주디스가 빛을 받아 반짝이는 적갈색 머리를 보여줄 기회를 놓치는 법이 없다는 루시아의 말을 떠올렸다.

그러다가 내가 어리석게 굴고 있다는 생각이 들었다. 그녀는 나와 마찬가지로 옷을 깔끔하게 입었다. 나만큼 예쁘지는 않았지만, 아마도 나보다 영리하고 나보다 성격이 좋고, 기타 등등일 것 같았다. 그러나 그녀는 피터와 나 사이를 가로막고 있기 때문에, 그녀에 대해 냉정하게 생각하고 평가할 수 없었다. 한마디로 그녀를 공정하게 판단할 수 없었다.

나는 그녀에 대해 교양 있는 척 애쓰는 것을 포기했다. 나는 과일 샐러드를 주문하고, 그녀도 내가 그녀에게 느끼는 것과 같은 감정을 내게 느낄지, 아니면 나는 피터의 과거이고 자신은 피터의 현재이기 때문에, 다소 초연하게 나를 일종의 유물쯤으로 생각할지 궁금했다.

우리는 여름에 날씨가 얼마나 더웠는지, 가을에는 어떤 의상이 유행할지, 휴가를 어디서 보냈는지 따위에 대해 한담을 나눴다. 아이스커피와 셔벗을 먹는 단계에 이르렀을 때, 그녀가 먼저 피터를 언급했다.

정확히 말하면, 언급했다기보다 암시했다고 해야 옳

겠다.

"이번 가을에 이혼을 하겠죠, 패트리샤?"

"아, 모르겠어요. 서두를 생각은 없어요."

그녀가 머뭇거렸다. 나는 도와주지 않았다. 그래서 그녀는 일반론을 꺼냈다. "남자 쪽에서 완전히 끝난 상황에서 매달리는 건 의미 없는 짓이에요."

나는 잠시 생각했다. 그녀는 나에 대해 개인적인 얘기를 할 만큼 나를 잘 알지 못했다. 여기서 내가 화제를 바꾼다면, 다시 이 얘기로 돌아오지 못할 것이었다. 하지만 그녀가 말하는 대로 그냥 놔두면, 피터와 그녀의 사이가 어떻게 돌아가는지 알아낼 수도 있었다. 그것이 내게 무슨 도움이 될지, 도움이 되긴 할지는 잘 몰랐다. 그렇지만…… 나는 아이스커피를 홀짝이고서 말했다.

"피터가 끝낸 걸 어떻게 알죠, 주디스?"

"두 사람은 거의 6개월 동안 별거 중이잖아요. 안 그래요?"

"맞아요."

"9월 1일에 피터가 아파트를 얻는 거 알아요?"

"혼자서요?"

"피터와 나는 이스트 10번가에 있는 한 건물에서 나란히 붙은 아파트를 얻을 거예요."

그녀는 용감한 걸까, 아니면 절박한 걸까?

"두 사람 모두에게 아주 좋겠네요."

그녀가 다시 시도했다. "심술궂게 말하고 싶지는 않아요. 그러니까, 우리가 이 얘기를 결론 낸다면, 당신과 나 모두에게 더 좋을 거라고 생각했어요."

"뭘요? 당신이 어디서 사느냐, 이거요? 그건 당신 문제죠, 주디스."

"피터와 내가 서로 사랑한다는 걸 잘 알고 있잖아요."

"그런 건 전혀 모르겠는데요, 주디스."

하지만 내가 왜 지나치게 무례하게 굴어야 하지? 그녀는 피터와 관련해서 몇 달 동안 잠잠했던 내 안의 아픈 상처를 다시 건드리고 있었다. 하지만 그녀는 그것을 모를 수도 있었다. 그리고 그녀는 어느 정도 솔직했다. 자기 자신에 대해 솔직했고, 아마도 피터에 대해 낙관적이었다. 사실은 나도 피터에 대해 낙관적이었다. 요즘은 그럴 만한 이유가 그녀보다 적었는데도 말이다.

"지금 방해하지 말고 비키라는 말인가요, 주디스?"

"그래요."

"내가 왜 그래야 하죠?"

"왜 안 그래야 하죠? 피터는 어차피 당신에게 절대 돌아가지 않을 텐데."

"난 그렇게 확신하지 않아요."

그녀의 표정에 갑자기 불안의 기색이 어렸다.

나는 그녀와 나 자신에게 동시에 안쓰러운 생각이 들었다. 그녀는 그녀의 패를 쓰고 있었고, 나는 나의 패를 쓰고 있었다. 과연 무슨 차이가 있을까?

"이봐요, 주디스. 나는 아직도 피터에게 빠져 있어요."

"어머. 난 당신이 극복할 줄 알았는데요. 요즘 많이 돌아다니잖아요."

"그런 건 아무 의미도 없어요. 그리고 주디스, 피터는 당신에게 청혼하지 않았고, 피터가 이혼을 한다면 아마 청혼할 거라고 그냥 혼자 지레짐작하는 거잖아요."

"좋아요. 그렇게 말하려면 해요."

우리는 그 문제를 놓고 같은 얘기를 되풀이했고, 나는 시시각각 기분이 나빠지고 있었다. 얘기를 끝내는 게 좋겠다 싶었다.

"왜 내가 피터가 돌아오기를 원하는지 이제 모르겠어요. 하지만 원하는 건 사실이에요. 피터가 내게 이혼해달라고 하면 이혼해줄 거예요. 몇 개월 전부터 그러기로 했어요. 그때까지는 시간을 벌 거예요."

"그럼 그걸로 끝이네요."

그녀가 장갑을 집어 들었다. 나는 좀 미안한 기분이 들었다. 마치 문을 나가다가 누군가와 부딪친 기분이었다.

"미안해요, 주디스. 하지만 내가 당신에게 끼어든 게 아니에요. 당신이 나한테 끼어든 거지."

"당신이 아니에요. 힐다에게 끼어든 거죠."

그건 궤변이었지만, 어쩌면 그녀는 정말로 그렇게 믿었을지도 몰랐다. 그래서 난 그냥 넘어갔다.

우리는 다시 옷에 대해 이야기를 하며 5번가를 함께 걸어 내려와서, 프랭클린 사이먼 백화점 입구에서 헤어졌다. 참 이상한 대화였다는 생각이 나중에야 들었다.

그때는 그냥 평범한 일로 보였다.

VIII

토요일이었고, 9월이었고, 저녁 7시 반이었고, 내 생일이었다. 나는 그 모든 것을 기억했다. 계단이 어느 방향으로 휘어졌는지를 기억하는 것보다 더 쉽게 그것을 기억했다.

나는 케네스가 나를 위해 열어준 칵테일파티에 갔다가 바람을 좀 쐬려고 버스를 타고 집으로 왔다. 이제 빌과의 늦은 저녁 약속을 위해 옷을 갈아입어야 했다. 그것은 그날 내내 이어진 음주를 잠시 쉬는 시간일 뿐이었다. 옷을 입기 전에 내가 어떤 기분인지 루시아에게 말하고 싶었다. 루시아는 칵테일파티에 갈 수 없었다. 출장 가는 샘을 배웅해야 했기 때문이다. 샘은 점점 집요해지고 있었다.

안됐다. 루시아는 샘보다는 아폴로 신처럼 보이는 남자와 결혼해야 하는데. 하지만 그녀는 이미 그런 남자와 한 번 결혼했었다. 아치는 아폴로와 비슷해 보였다. 사람들의 말을 들어보면, 루시아 주변의 많은 다른 여자들도 그렇게 생각했다.

자, 이제 마지막 계단이었다. 드레스 자락을 밟았지만 어찌어찌해서 다시 발을 뺐고, 비틀거리다가 루시아의 방문에 부딪쳤다. 문이 열려서, 나는 안으로 들어가게 되었다. 루시아는 엎드려서 책을 읽고 있었다. 그녀가 일어나 앉으며 웃기 시작했다.

"아이고, 패트리샤. 거나하게 취했네!"

"기념하느라고…… 스물다섯 살이 된 걸 기념하느라고. 앉아서 얘기 좀 할게."

"숙취 약이라도 좀 줄까?"

"아니. 얘기하고 싶어."

"좋아. 스물다섯이 된 기분이 어때? 난 기억도 안 나."

"언니는 그 나이를 잘 넘겼잖아. 나도 잘 넘기겠지. 나한테 시간을 줘. 스무 살도 잘 넘겼으니까. 그리고 언니, 언젠가는 아마도 서른다섯 살이 되겠지."

"그러면 인생에 정착하고 엉덩이도 평퍼짐해지겠지."

"난 스물다섯인데 지금은 스무 살 때처럼 많이 먹지 않

아. 예전에는 치킨 패티에 초콜릿 레이어 케이크가 점심이었지. 지금은 엔다이브 샐러드를 먹어. 그게 큰 차이 같아."

"다른 건 없어, 팻?"

"예전과 똑같이 외모는 봐줄 만하고, 전보다 날씬하고 확실히 전보다 옷을 잘 입어. 예전에는 꽃 달린 챙 모자를 쓰고 다녔는데. 피터는 그런 나를 보고 이슬 같다고 했지. 예전엔 이슬 같은 아가씨였는데. 이크! 이젠 아니야. 재밌어? 아니면 내가 취한 건가?"

"둘 다야." 루시아가 예의 바르게 말했다. "계속해."

"아, 그래. 스무 살 때는 위대한 사랑을 할 계획이었지. 그런데 그렇게 하지 않았나? 그래서 결혼을 했잖아?"

"다른 얘기하자, 팻. 어떤 선물을 받았니?"

"예전에는 남자들이 바이올렛 꽃을 주곤 했는데, 이제 스카치위스키를 주네. 술은 여자에게 선물이 아니라 투자일 뿐이야. 위대한 사랑은—."

"오, 맙소사. 그렇게 말하고 싶으면 해야지. 그래, 뭔데?"

"위대한 사랑은…… 열정, 기억, 먼지……. 언니, 난 말이야, 문학적 감성이 좀 있는 것 같아……. 그건 골즈워디의 말이야. 나의 위대한 사랑이 나에게 싫증이 난 게 참 우습지 않아? 내가 스무 살 때 스물다섯 살만큼만 현명했더라면, 그 사랑을 지킬 수 있었을까? 그렇게 생각해……? 그런 사랑은 다시는 없을 거야. 피터 같은 사람은…….〞

〝그렇다면 주님의 끝없는 자비겠지.〞 루시아가 말했다.

〝맞아. 위대한 사랑이 한 번만 더 있었다간 내가 죽어 날 테니까. 어차피 맨해튼을 네 잔만 마시면 그런 사랑과 똑같거나 비슷한 감정을 느낄 수 있어. 제대로 만든 거라면 말이야. 혹시 실패하더라도, 다섯 잔째에는 성공하지. 맨해튼의 숙취가 사랑의 후유증보다는 짧으니까…….〞

〝맨해튼에 대해 더 얘기해봐.〞 루시아가 말했다.

〝맨해튼, 좋은 술이지. 빵과 페이스트리를 곁들이지만 않는다면, 방에 들어오기도 전에 남자들이 피임 기구부터 떠올리는 그런 부류의 여자가 될 일도 없을 거야. 위대한 사랑을 보는 방식은…….〞

〝오, 맙소사.〞 루시아가 말했다.

〝젊은 나이에 그런 사랑을 경험하고 끝내는 건 아주 대단한 일이야. 그 이후로는 나한테 싫증을 낸 사람은 없었어. 내가 먼저 싫증을 내지. 한두 번은, 그냥 첫 데이트 한 번으로 끝낸 적도 있어. 하지만 그 정도로 충분하지 않아, 언니?〞

"그럼, 완전 충분하지."

"받는 것보다 주는 게 더 복되다는데, 공기 정도는 그렇겠지. 그리고 주님은 주시고 거두신다는데, 사소하고 덜 힘든 연애 정도나 주시고 거두시더라. 언니, 그게 내가 가진 성경적 감성이야."

"좋아. 이제 스물다섯인데, 뭘 원하니?"

"모르겠어. 하지만 피터를 제외하면 내가 뭘 원하는지 알았던 적이 없어. 그리고 그건 내게 거의 도움이 안 됐잖아? 그러니까 내가 원하는 건 내년에 8천 달러쯤 벌어서 노년을 위해 채권을 좀 사두는 것 정도겠지."

"너라면 채권보다는 모피 코트나 세 벌 사겠지. 그럴 가능성이 농후해."

"어쩌면 그럴지도. 어차피 8천 달러를 벌지도 못할 텐데 뭐. 그렇게 부업을 많이 뛰기엔 내가 너무 게으르니까. 6천 달러쯤 벌어서 7천 달러쯤 쓰겠지. 아, 맞다. 내가 스무 살 때는 글을 쓰고 싶었는데, 지금 패션 광고 문안이나 쓰고 있네."

"그 밖의 일들은 다 계획대로 이루어졌니, 팻?"

"맙소사, 아니. 하지만 난 허무주의자니까 괜찮아. 나도 허무하고 언니도 허무하고, 우리도 허무하고, 남들은 더 허무해. 하지만 우리 둘은 좋을 시간을 보내고 있잖아. 섹스 얘기를 해야 할 만큼 그렇게 지루하지도 않고."

"설마 지금 섹스 얘기를 꺼내려는 건 아니지?"

"물론 아니야. 그런 얘기를 해서 뭐 해? 그냥 명랑하게 감내하는 게 낫지."

"용감한 아가씨처럼." 루시아가 말했다.

"지독하게 어지러워, 언니. 들어봐. 내가 평생 피터를 기다리며 살 것 같아? 스물다섯에도 서른다섯에도 마흔에도? 그건 너무 긴데—."

"자, 자기야. 어서 다른 생각을 해봐. 신문을 봐. 여기 《그래픽》지가 있어. 뉴욕주에서 가장 나이 많은 이혼녀 사진인데, 참 예뻐. (틀림없이 합성 사진일 거야. 다리가 손녀의 것일지도 모르지.) 자, 봐. 너에게는 시간이 많아. 앞으로 이혼녀로 사는 걸 무척 좋아하게 될지도 몰라."

"그 사람은 늙었잖아, 언니. 불쌍해. 그 사람이 평생 사랑받은 적이 있을 거 같아? 결코 사랑받아보지 못한 늙은 여자들을 생각해봐, 불쌍한 사람들……."

"팻, 사랑받아본 적 없는 중년 여자들을 생각해봐. 모든 페미니스트들을 말이야."

"언니, 술을 진탕 마시는 밤이 끝나갈 즈음 천체가 아름답게 흔들리는 듯한 느낌을 아는 사람이 얼마나 적은지. 정말 우울할 정도로 적어……. 그럴 때면 정신을 잃거나 누군가에게 일어난 온갖 터무니없는 일들로 시끄럽게 웃어대거나 그럴 수도 있겠지……. 하지만 그러지 않고 그냥 숨을 아주 고르게 쉬면서, 낮은 목소리로 남부에서 쿠클럭스클랜에 대한 반감이 생겨난 원인이라든가 뭐 그런 주제에 대해 이야기를 이어가고……. 자신이 모든 주제에 대해 정말로 어떻게 생각하는지 깨닫게 될 것만 같은 기분이 드는 그런 밤 말이야. 그런 걸 경험한 사람이 얼마나 적은지. 정말 슬플 만큼 적어. 오, 루시아 언니, 예전의 살롱을 구하기엔, 여자들을 위한 새로운 자유가 너무 늦게 와버렸어."

IX

10월은 뉴욕에서 1년 중 가장 기분 좋은 달이다. 열병을 앓은 뒤 정신이 점점 회복되는 것처럼, 하루하루가 점점 더 선선해진다. 공기도 무척 맑아서 하늘을 배경으로 높은 건물들의 윤곽이 마치 동양화 속의 선들처럼 칼로 새긴 듯 선명하고 또렷하게 새겨진다.

화창한 날에는 모피와 겨울용 트위드처럼 따뜻한 옷은 지나친 사치다. 5번가는 모피와 트위드, 부토니에르, 새 가죽 장갑, 프랑스 향수가 뒤섞인 향을 풍겼고, 바탕에 깔려 있는 가솔린 냄새도 스카치위스키의 스모키한 향처럼 분명하게 그곳의 일부를 이룬다.

저녁 시간은 이제 곧 이런저런 일들이 빠르게 일어날 것 같은 느낌으로 활기를 띤다. 많은 극장이 문을 열고, 모두들 파리에서 돌아온 사람들을 위해 파티를 연다. 그들은 파리에 있는 다른 모든 사람들에 대한 즐겁거나 우스운 이야기를 들려준다.

도심에서는 10월을 보내면서도 찻집 테이블에 놓인 장식물을 제외하면 붉게 물든 나뭇잎 하나 보지 못한 채 지나갈 수도 있다. 그러나 어둑어둑해질 무렵 인적 드문 거리에서 어린 소년들이 피우는 모닥불의 매캐한 냄새는 어쩐지 잘 가꾼 교외 잔디밭에서 태우는 가을 낙엽 더미를 연상시킨다.

나는 대부분 오후 5시 반과 저녁식사 시간 사이에 체육관에 갔다. 운동은 낮 시간에 광고를 쓸 때 머리를 맑게 해주고 저녁에는 생기 있어 보이게 해주었다. 체육관 옥상에는 달리기 트랙이 있었다. 스무 바퀴를 돌면 1마일이 되는 트랙을 돌고 돌면서 어퍼 브로드웨이 쪽의 전광판 전경을 바라보거나 운동복을 발명한 사람이 디자인 감각이 없다고 생각하거나, 그냥 바퀴 수를 세면서 한껏 힘을 내서 3마일까지 뛸지, 아니면 좀 여유 있게 2마일에서 멈출지 고민하며 아주 만족감을 느꼈다. 쿵쿵쿵 나무판 트랙을 달리는 소리. 그것은 단순한 소일거리였지만, 매우 몰입이 되는 활동이었다.

달리는 기분, 숨이 찬데도 멈추지 못하고 끝없이 달리는 기분은 내 삶을 요약해주는 것만 같았다. 효율적인 커리어 우먼 행세를 하며 보내는 낮 시간과 세련된 젊은 여자 행세를 하는 밤 시간 내내 달리는 것. 피터에 대한 기억으로부터 도망치기 위해 무언가를 향해, 혹은 아무런 방향성 없이 무작정 달리는 것. 사실 둘 중 어느 쪽이든 중요하지 않았다.

"성공했네." 어느 날 루시아가 말했다. "이제는 전화벨이 울리면 다섯 번 중 세 번이 네 전화야. 알고 보니 넌 전처 A 등급이었어."

나는 전처 A 등급이었다. 섹시하고, 옷 잘 입고, 젊어 보이고, 경쾌하게 춤추고, 재치 있게 말할 줄 알고, 자립해서 살고. 남자들이 말할 때 방해하지 않고. 저녁식사 후에 술 한 잔을 더 하는 것을 제외하면 남자들의 돈을 뜯어먹지도 않고. 술을 마셔도 정신을 잃거나 거칠어지거나 구토를 하지 않고. '당신을 원해요, 당신을 원해요, 당신을 원해요' 하는 태도에는 굴복하지 않지만, 어느 남자건 '나를 동정해줘요, 내 인생은 외로워요' 식으로 나오면 한 번쯤은 넘어가줄 수 있는.

스쳐 지나가는 사람들 사이에서, 세 남자는 오래 지속되는 인연이 되었다.

첫 번째는 너대니얼이었다.

루시아가 일하는 광고대행사의 어떤 여자가 주최한 규모가 크고 따분한 다과회에서, 어떤 키 큰 젊은 남자가 내 눈에 들어왔다. 그는 그곳에 있기 싫은 듯한 모습으로 돌아다니고 있었다. 나도 그곳에 있기 싫었다. 실내는 번잡했고 더웠으며, 모두들 광고업계 이야기만 하고 있었다. 마침내 누군가 그 키 큰 남자를 소개해줬고, 나는 그의 성이 당시 건설 중이던 마천루의 간판에서 자주 보았던 성이라는 것을 알아차렸다.

"말하지 않아도 돼요. 당신은 꼭 드리앙의 그림처럼 보이네요."

그 말이 너무 친절하게 느껴져서 나는 최대한 재미있게 말하려고 노력했다. 그러나 그는 계속 그곳에 있기 싫은 것처럼 보였고, 마침내 내가 다과회에서 무엇을 하고 있느냐고 물었다.

그는 아버지가 광고대행사 고객이라고 설명하며, 어떻게 이곳에 오게 되었냐고 물었다. 나는 파티 주최자의 친구인 루시아의 친구라고 설명했다.

그랬더니 그가 말했다. "루시아는 매력적이지만 좀 퇴

폐적으로 보이죠. 당신처럼 분명한 건전함이 결여되어 있달까."

'건전함'은 최근에 나와 관련지어 자주 사용되는 표현이 아니었다. 사실 좀 놀라웠지만 기분 좋았다.

"택시를 타고 맨해튼을 한 바퀴 돌까요? 담배 연기 가득한 더운 실내가 싫어요." 그가 말했다.

그는 친절하고 말끔해 보이는 젊은이였고 어차피 나도 8시까지 딱히 할 일이 없었으므로 그를 따라갔다.

'맨해튼을 한 바퀴 돈다'는 그의 말은 문자 그대로의 의미였다. 부두를 끼고 이어지는 웨스트 스트리트를 따라 배터리 파크까지 쭉 내려갔다가, 맨해튼 동쪽 끝 도로를 따라 다시 북쪽으로 올라갔다. 달리는 동안 거리 끝마다 강이 조각조각 모습을 드러냈다.

나는 너대니얼이야말로 몇 달 동안 내가 본 가장 '건전해' 보이는 사람이라고 생각했다. 그는 그렇게 짧게 자르지 않았다면 지저분하게 곱슬거렸을 갈색 머리, 넓은 미간과 쾌활해 보이는 갈색 눈, 호기심 많고 민감해 보이는 입, 보기 좋은 턱을 가졌고, 줄무늬가 은은하게 들어간 멋진 정장 차림에 내 취향에 맞지 않는 넥타이를 매고 있었다. 조금은 의도적으로 방랑자처럼 보이는 느낌을 주는 넥타이였다. 그것을 상쇄하듯, 그는 크고 모양 좋은 근육질 손을 가지고 있었다.

그는 재미있었고, 사물의 형태와 색감과 맛과 향에 대해 이야기했다. 나는 그가 내가 만난 그 누구보다 아름다움에 대한 열정을 가진 사람이라는 것을 반시간 만에 알게 되었다. 딱히 사람에게 특정되지 않은, 선과 형태와 색조에 대한 열정이었다. 그가 배의 곡선형 선체에 대해 말했던 것이 기억난다. 그때 그의 목소리에는 다른 남자들이 와인을 마시며 자신이 무척 사랑했던 어떤 여자를 떠올릴 때 느껴지는 따스함이 담겨 있었다.

내가 이 너대니얼이라는 사람이 정말 매력적이라고 생각하고 있는데, 그가 갑자기 모자를 벗고 고개를 숙여 내 입꼬리에 입을 맞췄다. 그러더니 곧바로 나를 놓아주며 숨도 들이쉬지 않고 말했다. "당신 키스를 잘 못하네요. 다시는 당신에게 키스하지 않을 거예요."

나는 웃고 웃고 또 웃었다. 그는 민망해했고, 아름답게 얼굴을 붉혔다. 나는 계속 웃었고, 잠시 후에 겨우 숨을 돌리고 말했다. "항상 그렇게 말해요?"

"언젠가 말해줄게요. 현대 프랑스 화가들의 멋진 전시회가 있는데, 내일 조금 일찍 퇴근해서 보러 갈 수 있어요?"

"좋아요." 내가 말했다.

몇 달이 지난 뒤 그는 택시 안에서 그 발언에 대해 말했다.

그가 나를 만나기 전날, 대학교 룸메이트가 그에게 여자를 다루는 전략이 부족하다고 놀리며, 처음 만나서 한 시간 안에 여자와 키스하고는 그녀에게 키스를 형편없이 한다고 말하라고 조언했다. 그러면 여자들이 그 말이 틀렸다는 것을 증명하려 할 거라는 얘기였다. 냇은 그 발언이 자신이 무척 세련된 사람이라는 것을 보여주는 데도 도움이 될 수 있고, 그러면 더 이상 자신이 어떤 사람인지 보여주려 애쓰지 않아도 여자들을 미술관과 러시아 레스토랑에 데려갈 수 있을 거라고 생각했다고 말했다.

그런데 내가 그의 예상대로 반응하지 않았기 때문에, 그는 그 전략을 포기했다.

그가 마침내 '내가 키스를 못한다'고 말했던 것을 설명할 무렵에는, 나는 그에 대해 다른 많은 것들을 알게 되었다. 그는 25여 년 만에 소규모 하청업자에서 마천루 건축업자로, 앨런 스트리트의 세입자에서 이스트 60번가의 주택 소유자로 신분이 상승한 남자의 살아 있는 유일한 아들이었다.

냇이 스무 살 때 형이 자동차 충돌 사고로 죽었는데, 형과 함께 있던 코러스 걸 때문에 그 사고는 샴페인과 스캔들의 냄새를 풍기게 되었다.

아버지는 하룻밤 사이에 머리가 하얗게 셌고, 아들에게 너무 많은 돈을 쓰도록 허용한 것을 자책했다. 그것을 만회라도 하려는 듯, 냇을 대학에서 데려와서 일을 시키며 냇에게 주급 50달러와 지정된 양복점과의 외상 거래만을 허용했고, 술과 여자의 해악에 대해 주기적으로 잔소리를 했다.

그러나 정작 자신은 가끔 술을 진탕 마시곤 했다. 죽은 아내가 마련해둔 서재에 스카치위스키 반 궤짝과 함께 틀어박혀 지내며, 식사도 전화로 주문해 쟁반에 담아 문밖에 두게 했다. 이틀이나 사흘 뒤에 냇과 가족 주치의가 강제로 문을 따고 들어가 보면, 대체로 그는 뚱한 얼굴로 말없이 앉아 있었다. 뼈마디가 굵고 거친, 떨리는 손에는 죽은 아들이 테니스 대회에서 딴 우승컵이나 아들이 미식축구에 대해 이야기하거나 용돈 인상을 요청하기 위해 보낸 평범한 편지가 쥐여져 있었다.

널리 알려진 형의 죽음 이후 냇이 학교에서 집으로 불려왔을 때, 가족 주치의는 아버지가 또다시 충격을 겪게 되면 갑자기 심장병으로 죽을 수도, 뭐, 아니면 20년 동안 그런 일이 벌어지지 않을 수도 있다고 말했다. 어떤 문제에 있어서도 아버지를 짜증 나게 하거나 거역해서는 안 된다고 했다.

그래서 너대니얼은 결코 인상되지 않는 주급 50달러에 미소 짓고, 지정된 양복점에서 무덤덤하게 옷을 외상으로 맞춰 입었다. 파리에서 건축 공부를 하겠다는 생각 따위는 저 멀리 던져버렸다. 그는 여행을 하고 싶었다. 피렌체에서 그림을 구경하고, 바이로이트에서 바그너의 음악을 감상하고, 이집트에서 피라미드에 내리쬐는 태양을 느끼고 싶었다. 하지만 그가 뉴욕을 벗어나 가본 곳이라고는 롱아일랜드에 있는 아버지의 시골집 정도가 고작이었다.

냇은 나를 미술 전시회와 음악회와 음악회, 또 음악회에 데려갔다. 독일식 야외 맥줏집에도 데려갔는데, 그곳에서는 밴드가 〈아이, 두 쇠네 슈니첼방크〉 같은 흥겨운 곡과 〈누어 아이네 나흐트〉 같은 애절한 곡을 번갈아 연주했다. 그리고 펠 스트리트에 있는 유일한 중국 음식점에도 데려갔다. 그곳 주방장은 고관대작을 위해 요리하도록 훈련된 사람이었다. 그는 저녁 먹으러 가는 도중에 경로에서 열 블록이나 벗어난 곳으로 데려가서 매디슨 애비뉴에 있는 신축 건물의 연철 문 디자인을 보여주었다. 그리고 춤을 추러 리도와 몽마르트에 데려갔고, 점심을 먹으러 피에르 호텔 레스토랑에 데려갔다. 때로는 스피크이지 바에 데려가서 한 번도 프랑스에 가본 적 없는 그가 코냑 병의 라벨을 물로 적셔서 숨겨진 헤네시 워터마크가 보이는지 확인하기도 했다.

한번은 그가 여자들에 대해 이렇게 말했다. "패트리샤, 나는 아주 인기 없는 미덕을 가진 것 같아."

"'아주 인기 없는 미덕'이라는 게 무슨 뜻이야?"

"뭐랄까, 난 성적 충동이 그렇게 큰 것 같지 않아. 여자들 때문에 조금도 괴롭지 않거든. 토요일 밤 10시에 혼자 잠을 자고 일요일 아침 6시에 일어나서 웨스트체스터에 승마하러 가는 게, 내가 지금까지 본 그 어떤 여자와 밤을 보내는 것보다 좋아. 내게 문제가 있다고 생각해? 내가 남자답다는 걸 증명하기 위해 주급 50달러로 센트럴파크 웨스트에서 패션모델과 살림이라도 차려야 할까?"

"아니, 그러고 싶지 않다면 뭐 하러 그래……. 하지만 여자를 좋아하지 않는다면서 왜 나와 그렇게 많은 시간을 보내는 거야?"

"난 널 여자로 생각하지 않아. 넌 예쁘고, 훈련을 잘 받은 강아지 같아……. 게다가 잘 웃고 그림 보는 걸 좋아하지."

"너랑 있으면 참 편해, 너대니얼."

정말 그랬다. 그는 대체로 내게 평온한 느낌을 주었다. 하지만 아주 가끔은 사람들의 감정과 욕망, 몸부림을 일부러 외면하는 습관으로 나를 짜증 나게 했다. 그는 항상 구름이 휙휙 지나가는 하늘을 배경으로 검게 솟은 탑을 더 잘 보기 위해, 지나가는 행인의 추한 면은 간과했다.

그러나 그는 내가 아는 유일한 실천적 기독교인이었다. 우리가 알고 지낸 지 아주 오래되었을 때 우연히 알게 된 사실이 있었다. 그가 아버지 재산 중에 자신이 쓸 수 있는 거의 전액인 50달러의 절반을 옛날에 그의 집에서 일하던 운전수에게 지출하고 있다는 거였다. 그는 술 대신 메틸알코올을 마시다가 반쯤 실명한 상태였다.

냇은 백만장자의 상속인이 가난에 쪼들린다는 게 무척 웃기다고 생각했다.

앞서 언급한 것처럼, 주급 50달러가 그가 가진 거의 전부였다. 그 외에는 가족 주치의가 가끔 쥐여주는 100달러가 있었다. 주치의는 냇의 아버지에게 보내는 청구서에 그 액수를 슬쩍 끼워 넣곤 했다. 주치의는 이 방법을 제안하며 돈 때문에 소란을 피워 아버지의 심장을 위태롭게 하느니 이편이 낫다고 했다. 그래서 냇은 안데르스 소른의 조각품 같은 것이 보고 싶을 때는 의사에게 돈을 받아왔다.

냇은 9시부터 5시까지 엄청난 양의 강철과 석재를 다루며 꽤 충실하게 마천루 건설 일을 했다. 그러면서도 전면이 유리와 컬러 타일로 뒤덮여 있고 뉴욕을 거대한 바빌론 공중정원처럼 보이게 만들 테라스가 설치된 마천루를 꿈꾸었다.

그는 내가 자신을 만나지 않는 저녁에 뭘 하는지 한 번도 묻지 않았다. 차라리 모르는 편이 낫다고 생각한 게 아닐까 싶다.

케네스도 있었다.

어느 날 루시아와 함께 앨곤킨 호텔에서 점심을 먹다가 옆 테이블에 있는 남자의 뒤통수를 보았을 때, 이상하게도 문득 내 고향 보스턴과 반쯤 잊고 살았던 사촌 로저가 떠올랐다. 로저는 1차 대전 때 제26사단으로 참전했다가 사망했다. 옆 테이블의 남자는 내가 지금껏 본 누구보다 완벽한 금발 머리였다. 반면 로저의 머리색은 아주 짙었다.

로저는 내 첫사랑이었다. 내가 래드클리프 대학 신입생이었을 때, 그는 하버드 법대를 다니고 있었다. 그는 변호사를 거쳐 존경받는 정치인이 되고 싶어 했다. 미국에 정치인은 너무 많은데 존경받는 정치인은 너무 적기 때문이라고 했다. 나는 그가 정치인이든 뭐든, 본인이 원하는 사람이 될 거라고 확신했다. 그가 너무 잘생겼기 때문이었다. 그가 플래츠버그 훈련소에 갔을 때, 나는 나중에 그가 존경받는 정치인이 되었을 때 도움을 주고 싶어서 '정부의 원칙' 강의를 들었다. 그는 자신이 떠나 있는 동안 내가 자신에게 맞는 훌륭한 숙녀로 성장하겠다고 약속한다면, 전쟁이 끝난 후에 나와 결혼하겠다고 쾌활하게 말했었다.

제26사단은 프레이밍햄에서 전쟁터를 향해 출발했고, 나는 레인코트 안에 내가 가장 좋아하는 오건디 소재의 장밋빛 드레스를 입고는 비 내리는 8월의 새벽에 혼자서 차를 몰고 그를 배웅하러 갔다.

나는 열여섯 살이었다.

그는 대대 전체가 보는 앞에서 내게 키스했다. 한 번도 키스를 받아본 적이 없었던 나는 무척 자랑스러웠다. 그러면서도 오건디 드레스가 비에 흠뻑 젖을까 봐(물론 레인코트는 차에 두고 내렸다), 그래서 내가 예뻐 보이지 않을까 봐 걱정했다. 그는 중대와 함께 기차를 향해 가면서 다시 내게 키스했다. 그다음부터는 얼굴에 쏟아지는 빗물과 눈물이 뒤범벅되어서, 행진하는 군인들이 하나도 보이지 않았다.

로저는 프랑스 북부의 샤토티에리에서 전사했다. 몇 년 동안 그를 생각하지 않았다. 하지만 불현듯 티로즈 향을 맡게 될 때면 그가 잠시 떠오르곤 했다. 그는 내게 에이어 기지에서 열릴 토요일 밤 장교 댄스파티에 코르사주처럼 달고 오라며 티로즈 상자를 보내주었는데, 그 상자를 여는 순간 그의 전사 사실을 알리는 전화가 걸려왔기 때문이었다.

"무슨 생각해?" 루시아가 말했고, 나는 다시 현실로 돌아왔다. 앨곤퀸 호텔과 접시 위의 에그 베네딕트, 이미 전성기를 지난 라운드테이블◆, 그리고 나와 라운드테이블 사이에 앉아 있는 금발 머리 남자가 보이는 풍경 속으로.

나는 루시아에게 로저에 대한 이야기를 들려주었다. 그런 다음 우리는 내가 태어난 보스턴과 루시아가 태어난 메인주의 포틀랜드에 대해 이야기를 나누었고, 두 도시 모두 좋은 곳이지만 적어도 젊었을 때는 다시 돌아가서 살 수 없을 것 같다는 데 동의했다. 루시아는 뉴욕이라는 곳이 일단 들어오면 종신형을 살게 되는 감옥이지만, 워낙 시설이 잘 갖춰진 감옥이어서 갇혀 살아도 별 불만이 없다고 말했다.

나는 금발 머리 남자를 가끔씩 훔쳐거렸다. 그가 일어

◆ 1919년부터 1929년까지 문인과 배우 등 문화계 인사들이 평일에 앨곤퀸 호텔의 커다란 원탁에 모여 점심을 먹었다. 이 사람들의 모임과 그들이 앉은 테이블을 라운드테이블이라고 불렀다.

선 순간, 그가 누구였는지 기억났다. 로저가 주말에 케이프코드에서 함께 수영을 하려고 데려왔던 남자였다. 그것은 로저의 마지막 휴가 중 하나였다. 그의 이름은 케네스였고, 매사추세츠 스프링필드에 살았다. 우리 고모는 그의 양어머니와 아는 사이였고, 그래서 그를 좋아했다.

그 주말에 나는 그의 금발 머리가 햇빛을 받으면 너무 멋지다고 생각했지만, 로저의 검은 머리가 더 품위 있고, 로저가 전반적으로 더 잘생겼다고 생각했다. 이 남자가 가버리면 좋겠다는 생각도 했다. 그러면 로저와 얘기할 시간이 더 많아질 것 같았기 때문이다.

옆 테이블에서 케네스가 나를 슬쩍 보더니 선 채로 누군가에게 잠시 이야기를 했다.

전쟁 이후 그의 소식을 들은 적이 있었다. 고모가 이런저런 얘기를 했었다. 보드빌◆ 공연을 하는 무희와 결혼해서 미술감독이 되기 위해 할리우드로 갔다는 얘기. 그 일로 그가 변호사가 되어 스프링필드에 있는 아버지 회사에서 일하기를 원했던 가족들이 크게 실망하여 공식적으로 그와 의절했다는 얘기였다.

그가 나가려고 돌아서다가 다시 나를 보았다. 그는 아

◆ 노래, 춤, 촌극 등이 결합된 가벼운 희가극.

주 키가 컸고 눈에 띄게 말랐다. '나를 잊지 말아요'라는 꽃말의 물망초처럼 파란 눈망울을 가졌다. 피폐해진 얼굴과 어울리지 않는 어린 소년 같은 눈이었다. 물론 그가 나를 기억할 리는 없었다.

그런데 기억했다.

그가 다가와서 말했다. "전에는 빨간 수영복을 입은 꼬마 아가씨였는데. 로저가 전쟁 동안 당신 사진을 여러 장 품고 다녔었죠." 내가 전혀 몰랐던 사실이었다.

"당신은 케네스죠." 내가 말하고는 그를 루시아에게 소개했다. 그가 자리에 앉았다.

한번은 그가 골즈워디의 《포사이트가 이야기》에서 세 문장을 읽어주었다. "모두가 사형 선고를 받았다. 다만 졸리언의 선고는 좀 더 분명하고 절박했을 뿐이다. 그는 그 사실에 너무도 익숙해져서 다른 사람들처럼 습관적으로 다른 것들을 생각했다."

케네스는 자신이 태어나서 살았던 평온한 삶에서 너무 빨리, 그리고 너무 멀리 떠나왔다. 그의 일생일대의 사랑이 뉴잉글랜드에서 새로 사교계에 입문한, 차분한 목소리와 평온한 눈빛의 여자였다면(물론 실제로 그랬을 수도 있지만), 케네스는 넓은 인맥이 있는 보스턴에서 법률가로 일하면서 가끔 존 싱어 사전트의 그림을 구입하는 것으로 예술적 관심을 충족시키며 살았을 것이다.

그러나 그의 일생일대의 사랑은 열정과 아름다움, 악함을 동등한 비율로 갖춘 복잡하고 작은 헝가리 출신의 무희였다. 그녀는 댄스 파트너의 폭력으로부터 도망쳐 그에게 왔다. 그는 그녀가 임신을 했다고 생각했기 때문에 그녀와 결혼했다. 하지만 파리에서 그녀는 아르헨티나 남자와 눈이 맞아 그를 떠났다가 폐렴에 걸린 몸으로 돌아왔다(그리고 그 병이 진행되면서 나중에 더 심각한 병으로 발전했다). 그녀는 폐렴에서 회복했고, 그들은 알제로 갔다. 하지만 그녀는 병이 재발해서 결국 케네스의 어깨에 기침을 토해내며 생을 마감했다. 끝까지 죽어야 한다는 사실에 격렬히 저항했고, 자신이 그에게도 사망 선고를 내리게 된 것에 대한 사과는 없었다.

그녀가 실제로 어떤 인물이었건, 그는 그녀에게 낭만적인 젊은이의 모든 환상을 투영했다. 그에게 그녀는 순수하고 고매한 사랑이었다. 그는 그런 사랑을 놓치지 않아서 다행이라고 말했다. 그가 그녀에 대해 말할 때면, 마치 죽은 아이에 대해 말하는 것처럼 부드러웠고, 그의 지친 얼굴 뒤로 젊고 열렬한 감정이 솟아나는 듯했다. 그 모습을 보며, 나는 거의 10년 전 그 여름 주말에 그가 얼마나 활기차 보였는지 떠올랐다.

그는 2~3년 후에 죽을 운명이었다. 그의 병에 아르곤 전투에서 가스 노출로 인해 얻게 된 오래된 폐 질환의 합병증까지 겹쳐졌기 때문이다. 그가 서부로 가서 살면, 술을 끊으면, 2~3년이 6~7년으로 연장될 수도 있다고 했다.

"하지만 그러면 너무 지루하고 외로울 거야." 그가 말했다. 그래서 그는 뉴욕에 머물렀다.

그는 나 외에는 어떤 여자도 알지 못했다. 그날 내게 말을 건 이유는 순전히 나로 인해 그가 사랑했던 로저가 떠올랐기 때문이었다('전생 같은' 얘기라고 그는 말했다).

그는 내게 저녁을 먹자고 했다. 로저와 뉴잉글랜드의 시원한 여름, 매사추세츠 소도시의 조용한 거리에 대해 누군가와 한 번 더 얘기하고 싶었기 때문이었다.

그러나 우리가 처음 저녁을 먹던 날, 그의 불행한 얼굴을 보았을 때 나는 뭔가에 마음이 흔들려 머나먼 청춘의 해안가에 희미하게 남아 있는 인물인 로저가 아니라 피터에 대해 얘기했다. 그즈음 나는 어떤 남자에게도 피터에 대해 잘 얘기하지 않았다.

케네스는 피터에 대해 이해할 사람처럼 보였다. 피터에 대한 기억을 치유하기 위해 키스한 남자들, 판단력과 상식, 선의를 가진 친구들의 조언에도 불구하고 한때 피터에게 품었던 작은 희망도 이해할 것만 같았다. 사람이 누군가를 사랑할 때, 상대가 가치 있는 사람이기 때문이거나 사랑의 대가로 받게 되는 사랑을 가치 있다고 느끼기 때문에, 또는 지인이 타당하다고 생각하는 어떤 이유 때문에 사랑하는 건 아니라는 것을 이해할 사람 같았다.

나는 하룻저녁이 아니라 많은 저녁에 걸쳐서 케네스에게 피터 이야기를 했다. 그는 나를 도와줄 수 없었고, 그가 알제의 정원에서 달빛을 받으며 춤추던 그 여자에 대해 이야기할 때 나도 그를 도와줄 수 없었다. 그러나 우리는 함께 있으면 이상하게 행복했다.

그에게는 약간의 돈이 있었다. 그는 자신이 죽을 때까지 쓸 수 있는 돈이라고 말했다. 헝가리 무희에게 빠지는 것도 남자의 피할 수 없는 운명 중 하나라고 여긴 삼촌에게서 상속받은 재산이었다.

그는 그 돈을 극장과 흥겨운 나이트클럽에 썼다. 독일에서 건너온 신작 영화가 있을 때마다 극장을 찾았고, 그들의 사진 기술에 매혹되었다. 그것은 무희의 키스와 그 결과 사이의 4년, 그가 현대 예술에 진정으로 의미 있게 기여할 영화를 만들겠다고 꿈꿨던 그 4년 동안 품었던 관심사들 중에 유일하게 살아남은 것이었다.

그래서 야망도 욕망도 끝나고, 의미가 있든 없든 뭔가를 하는 것도 거의 끝나가는 지금도 그는 가끔 정말로 즐거워 보였다.

우리는 할렘에 가곤 했다. 백인들이 자주 드나드는 대형 흑인 카바레들이 즐비한 할렘이 아니었다. 그런 곳들은 주로 훌륭한 오케스트라와 그저 그런 볶음국수, 세심하게 연출된 음산한 분위기가 두드러졌고, 집에 가야 할 만큼 술에 취한 사람들을 제외하면 모두 남들의 시선을 의식하는 분위기였다. 우리가 간 곳은 그런 곳이 아니라 작고 소박한 댄스홀들이 있는 할렘이었다.

그런 곳에 입장하는 소수의 백인들은 다소 무시당했고, 흑인들에게 제공되는 서비스보다 나을 게 없거나 때로는 그보다 살짝 못한 서비스를 받았다. 백인들은 딱히 환영받지 못했다. 그러나 그들이 주제넘게 굴지만 않는다면, 위도상으로는 남쪽으로 수천 마일, 시간상으로는 수천 년을 거슬러 여행할 수 있다. 베이스 드러머는 먼 옛날 북을 두드려 전쟁을 알리고 부족을 불러 모았던 선조들을 떠올리듯 연주하고, 무대 위의 무희는 로마 시대 이후 어떤 유럽 여인도 쓰지 않았던 근육을 뽐내며 몸을 흔든다.

거기서 케네스는 압생트를 마시며 생기를 되찾았고, 스트라빈스키의 음악이나 무솔리니의 미래, 마르셀 프루스트의 문체나 떠나간 무희의 눈, 또는 사랑과 죽음의 의미에 대해 논했다.

그는 그 압생트를 어떤 이탈리아 배에서 사왔는데, 내게는 그것을 마시지 못하게 했다. 그러던 어느 날 밤, 그와 함께 있다가 극장 로비에서 피터와 주디스를 보았다. 그들은 행복해 보였고, 서로에게 몰두해 있어서 나를 보지 못했다. 케네스는 내 안색이 변하는 것을 지켜보았다.

그날 밤 (그리고 그날 이후로는 어쩌다 한 번씩) 그는 내게 압생트를 권했다. 처음에는 내가 그 술에 행복하게 반응하는 부류일지 의심했다. 나는 그런 부류였다.

압생트를 마시니 피터가 나를 사랑했던 시절의 나날들과 사건들과 순간들이 생생하고 따뜻하게 되살아났다. 그 시절을 넘어, 로저의 모습과 목소리, 웃음소리까지 불러낼 수 있었다. 심지어 어린 시절 눈썰매를 타면서 숨이 넘어가도록 즐거웠던 일, 그리고 한 시간 전에는 집으로 갔어야 했다는 죄책감이 들면서도 하늘에 별이 뜨도록 반짝이는 강을 따라 스케이트를 탔던 신나는 기분까지 다시 느낄 수 있었다.

천천히, 천천히 압생트를 홀짝이며, 술잔 위로 고개를 떨군 케네스의 금발 머리를 바라보고, 색소폰과 드럼, 그리고 아주 멀리 있는 것처럼 아득하게 들리는 춤추는 사람들의 외침에 귀 기울이고 있노라면, 고통과 후회도 피곤함도 없었다. 나는 스페인제 숄을 두르고 평온함에 감싸인 채 앉아 있었다.

케네스는 내게 자신과 있을 때가 아니면 압생트를 마시지 않겠다고 약속하라고 했고, 얼만가 시간이 흐른 뒤에는 아예 나는 자신처럼 삶에서 멀어진 존재가 아니니 압생트를 마시지 말라고 당부했다.

그때부터 나는 한 번도 압생트를 입에 대지 않았다.

너대니얼과 케네스 말고도, 빌이 있었다. 내가 루시아와 함께 살러 들어가고 얼마 지나지 않은 어느 날 밤, 무료한 그날 밤에 루시아가 불쑥 말했다. "빌을 부르자."

"그게 누군데? 밀주업자?" 내가 물었다.

"자기야, 빌은 전통적인 신사야. 적당히 알고 지내면 큰 도움이 되지."

그녀는 라켓 클럽에 전화를 걸었다.

10분도 지나지 않아 빌이 스카치위스키와 소다수, 라켓 클럽 담배를 가지고 나타나서는 코트를 벗기도 전에 그저 그런 클럽 이야기 세 가지를 풀어놓았다.

그가 나를 보더니 말했다. "이런, 당신을 보니 1906년에 알고 지내던 어떤 여인이 생각나네요. 그 여인도 끝내주게 좋은 여인이었죠." 그는 요란하게 한숨을 쉬고 앉아서는 이런저런 얘기를 했다. 자신이 어떻게 진을 제조하는지, 어디서 스카치위스키를 샀는지, 지난 일요일에 얼마나 멀리, 얼마나 빠르게 차를 몰고 로드아일랜드를 누비고 다녔는지, 주식시장의 상황이 어떤지, 우리 둘 다 얼마나 예쁜지 따위의 얘기였다.

그는 대머리에 아기처럼 뺨이 분홍빛이었으며, 1906년 무렵이었다면 분명 거부할 수 없었을 미소와 잘 손질된 손톱만큼이나 세련된 매너를 가지고 있었다.

한 시간 뒤, 루시아는 하품을 참았다. 그러자 그가 일어나서 우리 둘에게 가볍게 입을 맞추고는 불러줘서 고맙다고 말한 뒤 총총거리며 나갔다.

"괜찮긴 한데, 굳이 만나야 할 이유는 모르겠어." 내가 입을 열었다.

"아, 빌은 가끔 오래된 안락의자만큼이나 편안해." 루시아가 말했다.

"결코 복잡 미묘한 감정 따위에 휘둘리지 않는 남자들이 있어. 복잡 미묘한 감정을 봐도 그게 뭔지 모를 테니까. 그의 인생은 좋은 와인과 좋은 음식, 상당히 많은 예쁜 여자들, 그리고 그의 시대에 중시되었던 신사의 규범이 가득하지. 예를 들어 카드 빚을 갚는다거나 자기가 마실 술은 가지고 다닌다거나 아내와 정부를 절대 만나게 하지 않는 것처럼 말이야."

"언니가 그 사람한테 평등한 성 도덕률이나 미혼자에게 부과하는 세금에 대해 말을 꺼낸다면 어떻게 나올까?"

"내 머리를 쓰다듬으며 나처럼 예쁜 여자들이 그런 말도 안 되는 문제를 신경 쓰면 안 된다고 말하겠지. 내가 말을 계속하면, 아마 자러 갈 거야. 빌은 당당하고 건강하고 단순한 사람이야."

"빌은 현대 여성에 대해 어떻게 생각해?"

"현대 여성에 대해 들어본 적도 없을걸. 빌은 여자가 세 부류로 나뉜다고 생각해. 결혼해서 챙길 여자, 결혼해서 챙겨야 했는데 어쩌다 보니 그럴 기회를 놓친 여자, 하룻밤 같이 자고 비용을 잘 지불해줘야 할 여자."

"그 사람이 흥미로울 때도 있어?"

"있지. 오늘 밤은 너에게 잘 보이려고 온갖 최신 정보들을 풀어놓는 바람에 그렇게 이상했던 거야. 30년 전으로 돌아가서 그 시절 얘기를 하게 해봐. 예를 들어 젊은이들이 일요일 아침에 말을 타고 브레부르트 호텔에 가서, 밖에 말을 묶어놓고 각각 샴페인 한 병과 비프스테이크 한 덩이씩을 아침으로 먹은 얘기 같은 거. 그런 얘기를 할 때면 빌도 제법 괜찮아 보이거든."

때가 되어 빌이 그 이야기를 들려주었다. 1906년에 호놀룰루에서 만난 여자에 대한 이야기, 그리고 그에게 머나면 세계의 요약판과 같았던 아시아 여행 중에 상하이에서 돈을 주고 샀던 중국인 여자의 이야기도 들려주었다. "사실 그 여자는 영어를 한마디도 못했지만, 내가 평생 만난 여자들 중에 가장 교양 있는 여자라고 느꼈어."

어떤 남자들은 나이가 예순쯤 되면 그들이 겪은 경험과 생각한 철학들의 집합체가 된다. 그런데 빌은 그가 먹고 마신 식사와 와인, 키스한 여자들의 집합체였다. 그리고 이제 만족스럽게 다른 사람들의 청춘을 관조하고 있었다.

복잡하거나 지쳐 있거나 사람을 지치게 하는 남자들 사이에서, 그는 마음의 위안이 되었다. 나와 루시아를 비롯해 어떤 여자에게든 예뻐야 한다는 것과 '숙녀의' 목소리로 말해야 한다는 것 말고는 아무것도 요구하지 않았기 때문이다.

너대니얼과 케네스, 빌이 내 친구였다면, 스테판은 나를 증오한 남자였다.

늘어진 턱살과 짧게 자른 콧수염이 취향에 맞는다면, 그는 잘생겼다. 체구가 땅딸막해서 움직임이 둔할 것처럼 보이지만, 어울리지 않게 고양이처럼 걷는다. 그는 러시아 사람이 분명했고, 어쩌면 러시아계 유대인일지도 몰랐다. 그의 성으로는 그가 어느 쪽인지 확실하게 알 수 없었고, 본인 역시 정확한 정체를 밝히지 않았다. 나는 그가 돈이 많다는 얘기를 들었다. 그는 극장과 고급 레스토랑, 붐비는 파티에서 자주 눈에 띄었다.

나는 그런 파티 중 하나에서 그를 만났다. 그는 술에 제법 취했지만 손님들로 가득한 장소에서 돌아다니고 있으니, 그것이 분명하게 드러나지는 않았다. 누군가 그를 내게 소개했다. 그는 몸을 너무 밀착하고 춤을 추었지만, 나는 항의하기 어려웠다. 그가 담배를 찾는 척하며 나를 가까운 빈방으로 데려갔다.

그러더니 다짜고짜 끌어안고 내 어깨에 입을 맞추며 말했다. "당신은 내 기준에 맞아. 오늘 밤 나랑 같이 집에 갑시다." 팔 힘이 어찌나 세던지 꼭 유인원처럼 느껴졌다.

나는 말했다. "그런데 어떻게 당신이 파티에 초대받은 거죠? 보아하니 집사에게 몇 푼 찔러주고 들어와서는 주최자가 당신의 얼굴은 기억하되 저질 스피크이지 바에서 봤다는 건 기억하지 못하기를 바라나 보군요."

"나를 과소평가하지 마." 그가 말했다. "난 국제적인 인물이니까. 당신처럼 잘난 척하는 미국 여자들에 대한 환상 따위는 없어. 어느 여자와 마찬가지로, 당신의 기능은 단 하나뿐이야. 시시한 일을 하면서…… 한 달에 얼마나 버나? 2백 달러? 3백 달러? 그 돈을 내가 지불하지. 나의 만족을 위해 그쯤은 지불할 수 있으니까. 숄 챙겨요."

"이제 알겠네요." 내가 말했다. "왜 사람들이 '슬라브 사람을 한 꺼풀 벗기면 타타르 사람이 나온다'고 하는지." 순간 나는 그렇게 말한 것을 후회했다. 그것이 그의 안에 있는 뭔가를 건드렸기 때문이었다. 그는 무서울 만큼 증오에 찬 눈으로 나를 노려보았다.

한 남자와 여자가 은밀한 공간을 찾아 들어왔다. 나는 스테판을 지나쳐 가며 나지막이 말했다. "나중에 극장 로비 같은 데서 만나면 굳이 인사 같은 건 안 해줬으면 해요." 그런 뒤 루시아를 찾았다.

그날 밤 내가 우리 집에 데려갈 남자들을 기다리고 있는 동안, 그가 잠시 내게 왔다. "당신은 어차피 나와 함께 갈 거야. 확실해. 이번 주는 아닐지 모르지만."

그날 이후 가끔 저녁에 마주칠 때면, 그는 나를 지켜보았다. 나는 그가 서툴게 멜로드라마를 흉내 낸다고 생각했다. 그가 없을 때는 그의 존재를 잊었고, 있을 때는 애써 무시하려 했다. 그러나 그는 몇 달 동안 불편한 느낌으로 내게 영향을 미쳤다.

그러던 어느 날 밤, 헨리라는 이름의 남자가 작정한 듯 나에게 들이댔다. 나는 헨리를 10여 차례 만난 적이 있었다. 사람들이 그에 대해 안 좋은 얘기를 했다. 그가 아직

완성되지 않은 소설을 쓰는 동안, 여러 나이 든 미망인들의 후원을 받았다는 취지의 얘기들이었다. 그는 고운 얼굴과 곱슬거리는 금발 머리가 인상적인 젊은이였고, 나약해 보이는 입과 손 뒤에 감춰진 뭔가 비극적인 분위기가 있었다.

그가 주인을 찾는 대책 없는 강아지처럼 나를 졸졸 쫓아다니던 그날 저녁, 나는 몹시 피곤했다. 그 주는 직장 생활이 유독 힘들었다. 냇은 롱아일랜드에 있었고, 케네스는 가끔 그러는 것처럼 사흘간 압생트를 진탕 마시러 사라졌다.

헨리는 이런 말을 하는 단계로 넘어갔다. "당신은 따뜻하고 맑아 보이고 젊어요. 당신과 이야기하는 게 나에게 얼마나 큰 도움이 되는지 당신은 상상도 못 할 거예요."

좀 지각 없긴 했지만, 그는 대부분의 여자들이 연민을 느낄 만한 부류의 젊은이였다. 그런 특징은 이번뿐 아니라 많은 경우 그에게 아주 유용했을 것이다.

"주말 동안 친구의 아파트에서 혼자 지내고 있어요." 그가 말했다. "혹시 한 시간만 와서 내 얘기를 들어준다면, 당신이 상상하는 것보다 더 큰 친절한 행동이 될 거예요."

나는 지독히 피곤했고 그는 무해해 보였다. 그래서 그

를 따라갔다. 매디슨 애비뉴에 있는 으리으리한 아파트 문 앞에서, 헨리가 이상하게 긴장하고 있다는 생각이 들었다. 나는 혹시 그가 어떤 여자의 전화나 직접 방문을 예상하고 있는 게 아닌가 싶었다. 하지만 설령 그런 일이 일어난다 해도, 발생할 수 있는 최악의 상황은 루시아에게 말해줄 재미있는 얘깃거리가 생기는 정도라고 판단하며 코트와 모자를 벗었다.

나는 장갑과 지갑을 책상 위에 놓고, 책상을 내려다보았다. 그런데 거기 헨리와 스테판이 함께 찍은 사진이 있었다. 갑자기 목 뒤에 차가운 바람이 스치는 것 같은 느낌이 들었다.

"혹시 여기가 스테판의 아파트인가요?"

"맞아요, 스테판은 2~3일간 시카고에 갔어요."

나는 즉시 돌아가고 싶었다. 그런데 그 순간 내가 바보같이 굴고 있다는 생각이 들었다. 결국 나는 이 헨리라는 남자와 밤을 보냈다. 그가 이렇게 말했기 때문이다. "맑고 강인하고 젊은 사람을 품에 안을 수 있다면, 나 자신도 다시 맑고 강인하고 젊어질 것 같아요."

나에게 도움이 되는 사람은 아무도 없었다. 가끔은 누군가에게 도움이 되고 싶다는 생각이 들었다.

침대에서 깨어났을 때 내 옆자리가 비어 있었다. 나는

헨리가 혼자 술을 마시러 갔나 보다 생각하고 다시 잠이 들었다. 잠시 후 나는 강한 팔에 안긴 채 깨어났다. 누군가의 입술이 내 입술에 키스하며 끔찍하게 냉정한 목소리로 말했다. "스테판이야. 놀라지 말고 가만히 있어." 그가 묵직한 손으로 내 입을 막았다.

나는 어둠 속에서 무서워 죽을 것만 같았고, 그의 손을 깨물며 몸부림쳤다. 그러나 결국 가만히 누워 있게 되었다.

그가 내게 브랜디를 가져다주었다. 나는 불빛 속에서 눈을 깜빡이며 그를 보았다. 그는 흰담비 털이 달린 붉은색 벨벳 로브를 입고 있었다. 나는 그가 구체제 러시아 궁전의 피비린내 나는 전리품 사이에서 그것을 샀을 거라고 생각했고, 그러자 그가 더더욱 무서워 보였다.

"이제 얘기를 좀 할 수 있겠군." 그가 말하고는 얘기를 시작했다. "당신 같은 젊은 여자들은 미국식 표현으로 '센 여자'가 될 수 있다고 생각하지. 그런데 '센' 게 뭘 의미하는지 몰라. 하지만 난 알지."

나는 대답하지 않았다.

그가 손가락으로 내 뺨을 문질렀다. 움찔하거나 비명을 지른다면 그가 즐거워할 것임을 나는 알았다. 그래서 움찔하거나 비명을 지르지 않았다.

"당신은 아주 예뻐." 그가 말했다. "난 당신 같은 스타

일을 좋아하지. 내가 어렸을 때 멀리서 바라만 보던 러시아 상류층 여자들에 가까워……. 요즘은 그런 여자들하고도 거래를 할 수 있지만."

그는 만족스러운 몽상에 빠져 앉아 있었다. 나는 혹시 비명을 지르면 엘리베이터 보이가 들을 수 있을지 생각해 보았다. 하지만 스테판이 아마도 엘리베이터 보이에게 돈을 두둑하게 줬을 것 같았다.

그가 다시 이야기했다. "예쁘지만 바보 같은 여자야. 자신이 무엇을 원하는지 아는 남자의 힘에 맞서다니. 당신한테 이야기를 하나 들려주지. 당신이 바보라는 걸 알 수 있도록 말이야. 그럼 우리가 서로를 더 잘 이해하게 될 거야."

나는 아무 말도 하지 않았다.

"내가 여섯 살 때 러시아의 고향 마을에서 집단 학살이 있었어. 아버지는 안전을 위해 어머니와 나를 숲속의 오두막에 데려다 놓고, 본인은 용무를 보러 돌아갔지. 밤에는 먹을 것을 가지고 돌아왔어. 그러다가 사흘 동안 눈이 내려서 올 수 없게 됐어."

그는 말을 멈추고 번들거리는 붉은 입술로 내게 미소 지었다.

나는 생각했다. '이 남자가 나를 겁주기 위해 이 얘기

를 하고 있는 거야. 지어낸 얘기야. 무서운 얘기겠지만, 지어낸 얘기라는 걸 기억해야 해.'

"사흘 동안 우린 먹을 것이 없었고, 숲속은 고요했어. 난 허기와 두려움 때문에 울었지. 사흘째 되는 날 저녁에 우리는 문을 긁는 소리를 들었어……."

그의 눈에 이상한 초록색 빛이 감돌았다. 그는 육중하고 야만적이고 재미있는 듯한 모습으로 앉아 있었다.

"어머니가 '누구세요?'라고 말했지."

"답이 없었지만, 한숨 소리 같은 게 들렸어."

"'아버지가 보낸 사람일 거야, 스테판.' 어머니는 이렇게 말하면서도 아버지가 주고 간 권총을 가져왔지."

"또 문을 긁는 소리가 났어. 어머니가 문을 열어보니…… 시커먼 늑대가 달려들었어. 나는 바닥에 엎드렸지. 어머니는 늑대의 벌린 입에 권총을 쐈어. 늑대는 쓰러져서 잠시 몸을 비틀더니 죽었어. 내가 비명을 지르며 누워 있는 동안, 어머니가 문을 닫았어. 그리고 내게 말했지. '다시는 울지 마, 내 아들 스테판. 비명도 절대 지르지 말고. 숲에서 늑대는 식량일 뿐이야.' 어머니는 서랍에서 칼을 가져와서 죽은 늑대의 목을 딴 뒤 말했어. '마셔라, 내 아들. 늑대 피가 너를 강하게 만들어줄 거야.'"

그가 머리를 뒤로 젖히고, 목 안 깊은 곳을 울리며 웃었다.

"그 피가 얼마나 따뜻하고 맛이 좋았는지 아직도 기억해……. 이 이야기가 재미있나? 센 척하는 어린 아가씨?" 그가 커다란 손으로 내 머리를 쓰다듬었다.

나는 생각했다. '그는 미쳤고, 나는 미쳐가고 있어……. 그의 초록색 눈은 늑대의 눈 같아.' 나는 무너졌다. "지금 집에 갈 수 있을까요……. 제발 보내주세요. 원한다면…… 나중에 다시 올게요……. 하지만 지금은 보내주세요……."

그가 다시 웃었다. "독립적인 아가씨께서 아주 예의 발라지셨군……. 하지만 당신은 아직 못 가……. 해줄 얘기가 더 있거든."

나는 그의 번득이는 눈동자를 보지 않으려고 얼굴을 가렸다. 그가 으르렁거리듯 소리치며 내 손을 떼어냈다.

그는 마치 늑대처럼 거칠게 숨을 몰아쉬며 잠들었다. 나는 천천히 조금씩 그에게서 멀어졌다. 마침내 몸을 일으켰지만 제대로 서 있을 수 없었다. 너무 추웠다. 나는 벨벳 로브를 몸에 두르고 테이블 옆 의자에 앉았다. 그가 테이블에 남겨둔 브랜디가 떠올라서 그것을 더듬어 찾았다. 방 안에서는 희미하게 들리는 거친 숨소리 말고는 아무 소리도 없었다. 브랜디를 마시니 좀 안정이 되었다. 나는 옷을 입으며 생각했다. '칼이 있다면 그가 저렇게 깊이 잠들어 있을 때 목을 따버릴 텐데……'

옷을 입은 뒤 어둠 속에서 문으로 살금살금 걸어가 최대한 조용히 문을 닫고는, 벨을 눌러 졸린 얼굴로 무례하게 웃고 있는 엘리베이터 보이를 불렀다.

겨우 두 블록만 가면 집이었다. 걷고 싶었다. 찬 공기를 마시니 정신이 좀 들었다. 첫 번째 길모퉁이에서 한 경찰관이 하품을 하고 있었다.

"젊은 아가씨가 걸어 다니기에는 너무 늦은 시간 아닌가요?" 그가 말했다.

"아픈 친구를 돌보고 돌아오는 길이에요……. 그리고 집까지 두 블록만 가면 되고요."

"괜찮으시다면 제가 집까지 데려다드리죠." 그가 이렇게 말하고는, 추운 날씨며 그에게 새로 주어진 근무 시간을 불만스러워하는 아내에 대해 이야기를 늘어놓았다. 그의 편안한 아일랜드식 억양과 목소리가 고맙게 느껴졌다.

다음 날 아침, 나는 화장을 하면서 생각했다. "어젯밤은 악몽이었어. 일어날 수 없는 일이었어. 내가 꿈을 꾼 거야." 그러나 스테판이 움켜잡았던 목은 파랗게 멍들어 있었고, 손은 여전히 떨리고 있었다.

루시아가 아주 생기발랄한 모습으로 들어왔다. "팻, 주말에 휴가를 하루 더 내서 가족을 보러 포틀랜드에 갈까 하는데, 혹시 보스턴까지 함께 갈 생각 있니? 너도 나이 든 아버지를 몇 달 동안 못 뵈었잖아?"

내가 말했다. "저녁 5시에 출발하는 걸로 하자."

X

 최근에 내린 눈의 무게와 앙상한 가지의 삭막함에도 불구하고 어린 시절 봄날의 꽃향기를 희미하게 떠올리게 하는 라일락 관목들 사이로, 돌길이 문까지 이어져 있었다.

 그 길을 뛰어다니던 기억 속의 통통한 어린아이가, 그리고 로저라는 남자 옆에서 빠르게 뛰는 심장을 들키지 않기 위해 조용히 걷던 기억 속의 소녀가, 나 자신보다 오히려 더 실재하는 존재처럼 느껴졌다.

 아버지가 직접 문을 열어주었다. 당연한 일이었다. 밤 11시였으니 가정부와 하녀는 잠자리에 들 시간이었다. 나는 아버지에게 입을 맞추며 택시에서 피운 마지막 담배 냄새를 감추기 위해 숨을 참았다.

"좋아 보이는구나, 얘야."

"아버지도요. 기분은 좀 어떠세요?" 아버지는 무척 쇠약하고 피곤해 보였다. 우리는 한동안 예의를 갖춰 대화를 나눴다. 리턴-스트레이치의 《빅토리아 시대의 유명인들》에 대해, 그리고 어떻게 현대의 전기(傳記)가 일류 소설처럼 극적인 속도로 전개되는지에 대해 이야기했다. 그러다가 아버지는 가정부인 넬리가 나를 보려고 잠을 자지 않고 기다린다는 말을 전했고, 나는 곡선형 계단을 올라갔다. 계단에는 난간이 있었는데, 어릴 때는 그 난간에서 신나게 미끄럼을 타곤 했다. 그러다가 열다섯 살 때 누군가 내가 예뻐지겠다고 말하는 소리를 들은 다음부터 품위를 지키기 위해 그런 행동을 그만두었다.

내가 아버지를 두고 위층으로 올라갈 때, 아버지는 윌리엄 드 모건의 《앨리스 포 쇼트》를 읽고 있었다. 그 소설은 일흔이 거의 다 된 남자가 쓴 소설이었기 때문에 아버지의 관심을 끌었다. 아버지는 항상 의사라는 직업을 마치고 여유가 생기면 소설을 쓸 계획이었다. 아버지는 이제 막 일흔 살을 지났다.

가정부를 보러 가기 전에 몸을 씻어 기분을 상쾌하게 하는 동안, 언젠가 내가 아들이 아닌 것이 아버지의 인생에서 가장 큰 실망이었다는 말을 들었던 기억이 떠올랐다. 나는 아버지가 자신의 아내였던 두 여인에 대해서만큼, 인간으로서 나를 잘 알지 못한다는 사실을 냉정하게 생각해보았다. 아버지에게 나는 거실에 걸려 있는 초상화 속 여인들보다도 실재하는 존재가 아니었던 것이다.

아버지는 성장해서 의과대학을 졸업했다. 그해에 젊은 의사들에게 졸업식 연설을 했던 사람은 '균형 감각을 유지해야 할 필요성'을 이야기하며, 당시 '세균'이라는 것에 미쳐 있던 어떤 의사들을 끔찍한 예로 제시했다.

2~3년 뒤, 아버지와 보스턴의 다른 가난한 젊은 의사들은 십시일반 돈을 모아서 세균을 믿는 이런 '미치광이' 중 한 명을 필라델피아에서 초빙해 강연을 들었다.

인간은 살면서 많은 일을 경험하지만 그 경험에는 한계가 있다. 아버지는 다윈과 헉슬리가 젊은 세대의 신으로 여겨지던 시대를 경험했다. 젊은 나이에 죽은 아내를 향한 열렬한 사랑을 경험했고, 어쩌면 아버지에게는 사랑스러운 딸처럼 느껴졌을 우리 어머니와의 행복한 재혼도 경험했다. 아버지는 성공적인 의사의 삶을 살았고, 나이가 들어 지칠 때까지 살았다. 너무 지쳐서 진료를 이어 나갈 수 없는 형편이었지만 후임자를 찾기가 가장 어려운 무료 진료 환자들만큼은 살피고 있었다. 그런 아버지가

'인류에 대한 봉사'라는 이상을 버리고 '결과가 실망스러울 수도 있으니 과정을 즐기자'는 현실적인 철학을 선택한 세대에서 성장한 딸을 이해하거나 특별한 관심을 가져주기를 기대하는 것은 무리였다.

아버지는 내게 예의를 차렸고, 나의 파탄 난 결혼 생활을 안쓰럽게 생각했다. 그러나 그것은 다소 거리를 둔 안쓰러움이었다. 70년을 바쁘게 산 결과 이제 '죽음 이후에는?'이라는 임박한 문제 이외에는 아무것도 중요하게 느껴지지 않게 되었기 때문이다. 아버지는 그동안 너무 바빠서 그 문제를 생각할 겨를이 없었기에 이제 그 문제에 더욱 골몰했다.

내가 어렸을 때 지금보다 젊고 활기찬 남자였던 아버지는 우아한 옷차림의 젊고 쾌활한 여성이었던 어머니에게 이렇게 말하곤 했다(어머니는 내가 열두 살이 되기 전에 돌아가셨다). "애를 교회에 데려가도록 해. 종교는 여자들에게 큰 위안이고, 이 세상에서 여자들은 종교가 필요해."

어머니의 가볍게 나무라는 듯한 웃음소리와 바이올렛 향수의 향기, 그리고 설교를 늘어놓는 무거운 목소리를 상쇄할 만큼 아름다운, 스테인드글라스 창문을 통해 스며들어온 햇살과 함께, 그 말이 어렴풋이 떠올랐다.

요즈음 아버지는 내게 집에 들어와서 살라고 넌지시

권했다. 하지만 나는 나이 든 아버지의 걸음걸이만큼이나 느리게 움직이는 그 집 안에 내가 있으면 방해가 된다는 것쯤은 알고 있었다. 아버지도 그것을 알지만 내게 권하는 것을 의무로 느끼고 있었다. 게다가 나는 이제 이 집에서 살 수 없었다. 나는 아직 추억만으로 살아갈 만큼 충분히 피곤하거나 충분히 늙지 않았기 때문이다.

나는 가정부의 방문을 두드렸다.

그녀의 이름은 넬리였다. 넬리는 아버지와 어머니가 결혼한 해인 35년 전에 요리를 해주러 우리 집에 왔다. 그녀는 캐나다 두메산골 출신이었고, 독일인 가정에서 3년, 프랑스인 가정에서 4년을 일했는데, 거기서 복잡한 소스를 만드는 기술과 더불어 이질적인(말하자면 아일랜드계 캐나다인이 아닌) 사고방식을 참지 못하는 태도를 갖게 되었다.

사람들은 그녀가 한때 장밋빛 뺨을 가진 날씬한 아가씨였다고 했지만, 내가 기억하는 한 그녀의 몸무게는 항상 80킬로그램을 웃돌았다. 그녀가 오고 4~5년 뒤에 역시 이름이 넬리인 하녀가 그녀를 돕기 위해 들어왔다. 그 둘은 큰 넬리와 작은 넬리로 통했다. 그들은 서로 잘 지내는 법이 없었다. 어머니는 그들이 서로에게 익숙해질 거라고 말했지만 그러지 못했다. 적어도 34년 동안은.

작은 넬리는 은퇴해서(아버지가 몇 개월 전에 편지에 그렇게 썼다) 브레인트리에 있는 사촌과 함께 살러 가기로 했다. 그간 서로에게 단 한 시간도 고분고분하게 굴지 못했는데, 그녀가 은퇴 후 나흘 만에 큰 넬리와 차를 마시러 집에 들르기 시작했다. 그녀는 보스턴 근처에 있는 시골 소도시인 브레인트리가 지루하고, 교회 목사도 '집에 계신 우리 아버지'보다 못하다고 털어놓았다. 일주일 뒤, 큰 넬리가 아버지에게 말했다.

"선생님, 그 불쌍한 것한테 돌아오라고 하시는 게 좋을 것 같아요. 아주 상태가 안 좋아 보이고, 음식도 제대로 못 먹는 것 같더라고요." 아버지는 그녀에게 돌아오라고 했고, 그녀는 당장 돌아왔다. 그러나 돌아온 뒤 여섯 시간 만에 설거지를 철저히 했는지를 두고 큰 넬리와 말다툼을 벌였다.

큰 넬리의 공적인 어휘, 다시 말해 아버지와 손님에게 사용하는 어휘는 더없이 점잖았다. 하지만 그녀의 사적인 언어는 훨씬 더 생생하고 개성 있었는데, 그녀가 이 집에 들어오고 여러 해가 지난 후에 내가 태어났기 때문에, 가끔 내게도 그런 표현을 썼다.

내가 문을 두드렸다. 그녀는 잠시 나를 보게 되어 진심으로 기뻐하다가 곧 작은 넬리가 떠났다가 돌아온 과정을 요약했다.

"나한테 들러붙어 있는 그 말썽꾸러기가 나갔다가 다시 돌아왔지 뭐니."

그녀는 황동 침대에 누워 있었다. 황동 침대가 유행에 뒤떨어진 것이었던 30여 년 전에 어머니에게 사정사정해서 얻은 침대였다. 그녀는 저녁을 주문해두었다. 작은 넬리에게 '가볍고 맛있는 것만' 가져오게 한 것이다. 펑퍼짐한 허벅지에 놓인 쟁반에는 넉넉한 양의 굴로 속을 채운 새끼 오리 반 마리와 시나몬과 레몬 껍질을 넣어 본인이 직접 만든 사과 소스 1파인트가 담겨 있었다(새끼 오리에 굴을 채워 넣어 아주 맛있는 결과물을 만드는 것은 그녀의 주특기였다). 견과류가 박힌 빵 4분의 1덩이와 집에서 만든 맥주 두 병, 큼직한 애플파이 한 조각도 쟁반 위에 있었다.

그녀는 류마티스가 심하다며 '박사님'이 다이어트를 권유했다는 말로 시작했다. 하지만 결국 아버지를 돌보기 위해 자신은 힘을 비축해야 한다고 결론 내렸다. 그러더니 내가 너무 말랐다며 당분간 집에 와서 제대로 된 식사를 해야 한다고 했다. 나중에는 쭈뼛거리며 혹시 피터가 "어리석은 짓을 끝내고 기독교인답게 예쁜 조강지처에게 돌아올 기미가 보이는지" 물었다.

나는 10대 시절로 되돌아간 기분이었다. 넬리는 학교

에서 내가 저지른 모든 잘못들 뒤에 숨어 있는 진실을 파헤치려 했는데, 나를 '버릇없는' 아이로 키우지 않기로 작정한 노처녀 고모의 분노 앞에서 나를 굳건하게 보호하기 위해서였다.

넬리는 피터에 대한 얘기가 나를 괴롭게 했을지도 모른다고 생각해 화제를 바꿨다. "원한다면, 여기서 담배 피워도 돼. 담배를 피운다고 나쁜 사람이 아니란 건 나도 아니까. 그냥 그런 남편을 둔 죄로 얻게 된 바보 같은 습관일 뿐이지." 그녀가 빈 쟁반을 옆으로 치웠다.

나는 담뱃불을 붙이고 왔다 갔다 하며 그녀의 방 벽에 붙어 있는 유일한 장식물인 사진들을 살펴보았다. 일반 사진과 은판사진. 그중 하나는 넬리의 오빠와 연인이었다. 캐나다 경제가 어려웠던 50여 년 전, 그들은 함께 군대에 갔다. 그리고 여왕의 식민지에서 일어난, 지금은 잊힌 영국의 어느 국경 전투에서 전사했다. 그 빛바랜 은판사진은 구식 군복 차림의 침통하고 불편해 보이는 두 젊은 남자의 모습을 담고 있었다.

넬리는 '추억에 충실하며' 살아간 것으로 보였다. 아버지는 넬리가 아이들을 무척 좋아했기 때문에 결혼해서 살기를 바랐다고 말하곤 했다. 그러나 40년 내내 매월 '첫 금요일'마다 성찬식에 가서 오빠와 애인의 영혼이 평안하기를 빌었다. 내가 어렸을 때, 그녀는 천국에서 그들을 다시 만날 생각을 하면 행복하다고 종종 말하곤 했다.

그 사진 옆에는 죽은 어머니와 아기들 사진이 있었다. 그중에 내 사진이 적어도 여덟 장은 되었다. 나는 막내였고 '그녀의' 아기였기 때문이었다.

나는 방 안을 서성이며 사진을 보다가 전에 본 적 없는 사진 앞에서 문득 멈춰 섰다.

그것은 엄마와 아이의 사진이었다. 몹시 버거워 보이는 모습의 나와 아기 패드릭의 사진. 그동안 까맣게 잊고 있었다.

패트릭이 생후 2개월이 되었을 때, 넬리가 나를 설득해 찍게 한 사진이었다. 사진 시안은 아기가 죽은 뒤에야 나왔다. 나는 그 사진을 본 적이 없었고, 보고 싶지도 않았다.

나이가 느껴지는 부드러운 목소리로 넬리가 말했다. "내가 그걸 갖고 있어도 괜찮지, 우리 강아지? 내가 사진 시안을 찾아서 인화했어. 정말 예쁜 왕자님이었어."

나는 담배를 던져버리고 가까스로 말했다. "괜찮아. 아기가 입고 있는 옷이 예쁘네."

"살아 있었다면 지금 두 돌하고 2개월이 지났을 텐데." 그녀가 말했다.

사진에는 곱슬머리, 이빨 없는 입으로 웃는 얼굴, 믿을 수 없을 정도로 작은 사각형 손을 가진 아기의 모습이 담겨 있었다. 사진 속에서 커다란 눈과 긴 속눈썹이 보였다.

나는 유심히 보았다. 내가 거리에서 유모차를 타고 다니는 아기들을 마지막으로 본 게 1년은 지났다. 그 아이들은 대부분 포동포동하고 건강했지만, 이렇게 동그랗게 말린 속눈썹을 가진 아기는 없었다. 나는 오래전부터 아기들을 더 이상 쳐다보지 않게 되었다.

"넬리 아줌마. 두 살짜리 아기들은 말도 하고 걷기도 하지? 아기들이 무슨 말을 해?" 내가 말했다.

"그럼, 말도 하지." 그녀가 말했다. "내가 너한테 책에 나오는 시를 가르쳤던 게 기억나네. 네 어머니가 여행에서 돌아왔을 때 들려주라고 말이야. 네가 두 살을 갓 넘겼을 때였지. 〈헤스페루스호의 난파〉라는 시의 일부였는데, 넌 단어의 의미는 몰랐지만, 아주 잘 외워서 말했어……."

나는 사진을 멍하니 응시했다. 예전의 나였던 젊은 여자가 저렇게 어쩔 줄 모르겠는 얼굴을 하고 있을 필요가 없었을 텐데. 아기는 오래 지속될 문제가 아니었으니까. 전신을 감싸는 우스꽝스러운 옷을 입은 아기는 자세히 들여다보면 밑으로 발가락이 보였다. 아기의 이름은 패트릭이었고, 아기를 안으면 따스한 느낌이 들었었다.

나는 아기에 대한 슬픔을 극복했다.

그리고 그때, 나는 넬리의 넓은 침대 가장자리에 앉아서 그녀의 깨끗한 면 가운에 얼굴을 묻고 울었다. 내가 아기를 잃은 것을 극복했기 때문에, 그래서 아기가 어땠었는지 잘 기억할 수 없었기 때문에.

그녀는 거칠고 주름진 손으로 내 머리를 쓰다듬었다. "자, 아가. 아기 때문에 슬퍼해선 안 돼. 아기는 천국의 작은 천사가 되었어. 난 말이지. 가끔 네 어머니가 하늘에서 아기와 함께 있을 수 있어서 기뻐할 거라는 생각을 한단다. 그 애가 자라면서 니에게 실망을 안겨줬을 수도 있어……. 그런데 이제 안전하게 하느님 곁에 있지. 하느님이 정하신 때에, 천국에서 다시 아기를 보게 될 거야……."

부드러운 목소리는 완전 쾌활했다. 그녀에게 천국은 실재하는 장소였다. 내가 낮 시간을 보내는 광고부 사무실이 나에게 실재하는 장소인 것처럼.

그녀의 형언할 수 없이 따스한 손길에 나는 마음이 평온해졌다.

천국이 내게 실재하면 좋겠다고 생각했고, 왜 나와 내가 아는 현대인들에게는 실재하지 않는지를 생각했다. 빅토리아 시대 사람들은 모든 것을 신이나 다음 세대에게 맡길 수 있었다. 그러나 총성의 기억, 죽음의 직접성에 대한 인식, 그리고 젊음과 빠르게 살아갈 힘이 허락된 짧은 시간 동안 최대한 빠르게 살아가려는 욕망이 다음 세대와 천사의 속삭임 사이에 불쑥 끼어들었다. 어쩌면 그 때문일 것이다. 사실 이유는 중요하지 않았다. 우리는 천국 없이도 최선을 다해 살아가야 했다.

넬리는 다시 화제를 바꿀 방법을 찾았다.
"패트리샤, 네가 나한테 조언을 해주면 좋겠어. 내가 말이야. 내가 생각할 때 큰 죄를 저질렀어."
그녀는 평생을 살면서 마데레 소스를 만드는 데 사용할 와인을 구하기 위해 아버지에게 처방전을 써달라고 조른 것 이상의 죄를 저지른 적이 없었다.
"뭔데?"
"내가 귀화 신청을 했어."
그게 왜 죄인지 알 수 없었지만, 좀 놀랍긴 했다. 아버지는 그녀에게 미국 시민이 되라고 여러 해 동안 권유했었다. 삶의 대부분을 미국에서 살았고 이곳에서 저축도 하고 부동산도 사두었으니 말이다. 그런데 그녀는 매번 한사코 거절했었다. "우리 오빠가 목숨을 바친 왕실에 대한 충성을 저버리라고요? (그녀는 딱 이렇게 말했다) 절대 못 해요!"

"그런데 어쩌다 신청을 하게 됐어?"

그녀가 어떤 상자로 손을 뻗었다. 상자에는 돈과 묵주, 기도서, 캐나다에 사는 조카들의 사진이 들어 있었다. 그녀가 뭔가를 더듬더듬 찾더니 신문에서 오려낸 앨 스미스◆의 사진을 꺼냈다. 딸의 결혼식 뒤에 성당에서 나오는 모습이었다. 그녀가 내게 사진을 보여주었다.

그녀는 말했다. "경건한 좋은 아버지이자 남편처럼 보이지 않아? 박사님이 그러시는데 이분이 내년에 대통령 후보로 나간대. 이분에게 투표하려고 귀화한 거야! 이분은 정직한 기독교인처럼 보여. 그래서 그래야겠다고 생각했지."

그녀가 작게 한숨을 쉬었다. "하지만 끔찍한 기분이 들어. 내가 저 사진 속에 있는 오빠와 그 친구의 면전에서 충성심을 던져버린 것 같아서. 두 사람을 어디론가 멀리 떠나보낸 것 같아. 내가 왕실에 대한 충성심을 포기할 만큼 오래 살아야 하다니. 그거 알아, 패트리샤? 만약 예전 여왕님이 살아 계시다면, 난 절대 그러지 못했을 거야."

"넬리 아줌마." 내가 말했다. "이 이야기에 '빅토리아 여왕의 죽음 덕에 앨 스미스가 한 표를 얻다'라는 표제를

◆ 미국의 정치인. 뉴욕주지사를 네 번이나 역임했고, 1928년 대통령 선거에 민주당 후보로 출마했다.

달아야겠네."

그녀는 내 말을 이해하지 못했지만 어쨌든 미소 지었다. "날 놀리지 마, 아가. 결정하기가 아주 어려웠어. 침대에 가서 좀 쉬렴. 아침에 작은 넬리한테 시켜서 아침을 올려 보내줄게."

나는 주말 동안 매사추세츠의 정치적 상황과 부동산 관련 문제에 대해 아버지와 대화를 나누었다. 아버지는 이제 늙어서 사실상 은퇴했기 때문에, 이제 부동산에 생계를 의지하고 있었다. 너무 많고 너무 정성스러운 식사들로 가득한 주말이었다. 넬리는 내가 어렸을 때 좋아했던 모든 요리를 쉴 새 없이 만들어 들이밀었다.

일요일 오후(넬리의 '외출' 시간이자 아버지가 휴식하는 시간), 나는 긴 거실의 창가에 앉아 《허영의 시장》(새커리의 책은 콘데 나스트◆의 잡지와 달랐다)을 읽으며 차를 마셨다. 그리고 어둠이 번지는 것을 지켜보았다. 창문 너머로 밀턴힐의 비탈길이 내려다보였고, 꽁꽁 언 강에 희미하게

◆ 《허영의 시장》으로 번역할 수 있는 'Vanity Fair'는 영국의 작가 윌리엄 새커리가 19세기 중반에 발표한 소설책 제목이자, 출판업자 콘데 나스트가 1910년 뉴욕에서 창간한 대중문화, 패션, 시사 등을 다룬 잡지 제목이기도 하다.

비춰진 황혼 빛도 보였다.

로저는 그 강에서 내게 스케이트를 가르쳐줬었다. 아주 오래전 같기도 하고 바로 엊그제 같기도 한, 때를 정확히 알 수 없는 과거의 어느 시점에 있었던 일이었다. 나는 넬리가 그토록 확신하는 천국에 대해 생각했고, 저 겨울 하늘 너머의 다른 어떤 나라에서 존경받는 정치인이 되어 있을 로저를 상상하려 했다. 있음직한 일처럼 보였다. 어쩌면 언젠가, 내가 아주 늙게 되면 그것이 더 현실처럼 보일 것이다.

한편 내게는 뉴욕과 광고 일이 있었다.

택시가 문 앞에서 기다리는 동안, 역까지 나갈 만큼 몸이 좋지 못한 아버지와 내게 좀 더 자주 편지하라고 성화인 젖은 눈의 넬리에게 작별 인사를 하며, 나는 아버지를 떠날 필요가 없었으면 좋겠다고 생각했다.

가족들. 어린 시절에 나를 잘 알았지만 지금은 낯선 사람들.

택시 안에서 담뱃불을 붙이며, 루시아가 타고 오는 포틀랜드발 열차가 내가 탈 5시 뉴욕행 열차에 맞추어 도착할 수 있을지 생각했다.

XI

 나는 이제 광고부 차장이 되었다. 개인 비서를 두기 일보 직전의 위치였다. 이미 개인 사무실이 있었고, 사무실에는 책상과 카펫, 타자기, 창문, 그리고 시간당 스무 번씩 울려대는 전화기가 갖춰져 있었다.

 그날은 다섯 번째 결혼기념일이었다. 출근길에 택시 안에서 그것 때문에 10분 동안 슬퍼했다. 퇴근길에도 그것 때문에 또 슬퍼할 것 같았다. 그 중간에는 전화를 받느라 몹시 바빴다. 어서 광고부장이 되어서 전화를 받아줄 비서가 생기면 좋겠다고 생각했다.

 전화벨이 울렸다. 모자 바이어가 금요일 자 광고 면에

추가 공간을 원한다고 했다. 나는 나중에 꼭 알려주겠다고 말했다.

전화벨이 울렸다. 조판공이 그라비어 인쇄 지면에 쓸 삽화들이 어디 있냐고 물으며, 뉴욕 타임스 측에서 전화를 걸어와 언제 준비가 되느냐고 물었다고 했다. 나는 그에게 조각공에게 전화해보라고 했다. 그리고 부서 내의 누군가에게 조각공한테 전화를 걸어 재촉하라고 지시했다.

나는 '우리는 74세의 젊은 기업입니다'라는 주제로 광고를 쓰기 시작했다. 소위 '기업 이미지' 광고였다. '기업 이미지' 광고는 백화점들이 다른 백화점도 여기에 돈을 쓰기 때문에 울며 겨자 먹기로 돈을 쓰는 광고다.

전화벨이 울렸다. 란제리 바이어가 금요일 자 광고 면에 추가 공간을 원한다고 했다. 나는 그녀가 원하는 대로 조처할지 말지를 결정하지 못했다. 전화벨이 울렸다. 인쇄업자가 정오까지 우편 발송용으로 500부를 추가로 인쇄해야 하는 접는 광고지의 용지를 기존 것과 맞출 수 없다고 말했다. 나는 광고부 차장을 꿈꾸는 야심 찬 젊은 카피라이터에게 슬쩍 문제를 넘겨서 이리저리 뛰어다니게 했다.

전화벨이 울렸다. 구두 바이어가 금요일 자 광고 면에 더 넓은 공간을 원했다.

나는 '우리는 앞으로 74년 더 젊음을 이어갈 것입니다'라는 주제로 광고 문안을 조금 더 썼다(우리는 곧 창립 기념일 세일을 시작할 계획이었다).

전화벨이 울렸다. 뉴욕 타임스 측에서 우리의 그라비어 인쇄 원고가 이미 세 시간째 지연되고 있다고 짜증스럽게 말하며, 지면을 더 이상 비워둘 수 없다고 통보했다. 나는 통사정을 했다. 그러고는 그 페이지에서 빠진 삽화들에 대해 조각공에게 따지러 사람을 보냈다. 조각공은 내게 전화해서, 삽화에 새겨 넣을 것이 너무 많아서 조판공에게 넘겨 시험 인쇄하고 뉴욕 타임스에 보낼 수 있으려면 세 시간이 더 필요하다고 말했다. 나는 끓어오르는 분노를 감추고 그에게 통사정했다.

그런 뒤 광고 문안을 좀 더 썼다. 야심 찬 젊은 카피라이터가 인쇄소 문제를 해결한 것에 대한 칭찬을 들으려 들어왔다. 나는 칭찬해줬다. 장갑 바이어가 금요일 자 광고 면에 더 많은 공간을 원했다. 나는 그에 대해 회의적이었다. 전화벨이 울렸다. 광고부장이 회사 경영진과 회의를 하던 중에 금요일 자 광고 면을 여섯 단으로 줄이고 모든 부서의 공간도 그에 비례해서 줄이라고 지시했다. 전화벨이 울렸다. 루시아가 '점심 어때?'라고 물었고, 나는 샌드위치를 시켜 먹을 거라고 말했다.

전화벨이 울렸다. 액세서리 바이어가 금요일 자 광고 면에서 더 많은 공간을 원한다고 했다. 나는 그에게 공감하는 말을 해주었다. 그런 뒤 레이아웃 담당자에게 금요일자 광고 면에서 모든 부서의 공간을 줄이라고 말했다. 나는 광고 문안을 조금 더 썼다. 뉴욕 타임스 측에서 전화가 왔다. 나는 "이번 한 번만이요……. 시간을 조금만 더 주세요……. 다시는 이런 일 없을 거예요"라고 말했다(사실 한 주 걸러 한 번씩 이 말을 했다). 미용실에서 전화를 걸어와 내가 예약한 샴푸 시간에서 이미 10분이 지났다고 말했다. 나는 예약을 취소해달라고 했다.

광고부장이 전화해서 한 시간 내에 '우리는 74살의 젊은 기업입니다'라는 주제의 광고 문안을 위층으로 올려 보내라고 말했다. 나는 이 일을 야심 찬 젊은 카피라이터에게 넘겼고, 그녀는 뛸 듯이 기뻐했다. 물론 그녀가 쓴 문안을 수정해야 하겠지만, 그래도 내가 직접 쓰는 것보다는 빠를 것이었다.

전화벨이 울렸다. 모자 바이어가 금요일 자 광고 면에서 공간을 얼마나 더 받을 수 있는지 확실히 알고 싶다고 했다. 나는 패션 카피라이터를 내려보내 그녀의 광고를 일요일 자에 싣자고 설득했다. 조판공이 전화해서 뉴욕 타임스 삽화를 아직 받지 못했다고 했다. 인쇄소에서 전화해서 야심 찬 카피라이터가 우리의 다른 인쇄소에게 받아서 보낸 용지가 잘못된 용지라고 말했다.

전화벨이 울렸다. 구두 바이어가 금요일 자 광고 면에서 추가로 받을 수 있는 공간에 대해 알고 싶어 했다. 나는 레이아웃 담당에게 전화해서 모자와 구두를 위해 계획된 공간들을 합쳐서 모두 구두에 배정하라고 했다. 광고부장의 비서가 들어와서, 금요일 자 광고 면의 공간을 배정받지 못해서 잔뜩 화가 난 모자 바이어가 지금 밖에 와 있다고 했다. 광고부장이 전화해서 점심을 먹으러 갈 거라며, 4시에 돌아올 테니 그때까지 모든 일을 내가 알아서 해결하라고 했다. 전화벨이 울렸다. 뉴욕 타임스 측에서 내게 짜증을 냈다. 모자 바이어가 울상으로 들어왔다.

전화벨이 울렸다.

"안녕, 팻?" 나는 그 목소리를 알아듣지 못했다. 내 목소리는 차가웠다. 나는 남자들이 사무실로 전화하는 것을 좋아하지 않았다. 게다가 전화벨이 너무 자주 울렸다.

"예, 맞는데요."

"축하해."

(뭘? 아, 맞다. 오늘은 내 결혼기념일이지. 그런데 누군데 그걸 알지?)

모자 바이어가 훌쩍거렸다.

"누구시죠?"

전화기의 다른 쪽에서 킥킥거리는 소리가 들렸다.

"피터야."

내가 말했다. "오, 맙소사. 아니, 너무 좋다는 얘기야."

모자 바이어가 초조하게 한숨을 쉬었다.

"중요한 젊은 중역의 역할을 하느라 바쁜가 봐, 팻?"

"그래……. 얘기해."

모자 바이어가 손가락으로 책상을 톡톡 두드리기 시작했다. 아 몰라. 이 여자야 어떻게 되든 말든. 나는 황홀감에 볼이 핑크빛으로 변하는 것을 느낄 수 있었다.

"오늘 왠지 당신 생각이 났어, 팻. 오늘 밤에 저녁 먹으러 갈까?"

"좋아, 몇 시에?"

"7시?"

"오늘 야근할 거 같아, 피터. 혹시 자기가 이리로 와서 만나면 안 될까? 여기 와서 나를 찾으면 옆문을 열어줄 거야."

모자 바이어가 걸어 나갔다. 그녀에 대해 빨리 조치를 취해야 했지만, 지금 당장은 그럴 수 없었다.

"좋아. 그럴게, 팻. 7시."

책상과 창문과 카펫과 타자기가 즐겁게 빙글빙글 돌았

다. 나는 짐짓 사무적인 표정을 짓고 야심 찬 카피라이터를 불렀다. "10분만 여기를 좀 봐줄래? 난 모자 파트로 내려가봐야 해. 그리고 구두 바이어에게 전화도 해줘. 그 사람한테 아주 다정하게 말하면서 최대한 빨리 나를 보러 와달라고 부탁해. 내가 금요일에 불충분하게 광고를 싣느니 일요일에 충분히 싣는 게 어떤지 상의하고 싶어 한다고 말해." 그 풋내기 아가씨가 환하게 웃었다. 언젠가 광고부 차장이 되겠군. 하느님이 도와주시길. 사무실 문을 나가다가 금요일 레이아웃을 가지고 들어오던 레이아웃 담당자와 부딪쳤다.

"있잖아요, 밀트." 내가 말했다. "구두를 빼고 그 공간을 전부 모자에 배정하세요."

그가 말했다. "젠장. 난 이 페이지를 벌써 네 번째 만들었다고요. 그럼 모자가 제일 위쪽에 들어가야 해요."

"그래요, 그래." 내가 빠르게 그를 지나치며 말했다.

전화벨 울리는 소리가 들렸다. 젊은 카피라이터가 나를 큰 소리로 불렀다. "뉴욕 타임스예요. 그라비어 인쇄 광고 때문에 화가 많이 났어요. 뭐라고 말하죠?"

"내 사랑을 전하고 결국 다 잘될 거라고 말해."

나는 모자 바이어를 달래러 갔다.

그날 오후 샤넬의 빨간 벨벳 드레스와 거기에 어울리

는 네덜란드식 모자를 외상으로 샀다. 젊은 카피라이터에게 스웨이드 구두(그녀의 발 사이즈가 나와 같았다)와 장갑, 스타킹, 핸드백을 사오게 했다(그녀는 훌륭한 '스타일 센스'가 있었다. 언젠가 내 직책을 맡게 될 게 분명했다). 그 풋내기 아가씨는 아주 기뻐했다. 구두를 사러 다른 매장에 가야 하는데, 도중에 자신이 먹을 차와 케이크를 살 기회가 있을 것이기 때문이었다. 나는 미용실의 두 여자에게 뇌물을 주며 가게 문을 닫은 뒤에 남아서 얼굴 마사지와 매니큐어, 샴푸를 해달라고 부탁해두었다.

5시 30분에 직원 '휴게실'에서 샤워를 하고, 샴푸와 매니큐어 등을 했다. 7시 10분 전에는 시시한 내 개인 사무실로 돌아와서 '영원한 젊음'에 대해 풋내기 아가씨가 쓴 광고 문안을 수정했다(우려했던 것보다 훨씬 괜찮았다. 회사 측도 꽤 만족했다. 나는 회사 측의 제안들 중 그들이 기억할 만한 내용을 반영하기만 하면 됐다).

나는 광고 작성을 끝내고 조판공에게 전화를 걸어 그것을 가져갈 심부름꾼을 보내라고 했다. 그런 다음 사무실에서 나와서 길게 뻗은 형태의 텅 빈 광고부 사무실로 들어갔다. 그리고 금이 간 작은 거울 앞에서 모자를 썼다. 7시였다. 문득 피터가 약속 시간에 조금 늦는 편이라는 사실이 떠올랐다. 그래서 담배에 불을 붙이고 다시 내 사무실로 가서 담배를 피웠다.

특별히 흥분한 상태는 아니었다. 만일 피터가 내가 돌아오기를 원한다고 말한다면, 지금은 내 안에서 편안하게 죽어 있는 뭔가가 다시 되살아나서 찬가를 부르기 시작할 것이다. 하지만 그가 내가 돌아오기를 원해서가 아니라 그저 충동적으로 전화를 건 거라면, 그냥 그와 함께 저녁을 먹을 것이다. 그리고 다음 날 아침에 일어나 여느 날과 마찬가지로 아침을 먹고 일을 하고 저녁에 펼쳐지는 일상을 이어갈 것이다……. 만일 피터가 이혼을 원한다면, 나는 루시아의 변호사를 만날 것이고…… 이혼을 원치 않는다면, 그냥 흘러가는 대로 두고 기적을 바라며 계속 살아갈 것이다. 안 될 게 뭐야? 어차피 내가 그 기적만큼 원하는 것이 달리 없는데. 어쩌면 내가 바보라는 것만 입증될지도 모르지만, 그렇다 해도 상관없었다. 이미 그 생각은 수도 없이 해봤으니까…… 이제 흥분할 일도 없었다.

7시 5분이었다. 나는 다시 광고부 사무실로 들어가서 피터의 지난달 신문을 보관해둔 서류철을 챙겨 돌아왔다. 그의 최근 기사를 좀 읽어두면 저녁식사 때 이야깃거리가 생길 테니까. 피터가 떠난 후 이 순간까지, 피터의 기사를 한 번도 읽은 적이 없었다. 기사에서 그가 쓰던 표현을 발견하게 되면 마음이 힘들어질 게 뻔했기 때문이다. 그럼에도 나는 그가 도안 부인 전기의자 처형을 다루었다는 것을 알고 있었다(도안 부인은 잠자고 있는 남편을 살해한 젊은 여자였다. 냉혈한 같은 살해의 고의성 때문에 배심원은 그녀의 순진무구한 얼굴에도 불구하고 유죄를 선고했다).

나는 서류철을 넘기며 그의 서명을 찾았다. 그의 서명이 제법 많았다. 피터는 유능한 신문기자가 되어 있었다. 한때는 그가 쓴 모든 기사를 스크랩해두었다. 그가 안쪽 면에 깊이 파묻힌 고작 세 문단짜리 기사를 쓰던 시절이었다. 그 생각을 하니 우울해졌다. '그때는 지금보다 내가 훨씬 어렸었지' 하는 맥 빠지는 기분이 들었다.

나는 전기의자 처형에 대한 그의 설명을 읽기 시작했다. 잘 쓴 건지 못 쓴 건지 알 수 없었다. 나와 기사의 의미 사이에 피터에 대한 기억이 자꾸만 끼어들었다.

그러나 기사가 끝날 무렵 한 문구가 내 시선을 사로잡았다. 나는 웃음이 났다. 그는 도안 부인이 전기의자 처형실에 들어가는 모습을 묘사하며 이렇게 썼다. "그녀는 아주 작아 보였다." 내가 웃은 이유는 그가 잠시라도 자신의 마음을 흔든 모든 여자에게 그런 표현을 썼기 때문이었다.

그때 밖에서 광고부 사무실의 문이 부드럽게 열렸다가 닫히는 소리가 들렸다.

그리고 갑자기, 나는 뭔가 무서운 일이 벌어질 것 같은 기분에 사로잡혔다. 발소리가 들렸다. 똑바로 걸으려고 애쓰며 바깥쪽의 길고 어두운 방을 가로질러 다가오는 술 취한 누군가의 익숙한 발소리. 소리가 멈췄다.

나는 위를 올려다보며 미소 지었다.

피터가 내 사무실 문에 기대어 눈웃음을 짓고 있었다. 술에 무척 취해 있었다.

"이야, 팻, 아직 일하는 거야? 오늘 아침에 신문을 읽다가, 날짜를 보고 우리 결혼기념일이라는 걸 알았어. 선물 가져왔어. 지난 몇 년 동안 당신하고 내가 술을 진탕 마시는 긴 술자리를 갖지 못했잖아. 이제 진짜 그런 시간을 가질 때가 됐어. 그래서 스카치를 한 병 가져왔지."

(우리가 함께 살았던 마지막 6개월을 기억하는 한, 나는 술 취한 피터가 두려울 거야……. 빨리 생각해, 빨리 생각해……. 맙소사! 이건 그냥 《영광의 대가》에 나오는 대사잖아.)

"스카치위스키 고마워, 피터. 이걸 산 곳에서 혼자 1파인트는 마셨나 봐(생각해봐……. 주디스는 어디 있는 거지? 이런, 피터는 네가 알아서 상대해. 전에도 그랬잖아)."

"팻, 사랑스러워 보이네. 하지만 겁먹은 것처럼 보여. 겁먹지 마. 내가 좀 취했지만 똑바로 행동할게. 난 그냥 우리가 파티를 하면 좋겠다고 생각했어……. 일종의 친구처럼."

"좋은 생각이야, 자기. 제일 아래 칸 서랍에 유리잔 두 개가 있어. 스트레이트로 한 잔씩 하자."(이 순간 야간 경비원이 들어와서 내가 여기서 술을 마시고 있는 것을 발견한다면, 나는 직장을 잃게 될 거야. 하지만 상관없어. 직장이야 또 구하면 되니까.)

"키스해줘, 팻…… 당신은 나와 한 번 결혼했으니까……. 그리고 당신은 사랑스러워 보이니까……. 말도 안 되는 소리지? 키스해줘. 내가 그러길 원하니까."

우리는 키스했다. 피터 이후로 나는 많은 사람과 키스했다. 그리고 의심의 여지없이, 그도 나 이후로 그랬을 것이다. 그런 키스는 아무 의미도 없었다. 어쩌면 이 키스도 그럴 것이다. "피터, 내가 코트를 입는 동안 한 잔 따라줘."

우리는 세 잔을 빠르게 마셨다. "원샷! 내가 술 마시는 법을 가르쳐줬잖아, 팻. 실망시키지 않을 거지? 똑같이 마시자고."

(이 스카치위스키는 독해. 빨리 뭔가를 먹지 않으면 끔찍하게 취할 거야. 침착해야 해. 그런데 내가 침착하건 말건 그게 무슨 대수야?)

그는 죽어가는 도안 부인에 대해 말했다. "그 여자는 아주 작아 보였어, 팻. 완전 금발 머리였고. 그 여자가 들

것에 실려 우리 앞을 지나갈 때, 위에 덮은 담요 아래로 빠져나온 작은 손이 흔들렸어. 마치 땅에 묻히기 전에 한 남자를 더 붙잡으려는 것 같았지, 맙소사, 패티. 정말 잔혹했어."

(피터의 친구들은 그 처형에 대해 그에게 계속 묻고 또 물었을 거야. 그리고 분명 그는 아주 냉정한 척했을 거야. 그러면서 점점 더 신경이 예민해졌겠지. 피터는 사실 전혀 냉정한 남자가 아니야. 아니, 적어도 내가 그를 처음 만났을 때는 냉정한 남자가 아니었어.)

"내가 당신을 잘 키웠네, 팻. 우리가 똑같이 1파인트씩 해치웠어. 이제 저녁 먹으러 가자."

정확히 어디인지 모호한, 사십 몇 번가 즈음에 있던 식당. 하이볼. 그는 이런저런 얘기를 했다. 신문에 대해, 주디스와 힐다에 대해, 런던에 대해, 나와 그 자신에 대해, 그리고 우리가 얼마나 가난했었는지에 대해.

나는 그가 하는 얘기에는 관심이 없었다. 그는 내 마음을 어지럽혔다. 다른 어떤 남자도 그렇게 많이, 또는 그렇게 오래 내 마음을 어지럽히지 못했다. 피터는 생각해봐야 아무 소용없는 것들을 생각하게 만들었다. 그럼에도 그와 함께 저녁을 먹는 것이, 다른 누구와 먹는 것보다 더 좋았다.

나는 하이볼 세 잔을 마셨다(스카치위스키, 참 고맙기도 하지. 덕분에 모든 게 매혹적으로 요동치고 있어. 현실이 아닌 것 같아. 어쩌면 지옥의 풍경이겠지만, 잘 마춰된 지옥이지).

"팻, 기억나? 당신이 내 생일에 저녁식사를 준비하려고 유리병에 든 프랑스 버섯을 샀던 거? 가격이 1달러 25센트였지. 그런데 집으로 돌아오는 길에 그만 그걸 떨어뜨려서……."

"그래서 당신이 집에 들어왔을 때, 내가 울고 있었지. 당신이 계속 왜 그러냐고 묻고. 나는 버섯을 다시 살 1달러 25센트도 없고, 통조림 콩과 생일 케이크 말고는 집에 먹을 것이 하나도 없어서 울었어."

"주급을 받기 전날은 항상 저녁으로 통조림 콩을 먹었잖아. 안 그래, 팻? 하지만 그날 밤 우린 버섯을 물에 씻어 유리를 골라내고 먹었어. 정말 맛있었어."

(요즘은 우리가 합쳐서 1년에 1만 2천 달러는 벌 거야. 그런데 그때는 2년 동안 주급 40달러로 살았지.)

그는 열대의 전통에 따라 화려하게, 예를 들어 어떤 중남미 혁명에 뛰어드는 식으로 지옥에 가겠다고 이야기했다. "이렇게 5~6년만 더 술을 마시다가 난 떠날 거야. 나한테 은화가 딸랑거리는 솜브레로 모자와 허리띠와 권총 두 자루를 사줘. 즐겁게 메스칼을 마시며 끝을 맞이하는 거야. 당신은 내가 함께 가자고 부탁할 수 있는 유일한 여자야, 패티. 하지만 당신은 오지 않겠지. 정말로 타락한 삶을 살 용기마저 없을 테니까. 당신은 꽃 같은 얼굴을 가졌어. 젠장. 꽃 같은 얼굴과 손, 그리고 싸구려 영혼."

그는 이야기를 계속했다.

한번은 내가 그에게 멜로드라마 대사처럼 말했다. "당신이 어느 시궁창에서 죽기로 작정하건, 난 당신 옆에 있을 거야. 그리고 우리가 지옥에서 다시 만나 영원히 함께할 수 있도록, 그렇게 살아갈 작정이야."(순 헛소리! 결국은 혼자 살고 혼자 죽겠지. 그것도 태연하게. 그가 나에게 태연해지는 법을 가르쳤어. 언젠가 고마워해야겠군.)

그의 말투가 꽤 상스러워지고 있네. 이제 곧 외설적이 되겠지. 주디스의 영향이야. 이런, 하지만 그건 불공평해. 그는 힐다 시절에도 날 놀라게 하려고 그러곤 했어. 이제 놀라게 할 테면 해보라지. 그는 나만큼 불행해. 이상하게도.

시에 대한 이야기로 넘어가게 할 수 있다면······ 〈슈롭셔의 청년〉을 시도하면······ 분명 성공할 거야.

"피터, 혹시 기억나? 이렇게 시작하는 시가 있었는데. '내가 스물한 살 때—'"

"내가 스물한 살 때, 현명한 남자가 말하는 걸 들었지.

크라운과 파운드와 기니◆는 주되, 마음만은 주지 말라
고…….."

거봐. 그는 이제 끝까지 읊을 거야. 그런데 나도 정말
취했네!

"피터, 택시 타러 가자."

"좋아. 계산서 어디 있어?"

"택시, 드라이브 길을 따라 그랜트 묘지로 갔다가 다시
돌아와주세요."

그는 한 팔로 내 어깨를 감쌌다. 나는 그에게 달라붙었
다. 아무 의미 없는 행동이었지만, 친근하게 느껴졌다. 택
시 안은 추웠다……. 동물들이 온기를 찾아 서로에게 바
짝 붙는 것과 같았다.

"눈이 오고 있어, 팻."

"정말 좋아."

"있잖아, 피터. 주디스랑 결혼하고 싶어?"

"젠장, 아니. 누구와도 결혼하고 싶지 않아. 당신이 그
렇게 만들었지. 그런데 지금 기분은 좀 어때. 많이 어지러
워?"

◆ 크라운, 파운드, 기니는 모두 영국의 화폐 단위. 파운드는 현재 중심 화폐 단
위이며, 크라운과 기니는 과거에 쓰였다.

"아니, 이제 술이 깨고 있어. 공기가 정말 상쾌해."

"팻, 여자치고 술을 잘 마시네……. 나도 잘 마셔." 그가 웃었다. "우리 애가 죽어서 다행이야. 안 그랬다면 희대의 술꾼이 되었을지도 몰라."

"지옥에나 가, 피터."

"미안……. 다른 얘기를 할게. 그런데 솔직히 아직도 그 애가 신경 쓰여?"

"그래. 그리고 아직도 당신을 신경 쓰지……. 난 그런 바보야. 담뱃불 좀 붙여줄래?" 타오르는 성냥불에 비친 그의 얼굴은 냉정해 보였다. 내가 알던 소년 같은 얼굴이 아니었다…….

"패트리샤, 당신은 나를 당신의 '인생을 망친 남자'로 생각하겠지."

나는 잠시 생각했다. "누구나 시간이 지나면 결국 자기 인생을 망치지. 아마도."

"음. 당신이 내게 준 상처가 너무 컸어. 하지만 많은 걸 가르쳐주기도 했지."

"당연하지. 최근에 들은 재미있는 얘기 없어, 피터? 오늘 별로 재미가 없네."

"당신은 아주 젊고 아름다워, 패트리샤. 이러면 좀 낫나? 그럼 내가 키스를 받을 수 있나?"

"왜 안 돼?" 그 키스는 아무 의미 없지만, 키스를 하고 있는 동안은 내가 원하는 어떤 의미도 될 수 있다.

"팻, 오늘 주디스가 없어. 옆집에 사는 거 알지? 같이 가서 내가 사는 곳을 볼래?"

"좋지."

그가 아파트를 임대했을 때 내게 쪽지를 쓴 적이 있었다. 나는 짐 보관소 사람들에게 편지를 보내서 그가 선택한 가구를 가져가게 해주라고 했었다.

그는 다시 내게 키스했다. 그래, 그는 내 남편이었다. 남편과 키스하는 것은 지극히 점잖은 일이었다. 나는 웃으며 그렇게 말했다. 그도 그 말이 재미있다고 생각했다.

그의 아파트에는 우리가 프랑스에서 함께 구입한 동판화와 커튼, 그리고 내 취향이 아니라 주디스의 취향을 반영하는 새 카펫이 있었다.

우리는 동판화에 대해 얘기했다. 나는 모자와 코트를 벗었고, 그는 내 빨간 드레스의 색조가 매혹적이라고 말했다. 그는 코냑 한 잔을 가져다주었다. 맛이 좋았다. 아까 먹은 스카치위스키보다 훨씬 좋았다.

그가 말했다. "당신은 원래 그렇지 않았어, 팻. 내가 당신을 그렇게 만든 거야."

내가 물었다. "그게 무슨 뜻이야?"

"내가 지금처럼 당신을 비난하면 안 된다는 뜻이야."

내가 말했다. "내가 이렇게 된 게 당신 책임인 것처럼, 당신이 이렇게 된 건 내 책임일 거야. 전에는 그런 생각을 해본 적이 없는데. 이 이야기엔 악역이 없네."

"패티가 철학적이 되어가네. 그러지 마. 당신이 이야기보다는 키스를 하면 좋겠어."

"당신이 원한다면." 그가 옳았다. 그와 이야기하려는 것보다 키스하는 편이 더 나았다. 그에게 키스하는 건 뭔가 의미가 있을지도 몰랐다. 그런데 그걸 어떻게 알 수 있을까?

그를 끌어안고 잠드는 것도 기분 좋았다. 그건 분명 다른 무엇보다 큰 의미가 있었다.

나는 그의 목소리에 잠에서 깼다. "팻, 오늘 자고 갈 생각이야? 사실 둘이 자기에는 불편한데."

나는 생각했다. 그와 결혼하지 않았으면 좋았을 텐데. 그와 키스하지 않았다면, 그를 만나지 않았다면, 아예 그의 존재조차 몰랐더라면 좋았을 텐데. 그리고 권총이 있었다면 그를 쏴버릴 수 있을 텐데.

그가 말했다. "괜찮다면 옷을 입고 집에 데려다줄게."

내가 말했다. "고마워. 당신한테 그렇게 큰 불편을 끼쳐서 유감이야." 나는 옷을 챙겨 욕실로 들어갔다. 옷을 입으려다가 멈추고 샤워를 했다.

샤워기 아래에 서 있는 동안 배관공을 위한 광고를 써야겠다는 생각이 문득 들었다. 인생의 모든 위기마다 샤워를 하거나 목욕을 하는 것 같았기 때문이다.

옷을 입고 코트를 가지러 돌아갔다. 그는 침대에 앉아 담배를 피우고 있었다.

"피터, 그냥 내 호기심을 채워준다 생각하고 말해줘. 왜 나를 이런 식으로 대하는 거야? 당신이 다른 여자들을 이런 방식으로 대할 거라고는 생각 안 해……. 당신이 그런 면에서 꽤 성공적이라는 얘기를 자주 들으니까."

"오, 맙소사. 꼭 거기까지 들어가야 해, 팻?"

"더 단순하게 질문할게. 날 사랑하는 거야, 증오하는 거야?"

"그건 단순하지 않아. 알잖아."

둘 다 냉담한 목소리였다.

"그래, 패트리샤. 과연 그걸 알아서 뭐가 좋을지 모르겠지만, 정 원한다면……. 당신에게 키스하기 전엔 당신이 예전 그대로처럼 느껴지는데, 키스하고 나면 당신이 그동안 얼마나 많은 남자들과 잤을까 생각하게 돼."

"당신이 아는 다른 여자들도 과거가 없는 건 아니잖아."

"이건 그 여자들과는 상관없는 일이야. 당신은 내 머리에 여자의 정절과 지조에 대한 이상이 가득 차서 여자들에 대한 현실적 감각이 들어설 자리가 없었던 그 시절로 되돌아가게 만들어. 그러니까 당신은 손해 보는 거지. 하지만 패트리샤, 당신은 여전히…… 다른 여자들과는 조금 달라……. 이제 나가는 게 좋겠어. 아직 내가 술에 취해 있나 봐. 안 그러면 이렇게 말을 많이 할 리가 없는데."

나는 코트를 입고 장갑을 집어 들었다. 이걸로 피터와 나는 정말 끝이라는 생각이 들었다. 그러나 그런 기분은 전에도 들었는데 정말 그렇지는 않았었다. 나는 정성 들여 립스틱을 발랐다.

"피터, '작별' 키스를 해줄래? 1922년에 그랬던 것처럼?"(젠장, 내가 왜 그런 말을 했지? 그는 그런 끔찍한 감상주의에 수표를 건네는 걸로 응수할 사람이야. 그건 정말…… 하지만 이제 피터와 내가 이걸로 끝이라는 확신이 들고, 적어도 다정한 몸짓으로 끝내고 싶었어.)

그는 담배를 꺼내 불을 붙였다. "당신은 참 만족시키기 어려운 여자야, 패트리샤."

나는 그가 지독히 미웠다. 그래, 나도 그를 움찔하게 만들 수 있지. "왜, 피터. 내 애인들은 늘 내가 냉랭하다고 불평하는데."

"당장 여기서 나가." 그가 말했다.

나는 문 앞에서 그를 돌아보지도 않고 나왔다. 눈이 세차게 내리고 있었다. 나는 혼잣말을 했다. "참 전형적이게도 눈보라 속에 내던져졌네. 우습지 않아?" 그리고 웃기 시작했다. 나는 6번가로 갔다. 북쪽이 아니라 남쪽 방향으로 온 게 분명했다. '데이브의 파란 방'이라는 대형 심야 식당이 눈에 들어왔기 때문이다. 나는 샌드위치를 사러 이 식당에 종종 왔었고, 이곳이 피터가 사는 거리보다 남쪽에 있다는 것을 알았다. 식당 문 앞에 도달했을 때, 더 이상 걸을 수 없을 것 같았다. 블랙커피를 좀 마시면 도움이 될지도 모르겠다는 생각이 들었다. 그래서 안으로 들어갔다.

마침 빌이 동년배의 다른 남자 세 명과 앉아서 스크램블드에그와 베이컨을 먹고 있었다. 어딘가에서 브리지 게임을 하고 온 모양이었다.

내가 들어가자 그가 일어났다. "이리로 와서 앉아, 패트리샤. 새벽 3시에 왜 혼자 다니고 있어?"

그는 세 남자를 소개했다. 그들은 나를 조금 이상하게 보았고, 아마도 내가 끔찍한 모습이어서 그렇다고 생각했다. 피터의 거울을 봤을 때는 눈치채지 못했었다.

나는 생각했다. '설명을 좀 하는 게 좋겠어. 조금 뒤 차

분한 목소리를 낼 수 있을 때.'

"여기서 만나게 되다니 정말 반가워요, 빌. 혼자 들어오는 게 쓸데없이 이목을 끌 것 같긴 했지만, 커피를 한잔 하고 싶었어요. 저녁에 스트레스받는 일이 있었거든요."

빌이 커피를 주문하며 스크램블드에그도 권했다. 나는 그가 주문하는 것을 굳이 말리지 않았다.

"사실, 남편과 이혼에 대한 세부 사항을 조율 중이에요. 그런 종류의 일은 항상 피곤하죠."

네 명의 노인은 즉시 공감하며 화제를 바꿨다. 그들은 젊고 예쁜 여자가 지루한 자신들 사이로 들어오는 건 즐거운 일이라는 취지의 친절하고 쾌활한 말들을 했다.

잠시 후에 커피 한 모금을 마시고 나니, 기절할 것 같은 기분은 사라졌다. 하지만 스크램블드에그에는 손도 댈 수 없었다. 빌은 내 손을 식탁보 밑으로 끌어가서 꼭 잡았다. 그래, 빌은 한창때 여자에 대해 참 많이 알던 사람이었지.

빌은 나를 집에 데려다주고는 문 앞에서 다음 주에 음악 공연 세 편을 보러 가자고 제안한 뒤 돌아갔다.

나는 위층으로 올라가며 빌이 참 좋은 남자라고 생각했다.

루시아의 방 앞에서, 나는 루시아를 깨워서 이혼하겠

다고 말하기로 결심했다. 그녀는 잠을 깨운 것을 신경 쓰지 않을 만큼 흥미 있어할 것이었다.

"루시아 언니, 피터와 이혼할래."

"잘 생각했어, 팻. 내일 점심시간에 내 변호사에게 데려가줄게." 나는 그녀의 소파에 앉았다. 너무 피곤해서 위층으로 올라갈 수 없었다.

"말하고 싶으면 말해, 팻."

"알았어. 나는 그동안 놓을 수가 없어서 붙들고 있었어. 그런데 이제 너 이상 붙들고 있을 수가 없어서 놓아주려 해."

"팻, 여기서 자고 가는 게 좋겠어. 내가 소파를 준비하는 동안 의자에 좀 앉아 있어."

"이혼하면 어때, 언니?"

"펜치로 이를 뽑는 것 같지. 하지만 다음 날부터는 기분이 나아져."

"내 위대한 사랑이 나를 눈보라 속에 내던졌어, 루시아 언니. 그래서 나한테 정말 질릴 대로 질렸구나 생각했어."

"패트리샤, 자, 기운 차려. 내일은 다른 날이라고 생각해. 그래도 소용이 없다면, 이걸 기억해. 이 일을 겪고 나면 앞으로 네 인생에서 그렇게 아플 일이 없을 거야."

"정말이야, 언니? 아니면 그냥 달래주려는 거야?"

그녀가 웃으며 쿠션을 머리에 받쳐주고 구두를 벗으라고 말했다. 눈길을 걸어서 구두가 흠뻑 젖어 있었다.

"정말이야, 팻. 다른 어떤 남자도 널 '버릴' 것 같지는 않으니까……. 네가 붙잡고 싶은 어떤 남자도 말이야. 왜냐하면 그 남자가 떠날 준비를 하는 낌새가 느껴지면, 넌 즉시 그의 짐을 싸주고 그가 어디든 원하는 곳으로 떠나도록 편도 차표를 사줄 테니까. 오히려 그가 떠나는 걸 아쉬워할 만큼 빠르게. 넌 다시는 절대 붙잡지 않을 거야. 붙잡으면 고통만 지속될 뿐이니까. 갑작스런 죽음과 오래 질질 끄는 죽음 사이의 차이와 같지. 그런데 지금 잠자리에 들면 좀 잘 수 있을 것 같아? 4시야."

"그럴 거 같아."

다음 날 아침, 루시아는 침대로 아침을 가져다주었고, 샘의 장점에 대한 이야기로 나를 재미있게 해주었다. 그날 정오에 우리는 그녀의 변호사를 만나러 갔다.

XII

샘이 루시아에게 생일 선물로 오소포닉 축음기를 사주었다. 거슈윈의 〈랩소디 인 블루〉가 우리가 그 축음기로 들은 거의 유일한 음반이었다. 집에 있을 때는 한 시간에 한 번꼴로 그 음악을 틀었다.

"이 곡은 뉴욕과 잘 어울려." 루시아가 말했다. "우리가 알고 있는 뉴욕. 즐거움과 색채와 엉뚱함과 허무함과 화려함이 크레프 쉬제트의 재료들처럼 아름답게 섞여 있지."

내가 말했다. "이걸 듣고 있으면 마천루와 할렘과 항해하는 여객선과 '호외요, 호외!' 하고 외치는 신문 파는 소년들이 생각나."

"마치 내가 스무 살이고 뉴욕을 접수하러 가는 길인 듯한 느낌이 들어. 다시 틀어줄래?" 루시아가 말했다.

아침 7시.

루시아가 아래층에서 소리쳤다. "팻, 어제 즐거운 시간 보냈어? 내가 먹을 걸 좀 가져왔어. 내려와서 자몽과 계란을 함께 먹자. 너한테 들려줄 신나는 얘기도 있어."

"좋아. 하지만 너무 이르잖아, 언니."

나는 일어났다. 전날 밤 담배를 너무 많이 피워서 입에서 냄새가 났다. 하지만 몇 분 뒤(그리고 맨손체조와 샤워를 하고 나니), 몸이 실크처럼 매끈해지고 상쾌한 기분이 들었다. 창밖에서는 기분 좋은 2월의 해가 떠올랐다.

나는 흐린 녹색 저지 드레스에 베이지색 스타킹, 갈색 악어 구두를 착용하고, 악어 핸드백에 돈과 화장품, 녹색 손수건을 집어넣었다. 그리고 베이지색 챙 모자를 챙이 오른쪽 눈 쪽에서 내려오고 왼쪽 눈 쪽에서 올라가도록 썼다. 베이지색과 녹색이 섞인 스카프를 목에 두른 뒤, 새로 산 섀미 가죽 장갑을 꺼내 들고 녹색 코트, 핸드백을 챙겨 아래로 내려갔다.

루시아도 같은 종류의 옷을 입고 있었는데 무척 아름다웠다. "네 자몽은 벽난로 선반 위에 있어." 그녀가 말했다. "커피 테이블에 자리가 없어서. 계란을 만드는 동안, 일단 먹고 있어."

"자기야, 왜 한 시간이나 일찍 깨웠어?" 내가 물었다.

"일찍 눈이 떠졌는데 얘기를 하고 싶어서."

"그게 이유는 아니잖아." 내가 하품을 하며 말했다.

"좋아, 이것 좀 봐." 그녀가 말했다. 그녀는 처음 보는 매혹적인 에메랄드 반지를 끼고 있었다.

"오, 맙소사. 샘이랑 결혼하는구나!" 내가 말했다.

우리 둘 다 웃었다. "그래서 축하받고 싶었어, 팻."

나는 조금 미안한 기분이 들어서 샘은 큰사람이라고 말했다.

그러자 루시아가 말했다. "샘이 마흔다섯 살이고 20킬로그램은 빼야 날씬해진다는 의미로 큰사람이라는 거지? 하지만 난 그 두 가지 사실에 감사해. 운이 조금만 따라주면 내가 그 사람의 마지막 여자가 될 테니까. 내가 권투 선수라면 언젠가 저녁 시간의 본 경기에 설 기회를 얻고 싶을 거야. 맨날 분위기 띄우는 전초전에서 두들겨 맞기만 하다가 경력을 끝내고 싶지는 않겠지. 게다가 혹시 금화 열다섯 닢에 대해 들었어? 그건 철학 같은 거야."

"말해줘."

"모든 매력적인 여자들에게는 금화 열다섯 닢이 있는데, 스무 살부터 서른한 살까지는 매년 한 닢씩 쓸 수 있어. 처음 10년과 12년 사이에는 원하는 대로 탕진할 수 있지만, 나머지는 중년을 위해 꼭 안전한 뭔가에 투자해야 해."

"누가 금화 얘기를 해줬어?"

"미용실에서 머리 감겨주는 여자인데, 한때 잡지 표지 모델이었대."

"언니는 샘보다 더 젊고 유쾌한 사람들과 결혼할 수 있잖아." 내가 말했다.

"그러고 싶지 않아. 내가 누군가의 인생에서 마지막 여자가 되고 싶다고 말하잖아."

"새로운 세계무역 시장과 다음 10년 동안 중국에서 석유가 얼마나 발견될 거라고 예상되는지에 대한 얘기나 들으며 살고 싶어?"

루시아가 환하게 웃었다. "좋지. 난 서른 살이고, 지난 5년 동안 새로운 책과 새로운 연극, 새로운 옷에 대한 얘기와 재미있는 농담을 들으며 살았어……. 죽을 때까지 재미있는 농담이나 들으며 살고 싶진 않아. 남아프리카의 멋진 미래와 환율의 영향에 대한 얘기를 듣는 게 좋아……. 어떤 영향을 미치는지 잘 모르지만…… 알게 될 거야……."

"하느님 맙소사, 언니, 행복할 거라고 기대하는구나."

"당연하지. 행복하고 안정되고, 할머니처럼 보호받으며 살 거야. 샘도 행복하게 만들어줄 계획이야. 설령 샘이 가난한 편이라도, 샘과 결혼할 거야."

"샘과 자는 건 어떤 기분이야?"

"난 가끔씩 맛보는 침대에서의 황금 같은 순간 때문에 내가 아는 '매력적인' 남자의 이기심과 허영과 가슴 아픈 습관적 외도를 감내하느니, 샘의 친절함과 유머 감각, 정직함을 누리기 위해 남은 평생을 샘과 자겠어."

"아이도 낳을 거야?"

"샘이 원한다면 낳아야지. 자립적으로 살아온 여자들 중에는 그렇게 사는 게 마땅하다는 의식을 갖게 된 경우도 있는 것 같더라. 커피 좀 더 마셔, 팻."

"아, 우리 언니." 내가 말했다. "언니가 너무 그리울 거야. 그리고 난 언니가 열렬히 좋아하는 누군가와 결혼해야 한다고 생각해."

"주말마다 롱아일랜드로 놀러와, 자기야……. 그리고 난 이미 내가 열렬히 좋아하는 누군가와 결혼했었어……. 너만 괜찮다면, 너를 위해 샘보다 젊고 날씬한 괜찮은 은행가를 찾아볼게."

"난 됐어……. 난 다시 결혼하고 싶지 않아."

"다음 달에 이혼이 마무리되면 기분이 달라질 거야." 루시아가 말했다. "어서 일하러 가. 나는 사무실 밖에서 약속이 있는데 아직 출발하지 않아도 돼."

나는 코트를 입었다. "루시아 언니, 샘이 정말로 언니가 원하는 사람이야?"

"전에 원하던 사람과는 많이 다르지만, 얻게 될 거라고 기대한 것보다는 훨씬 더 나은 사람이야."

8시 반.

택시가 교통 정체에 갇혔다. 나는 담배에 불을 붙였다. 요즘은 모두들 내게 말했다. "이혼한 뒤에는 기분이 달라질 거야" 또는 "이혼하고 나면 나아질 거야". 마치 "편도선을 제거하면 나아질 거야" "아기를 낳으면 나아질 거야" "밥 먹고 나면 괜찮아질 거야"라고 말하듯이.

의사들이 연로한 노인들에게 "죽고 나면 나아질 거예요"라고 말할지 궁금했다.

피터와 이혼을 결심하고 소송을 제기하고 변호사에게 착수금도 지불했지만, 내가 정말로 이혼을 원하는지에 대해서는, 1940년 봄에 어떤 코트를 원하게 될지만큼이나 잘 알지 못했다.

내가 6개월이든 6년이든 계속 버티면, 피터가 결국 돌아올까? 그리고 그때도 내가 그를 원할까?

신호등이 바뀌었다. 나는 택시 기사에게 서둘러달라고 말했다.

11시.

아마도 언젠가 내 자리를 차지하게 될 야심 찬 젊은 카피라이터가 내 사무실 문을 두드렸다.

"오늘은 잠잠하네요. 그렇죠?" 그녀가 말했다.

"그래, 다행히도."

"점심식사를 함께 하자고 청하고 싶어요." 그녀가 수줍게 말했다. "그러니까, 차장님은 저보다 나이도 많고, 결혼도 하셨고, 성공한 직업 여성이시잖아요. 몇 가지 조언을 듣고 싶어요."

그래, 나는 스물다섯이고, 그녀는 스물한 살쯤일 것이다. 나도 스물다섯이 되기 4년 전에는 그것이 꽤 많은 나이라고 생각했었다.

"미안한데 오늘 함께 점심은 못 할 것 같아. 오늘 여성복 바이어와 선약이 있거든. 하지만 지금 앉아서 하고 싶은 얘기를 하면 어때?"

그녀는 얘기를 꺼내지 못하고 머뭇거렸다.

"요즘 일을 아주 잘하고 있어. 그 말을 해줄 생각이었어." 내가 말했다.

"아닙니다. 하지만 감사해요……. 저 결혼해요."

"정말 잘됐네. 언제든 원할 때 휴가를 쓰도록 조치해줄게."

"아뇨. 사실은 결혼하려는 남자가 일을 그만두라고 해요. 아내가 일하는 걸 원치 않는대요. 자기가 돈이 많지는 않지만 앞으로 더 많이 벌 거라면서……." 그녀가 말을 멈추었다.

"또 그 뻔한 '결혼 대 경력' 문제야?"

"예."

"남자는 몇 살인데?"

"생일이 저보다 빨라서, 이제 스물두 살이에요."

"그 사람 많이 좋아해?"

그러자 순진무구해 보이는 크고 파란 눈에 눈물이 차올랐다. "그 사람을 끔찍이 사랑해요." 그녀가 말했다.

나는 나 자신도 놀랄 만큼 열성적인 반응을 보였다. "맙소사, 그럼 그 남자랑 결혼해. 언젠가 일자리를 구해야 할 사정이 생기면 그때 구하면 돼. 내가 도울 일이 있다면, 예를 들어 도매 가구를 파는 사람에게 메모를 써주거나 할 수 있어. 필요하면 말해……. 약혼자에 대해 좀 더 말해봐."

그녀는 말하고 또 말했다. 그녀는 2주 후에 퇴사할 거라고 했다.

사실 그녀에게 내 조언 같은 건 필요 없었다. 어차피 그 남자와 결혼했을 것이다. 광고 일을 계속한다면 아마 잘했을 것이다.

그런데 그러는 대신, 그녀는 남편의 급료 지급일 전날 저녁에 통조림 캔 같은 것을 먹게 될 것이다. 그리고 나는 그녀가 하던 일을 누군가에게 가르쳐야 할 상황이 되었다.

나는 그녀에게 사랑을 놓쳐서는 안 된다는 식으로 열렬하게 말했던 것들이 진심이었는지 의문이 들었다……. 그리고 어떤 기분일 때는 그것이 진심이었다고 결론 내렸다.

5시. 전화벨이 울렸다.

"팻, 너대니얼이야. 축하할 일이 있어. 저녁 데이트 있어?"

"그래, 저녁 데이트가 있어. 하지만 짧게라도 축하하고 싶어."

"5시 반에 옆문에서 만나."

퇴근 시간. 나는 손과 목을 씻었다. 얼굴에 콜드크림을 바르고, 립스틱과 볼연지, 파우더를 발랐다.

냇이 옆문에서 기다리고 있었다.

"안녕, 아가씨. 사랑스러워 보이네. 오늘 늙은 아버지가 봉급을 인상해줬어. 지난주에 시장에서 20만 달러를 벌었거든. 그래서 50달러에서 60달러로 봉급을 올려줬지. 칵테일을 마시자."

자코모의 바. 아이스크림처럼 차갑고 손톱 연고처럼

분홍빛이 감도는 클로버 클럽.

"냇, 이틀 내내 어디 있었어?"

"말한다는 걸 깜빡했네. 봉급 인상에 흥분해서. 여행을 갔었어. 형이 갑자기 죽은 후로 가장 긴 여행이었지. 필라델피아에 갔었어. 아버지가 거기에 은행을 짓고 있거든."

그는 지치고 울적해 보였다.

"봉급 인상이라니 대단해, 냇……. 그리고 언젠가, 언젠가 여기저기 다니게 될 거야……. 세상의 아름다운 것들 노 모두 보고."

"그래, 언젠가. 내가 쉰이 되고 시력이 나빠져서 3~4미터쯤 되는 대형 벽화보다 작은 것들은 볼 수 없을 때 말이지."

나는 그가 안쓰럽게 느껴졌다. 지난 7년 동안 그는 술과 코러스 걸을 좇다가 즐겁게 죽은 형 대신 대가를 치르며 살았다. 하지만 따지고 보면, 모두가 다른 사람 대신 대가를 치르며 살아간다. 그리고 언젠가 그의 아버지는 그에게 돈을 남길 것이고, 그는 그걸로 이곳저곳 다니며 구경할 수 있을 터였다.

"자기야……. 혹시 내가 오늘 저녁 데이트를 취소하기를 원한다면, 그래볼게. 기분이 좋아질 때까지 택시를 타러 갈 수 있어."

"아냐, 팻. 하지만 당신은 정말 친절해. 항상 쾌활하고. 오늘 힘든 하루였어?"

"아니, 어떤 어린 여자에게 광고 일보다는 사랑을 선택하라고 조언해줬어. 그래서 주급 50달러를 버는 남자와 결혼하라고 말이야."

"당신은 참 무모한 여자군. 당신도 결혼을 해야지. 하지만 적어도 시간당 50달러 이상은 버는 남자와 해야 해. 당신은 옷 취향이 너무 섬세하니까."

"점점 통찰력이 좋아지네, 너대니얼."

"음, 난 그림 보는 걸 좋아해. 그래서 당신한테 주목하게 돼."

너대니얼이 칭찬할 때면 나는 항상 민망해졌다. 그의 칭찬은 무척 진지했다.

나는 그에게 할머니 손에서 자란 그 '농부의 딸'에 대한 이야기를 하고, 루시아가 정말로 샘과 결혼할 거라고 말하고, 그(너대니얼)가 모든 젊은 여성의 하루에서 가장 빛나는 한 시간 같은 사람이라고 말했다. 그런 다음 오늘 호레이스와 저녁을 먹을 예정이기 때문에, 집에 가서 옷을 좀 차려입어야 한다고 말했다.

너대니얼은 깊은 인상을 받은 듯했다. "미국에서 가장 위대한 초상화가잖아. 팻, 그 사람이 당신 그림을 그릴까?

그렇다면 의사에게 돈을 빌려서라도 그것을 구입할 권리를 살 거야."

"호레이스가 나를 그릴 것 같지는 않아. 스페인 여자와 완전히 끝나지 않았거든."

그 순간 클로버 클럽 넉 잔을 그렇게 빨리 마신 것이 조금 후회가 되었다. 너대니얼이 자기가 인정하는 예술가에 대해 그런 식의 말을 듣는 걸 싫어했기 때문이었다. "색에 대한 호레이스의 감각은 놀라워, 패트리샤."

나는 그에게 색에 대해 얘기했다. 그림과 하늘, 건물의 색에 대해. 덕분에 그가 나와 헤어져 아버지와 경건하고 조용한 저녁식사를 하러 집에 갈 무렵에는 뉴욕을 세상에서 가장 컬러풀한 도시로 만들 수 있다는 행복한 설렘을 느끼고 있었다.

집으로 올라갈 때 위에서 내려오는 루시아를 만났다. 그녀는 흰색과 금색이 섞인 드레스에 숄과 흰색 여우 목도리를 하고 있었다. "언니, 너무 멋져 보여. 약혼자를 위해 이렇게 입은 거야?"

"그래, 자기야. 샘과 시카고에서 온 샘의 형을 위해. 그리고 리츠 호텔에서의 저녁식사를 위해."

"샘에게 시카고에 사는 형이 있는 줄은 몰랐네."

"그분은 네 명의 아이들과 건강한 아내를 두고 있어. 이제 곧 다가올, 네가 자유의 몸이 되는 날에 너에게 아무 쓸모가 없을 사람이지."

"난 결혼 같은 건 안 한다고 했잖아."

"그건 두고 보자, 팻. 네가 결혼할 생각이 없는 남자들 얘기가 나와서 하는 말인데, 케네스가 네 아파트 열쇠를 가지고 있니?"

"응. 언니한테 말한다는 걸 깜빡했네. 열쇠를 준 지 좀 됐어. 케네스가 나를 할렘에 데려가려고 밤늦게 불쑥 찾아올 수도 있으니까, 그럴 때 앉아서 기다리라고."

"음, 그 사람이 한 시간 동안 한때 아름다웠을 머리를 내 방에 불쑥불쑥 들이밀며 너를 찾더라. 아주 많이 취했더라고. 불쌍한 켄. 꼭 북유럽판 방황하는 유대인처럼 보여. 하지만 얼마 전에 떠났는데. 계단에서 굴러떨어지는 소리를 들었어. 오늘 켄이랑 저녁 먹었니?"

"아니, 호레이스랑 먹기로 했어."

"뭐 하는 거니? 뉴욕의 '연애꾼'을 자처하는 남자들을 모두 하나씩 시도해보는 거야……? 아니면 네 초상화라도 원하는 거니? 그 작자는 일을 치를 때까지는 초상화를 결코 그려주지 않아. 해부학적으로 불가능하다나 뭐라나……. 하지만 네가 즐기기 위해서라면 그것도 괜찮겠지. 최근에는 너도 모험을 좀 줄이지 않았니?"

그녀는 층계참 옆에 움푹 들어간 곳에 앉았다. 집을 리모델링하기 전에는 성자상이나 정치인의 흉상, 심지어 성모 마리아상이 놓여 있었을 것 같은 자리였다.

"팻, 잠깐 얘기할 시간이 있어. 피터와 이혼하는 게 아주 불행하니?"

"그 생각은 안 해. 언니가 말하는 모험을 좀 줄였어. 나한테 별로 도움이 안 되더라고. 첫째, 난 그게 피터를 잊는 가장 쉬운 방법이 될 수 있다고 생각했지만, 그렇지가 않더라. 어쩌면 난 그저 재미로 남자를 만나는 부류의 여자가 아닌가 봐."

"신경 쓰지 마. 나도 그런 부류는 아니야. 내가 남편감을 찾아줄게. 결혼하면 남는 시간이 많을 거야. 그동안 연애꾼들과 재미를 보고 있어."

"내가 아는 바로는 호레이스는 연애꾼이 아니야. 나이도 많고."

하지만 루시아는 일어서서 계단을 내려가기 시작했다. 그녀의 목소리가 향수 냄새와 함께 부유하듯 뒤로 흘러왔다. "연애꾼들, '백 명의 여자를 알고' 그걸 자랑스럽게 떠벌리는 남자들을 보면, 음악가가 되기를 원하면서 오케스트라의 모든 악기에 대해 레슨을 한 번씩만 받은 남자가 연상돼."

내가 아래를 향해 소리쳤다.

"그 남자는 어떻게 됐는데?"

그녀가 계단 난간에 얼굴을 대고 말했다. "결국 어느 악기로도 노래 한 곡 연주하지 못했어, 팻."

저녁 8시.

호레이스는 몸이 거의 정사각형으로 보일 만큼 옆으로 퍼져 있었다. 그가 요청한 대로 우리는 그의 작업실에서 만났다. 나는 그가 작업 중인 작품을 보고 싶었다. 그 작품들은 볼 가치가 있었고, 너대니얼이 그 얘기를 들으면 좋아할 것이기 때문이었다.

호레이스는 내가 나타나기 전에 셰이커에 채워져 있던 마티니를 절반쯤 마신 상태였다. 그는 내 손에 입을 맞춘 뒤 내게 마티니를 따라 주고 이야기하기 시작했다. 그는 내 드레스에 감탄했다. 나는 사파이어블루색 호박단 드레스를 입고 있었다. 그것이 '그림이 되는' 드레스였기 때문이었다. 나는 호레이스가 나를 그리게 만들기 위해 크게 노력할 계획은 없었지만, 사람 일은 모르는 거였다.

그가 원한다면, 그 그림은 어느 화랑에 걸릴 것이고, 그러면 노년의 피터가 그곳에 가서 그림을 볼 수 있을 것이고, 그러면 그가 내 모습이 어땠는지를 기억하는 데 도움이 될 터였다(하지만 그런 예쁜 상상은 내가 생각해도 별로 수긍이 가지 않았다. 피터가 혹시 나를 기억한다면, 그저 젊은 시절의 실수쯤으로 기억할 게 뻔했다).

호레이스는 재미있었다. 그는 소호에서 마닐라까지 세계 곳곳을 누비며 키스를 하고 그림을 그리면서 살아왔다. 전성기에 그가 그린 그림과 만난 여자들에 대한 회상은 거의 실제 그림만큼이나 멋졌다. 어쩌면 실제 여자들보다 훨씬 멋졌을 것이다.

그는 어떤 여자에 대한 이야기를 들려주었다. 그녀는 그의 아들을 낳았다며 사람을 보내 그를 (세인트루이스에서 호놀룰루로) 불러들였다. 알고 보니 아이는 아들이 아닌 딸이었고, 게다가 출생일이 호레이스가 호놀룰루에 도착한 지 겨우 6개월밖에 안 되었을 때였다. 하지만 이야기의 나머지 부분은 낭만적이었다.

그가 그런 이야기를 하다가 젊은 여성이 세상 물정에 밝은 나이 든 남자와의 관계에서 얼마나 많은 사교적 수완을 얻을 수 있는지에 대한 긴 이야기로 넘어가자, 나는 한숨을 쉬었다. 그가 나를 화랑이 아닌 침실의 장식물로 생각한다는 것을 알아차렸기 때문이다. 피터가 내 사진을 간직하고 있다면 그걸로 만족해야겠구나 싶었다.

지금 당장은 이 상황을 모면하는 것이 어렵지 않았다. 진정으로 아름다움에 미친 남자들과 함께 있을 때는 항상 그렇다. 여자가 그런 남자들이 자신을 일몰보다 다소 덜 흥미로운 존재, 멋진 도자기와는 비교도 할 수 없는 존재로 평가한다는 것을 인지할 만큼 겸손하다면 말이다.

호레이스의 작업실에는 내가 지금껏 본 것 중 가장 아름다운 단풍나무 서랍장이 있었다. 그것은 천상의 비율에, 벨벳의 부드러움과 새틴의 광택을 넘나드는 고색창연한 윤기를 간직하고 있었다. 하지만 사실 그 윤기는 섬유로는 만들어낼 수 없는 것이었다.

나는 서랍장을 보며 감탄하기 시작했고, 최대한 지적인 태도를 보였다. 그러자 호레이스는 곧 사랑에 빠진 듯 몰입해서 서랍장을 보기 시작했고, 불과 10분 전에 내 어깨를 보았던 것과 똑같은 눈빛으로 서랍장의 표면을 어루

만졌다.

그가 서랍장에 완전하게 집중했을 때, 나는 몹시 배가 고프다고 말했다. 그는 매너가 좋았고, 나를 데리고 식사하러 갔다. 나가면서 잠시 멈춰서 스페인 여인의 미완성 초상화를 향해 욕을 했다.

새벽 1시.

지금까지는 멋진 시간이었다. 호레이스는 천재였다. 내가 만난 어정쩡한 유명인들 가운데 천재는 극히 드물었다. 그는 거창한 저녁을 먹고 끝없이 술을 마시기 위해 잠깐잠깐 쉴 때를 제외하면, 다섯 시간 내내 떠들어댔다. 그림과 여자에 대해, 예술과 여자에 대해, 인생과 여자(남자를 위로하기 위해 존재하는 여자)에 대해.

나는 냇을 위해 그가 그림에 대해 말한 모든 것을 기억하려 했지만, 고개를 들고 있기도 힘들었다. 그는 나보다 나이가 서른 살이나 많았지만, 네 배의 에너지를 가졌다. 그럼에도 조금만 더 먹이면 분명 곯아떨어질 것 같았다. 그래서 집에 가는 길에 커피를 마시고 싶어 죽겠다고 말하며 차일스로 잡아끌었다. 만약 호레이스가 아직 몸을 가눌 수 있는 상태로 내 아파트에 도달한다면 낭패였다. 그날은 루시아가 새벽까지 들어오지 않을 것 같았기 때문에 도움을 청할 수도 없었다. 나는 그를 위해 오믈렛과 버터케이크, 호박파이를 주문했다. 그는 그것을 모두 뱃속에 집어넣었다. 별로 어렵지 않아 보였다.

열 명 정도가 내게 고개를 숙여 인사했지만, 한 명도 다가와서 합석하지는 않았다. 호레이스는 내가 완전히 육감적이라고 했다(다른 누구도 그런 말을 한 적이 없었고, 나는 그의 판단을 의심했다. 나는 지금 몸무게가 48킬로그램 정도밖에 나가지 않았다. 일반적인 기준으로 볼 때 육감적인 몸매는 아니었다).

나는 주변을 둘러보았지만, 차일스에는 호레이스가 나 대신 바라볼 만한 단풍나무 서랍장 같은 건 없었다. 그래서 그가 택시를 부르도록 내버려뒀고, 그에게 택시 드라이브를 하자고 제안했다. 하지만 5분도 안 되어서 차라리 집에 가자고 하는 편이 낫겠다는 생각이 들었고, 그래서 말했다. "집으로 가요."

새벽 2시.

내가 기다리는 동안, 호레이스가 택시비를 지불했다. 깨끗하고 차갑고 신선한 밤바람이 얼굴을 스쳤다. 아주 멀고 무심해 보이는 겨울 달이 어두운 고층 건물과 고요한 회색 거리와 호레이스와 택시 기사와 나를 비추었다. 그리고 잠시, 뉴욕은 정말 살기에 아름다운 곳이라는 느낌이 들었다. 그곳에 사는 내게 무슨 일이 일어나든 간에. 최근 들어 더 이상 사람들에게 위안을 구하지 않게 되면서 가끔씩 찾아오는 편안한 느낌이었다.

호레이스는 내 뒤에서 총총거리며 계단을 힘차게 올라오고 있었다. 한 계단 한 계단 오를 때마다, 나는 기분이 점점 더 나빠졌고 그와 밤을 보내기가 점점 더 싫어졌다. 그런데 그에게 가달라고 말할 만한 마땅한 구실을 생각해 낼 수 없었고, 그래서 열쇠로 문을 열었다.

나는 작은 의자에 앉았다. 호레이스가 맞은편 소파에 혼자 앉을 수밖에 없도록 만들기 위해서였다. 나는 담뱃불을 붙이며, 한 달 동안 다른 곳에 가서 잘 수 있으면 좋겠다고 생각했다.

호레이스는 육중한 몸으로 앉았다.

나는 뭐든 그가 계획한 것을 시작하기를 기다렸다.

"젊은 아가씨." 그가 말했다(아마도 그는 내 이름을 기억하지 못할 만큼 취한 것 같았다). "아가씨를 만났을 때, 두상이 좋아서 참 똑똑한 아가씨라고 생각했지."

나는 씩 웃었다. 그는 독창적으로 나갈 것이다. 그래, 그 점에 있어서는 믿을 만한 사람이었다.

"하지만 당신은 똑똑하지 않아. 똑똑하다면 여자들의 감식가라고 할 수 있는 나 같은 남자가 감탄하는 걸 좀 더 가치 있게 생각했을 테니까. 어쩌면 당신은 미숙하고 예쁘장한 어린애들을 더 좋아하겠지."

(아, 그는 자신이 늙었다는 것이 신경 쓰였던 걸까? 이제 그를 집에 돌려보낼 수가 없게 되어버렸다. 그러면 그는 끝장난 기분이 들 테니까. 일개 광고부 차장이 위대한 화가에게 끝장났다고 느끼게 만드는 건 공정하지 않았다.)

"오늘 저녁을 저에게 할애해주셔서 정말 영광이에요."

"아무 의미 없는 말을 하지 말아요, 젊은 아가씨. 제발 내 말을 들어줘. 당신에게 흥미로울 만한 얘기가 있으니까."

좀 제멋대로였지만, 그가 그러고 싶다면 난 상관없었

다. 너무 피곤했다. 그의 거대한 머리가 소파 뒤쪽에 있는 흰색 패널 문을 배경으로 마치 액자 속에 들어간 것처럼 보였다. 혹시 그가 자화상을 그린 적이 있는지 궁금했다. 희끗희끗한 머리가 경이롭게 보였다. 그 문이 그냥 욕실 문이 아니라 내가 도망칠 수 있는 다른 곳으로 통하는 문이면 좋겠다고 생각했다. 욕조에서 밤을 보낼 수는 없으니까.

"젊은 아가씨."(그가 또 나를 그렇게 부르면 쿠션을 집어 던지겠다고 생각했다. 그가 아름다운 초상화를 그릴 수 있건 말건, 나를 '젊은 아가씨'라고 부르는 사람을 내 아파트에 앉혀둘 이유가 없었다.)

그는 계속 말했다. "당신은 지성은 좀 부족할지 모르지만, 매혹적인 몸을 가졌소. 그리고 당신은 개인적으로 나를 높이 평가하지 않는 것 같으니, 오늘 밤 자고 가게 해준다면 그 단풍나무 서랍장을 주겠소. 당신은 그걸 보고 감탄할 만큼 심미안을 가졌으니까."

그 말인즉슨 그 스페인 여자는 자신의 초상화를 완성시키기 위해 돌아오지 않을 것이며, 지금 내게 그 후임자 자리를 제안하고 있다는 거야. 내가 그에게 "당신은 혐오스러운 늙은이에요. 가주세요"라고 말하는 것보다 절묘한 방법으로 그를 몰아낼 방법을 생각해내지 않는 한, 그는 여기서 자고 갈 수 있어. 사실 그는 혐오스럽지 않고, 그저 솔직한 것뿐이니까. 자신의 욕망을 추구하고, 그에 대한 대가를 지불할 사람이지.

아, 그를 자고 가게 해야겠지. 하지만 단풍나무 서랍장을 받을 수는 없어. 내게 남은 소중한 것이라곤 아마추어인 신분뿐이니까(그런데 그의 뒤에 있는 문이 움직였나? 너무 피곤해서 헛것이 보이나 봐. 물론 움직였을 리가 없지).

호레이스는 이야기를 끝내지 않았다. "당신을 위해 담배에 불을 붙여줄 테니, 5분간 서랍장에 대해 생각할 시간을 가져요."

그가 담뱃불을 붙여주고는, 시계를 꺼냈다.

"2시 20분이요. 25분에 당신의 대답을 듣겠소." 그는 일어서서 시계를 응시했다.

나는 웃었다. 그는 그런 나를 못 본 척했다. 나는 시계를 보았다. 이 부조리한 짓을 멈추기 위해 무슨 말을 해야 한다는 걸 알았지만, 아무 말도 할 수 없었다. 그저 웃음만 나올 뿐이었다.

"2시 25분이요." 그가 말했다. "마음을 정할 시간을 5분 더 주면 좋겠소?"

그 순간 욕실에서 와장창 유리 깨지는 소리가 났다. 호레이스가 고개를 돌렸다. 욕실 문이 조금 열리더니, 목소리가 들렸다. "제발, 팻. 그 남자를 받아들이든가 보내든가 해. 더 이상 술 없이는 5분도 못 견디겠으니까."

"케네스!" 내가 말했다. 욕실 문이 활짝 열렸다. 케네스가 비틀비틀 걸어 나와서 욕실 문에 기대어 섰다. 그의 오페라 모자는 한쪽으로 기울어져 있었고, 연미복은 쭈글쭈글하게 구겨져 있었다. 그는 훤칠한 키에 금발 머리, 끔찍하게 마른 몸으로 서서 우리를 내려다보며 싱긋 웃었다. 마치 멋쟁이 젊은이를 표현한 만화 캐릭터처럼 보였다.

그의 뒤로, 바닥에 떨어져 깨진 술병이 보였다.

호레이스는 숨을 고르고는 내게 고함쳤다. "이건 대체 누구야?" 그런 다음 다시 숨을 헐떡였다.

케네스가 대답했다.

그는 특유의 하버드식 말투 중에서도 특히 더 진지한 목소리로 말했다. "선생님, 저에 대해 물으신다면 말씀드리겠습니다. 저로 말할 것 같으면, 이 젊은 아가씨의 매니저입니다. 이 아가씨가 매력적이라는 데는 동의합니다만, 이 아가씨는 우리의 계약에도 불구하고 가끔 혼자 나가서 일을 하는 짜증 나는 습관이 있습니다. 이제 선생님이 저와 이야기를 나누시겠다면…… 선생님께서는 서랍장에 대해 말씀하셨는데, 보통 우리는 가구는 받지 않습니다. 하지만 제가 평가를 위해 접근할 수 있다면……"

호레이스는 다시 숨을 골랐다. 내가 보기에 이제는 영구적으로 호흡을 회복한 것 같았다. 그는 호흡과 함께, 모자와 코트, 장갑, 지팡이를 챙기고는 고함치기 시작했다.

그는 내가 들어본 온갖 육두문자, 그리고 말투에서 그 의미를 짐작할 수 있는 몇몇 다른 단어들을 쏟아냈다. 그러면서 밖으로 걸어 나갔다. 아래층으로 쿵쿵거리며 내려갈 때, 멀어져가는 그의 고함 소리가 계속 들렸다.

나는 의자에서 몸을 꼼지락거렸다. "케네스, 이 바보." 내가 말했다. "그런데 그 남자가 쓴 것처럼 그렇게 많은 '걸레'의 동의어를 들어본 적 있어?"

그러나 케네스는 웃기다고 생각하지 않았다.

"젠장, 패트리샤." 그가 말했다. "내가 아니었으면, 넌 그자를 자고 가게 했을 거야. 그 끔찍한 늙은이를. '오늘 밤 자고 가게 해준다면 서랍장을 주겠소.' 맙소사. 오늘 밤 자고 가게 해준다면 서랍장을—."

"케네스, 제발 그만해. 난 오늘 너무 힘들었고 더 이상 참을 수 없어. 당신도 가는 게 좋겠어."

그 순간, 푸른 눈과 함께 쾌활함을 늘 장착하고 다니던 이 비극적인 젊은이가 흐느끼고 흐느끼고 흐느끼기 시작했다. 그는 바닥에 주저앉아 손으로 내 파란색 드레스의 주름 장식을 부여잡고, 몸이 떨리도록 흐느꼈다.

나는 그의 머리를 살짝 쓰다듬었다. 그를 위해 달리 해줄 수 있는 것을 생각해낼 수 없었다. 나는 말했다. "그만 울어, 케네스. 나는 누군가 나 때문에 울 만큼 중요한 사람이 아니야."

잠시 후 그는 점차 진정이 되었지만 여전히 파란색 주름 장식을 움켜쥔 채 비틀고 있었다.

"패트리샤." 그가 아주 부드럽게 말했다. "넌 너무 작고 너무 착해. 너무 착해서 뉴욕의 온갖 바보들에게 시달리지."

"그러지 마, 케네스."

"나도 너에게 흔들려." 그가 말했다. "몰랐어? 나도 다른 남자들과 다르지 않아."

"아니, 몰랐어."

"젠장. 하지만 난 널 결코 건드릴 수 없어."

"케네스, 내 사랑, 내 사랑."

"패트리샤, 내가 너를 절대 건드리지 않는다면, 나랑 결혼해서 어딘가로 떠나겠어? 내겐 네가 1년은 충분히 생활할 만한 돈이 남았어. 난 1년도 못 살 거야. 우린 캘리포니아로 가고, 넌 태평양에서 수영할 수 있을 거야."

기분 좋은 말이었다.

"하지만 그게 무슨 소용이야, 케네스? 자기 자신을 데리고 가야 한다면 어딜 가든 의미 없다는 게 자기가 좋아하던 말 아니었어? 하지만 고마워."

우린 잠시 조용히 앉아 있었다.

그는 눈을 들어 미소 지었다. 나는 그가 다시 괜찮아졌다는 것을 알 수 있었다.

"길모퉁이에 차가 있어, 팻." 그가 말했다. "따듯한 옷을 걸치고, 신선한 공기를 쐬러 드라이브 갈까?"

"그러자." 내가 말했다.

"스윈번 시집도 한 권 가져가. 착한 아가씨처럼." 그가 말했다. 아침 먹을 때 나에게 소리 내어 읽어줘. 우리가 그렇게 오래 밖에 있게 되면."

케네스는 내가 시를 읽어주는 걸 좋아했다. 옛날 방식의 낭만이었다. 어쩌면 그가 어렸을 때 좋아했던 일이거나 어쩌면 그의 헝가리 무희가 좋아했을 것이다. 나는 묻지 않았다.

아침 7시.

이스트강 너머로 태양이 떠오르고 있었다. 우리는 비크먼 플레이스 끝자락의 강가에 차를 대고 차 안에 앉아 있었다. 케네스는 구겨진 야회복 차림으로, 나는 다시는

산뜻해 보이지 않을 파란색 드레스에 낡은 털 코트를 걸친 채였다. 우리는 제법 따뜻하고 행복하고 졸렸다. 나는 그에게 〈프로스피네 정원〉을 읽어주었다.

  삶에 대한 지나친 사랑으로부터 벗어나,
  희망과 두려움으로부터 해방되어,
  우리는 짧은 감사를 통해
  존재하는 어떤 신에게든 감사한다.
  삶이 영원하지 않다는 것을—.

XIII

"택시! 센터 스트리트에 있는 법원으로 가주세요. 시청 바로 위 블록이요."

"거긴 법원이 많습니다. 어느 법원 말씀인지?"

"모르겠어요. 가본 적이 없어서. 일단 가서 찾아보죠."

"아마 여긴 것 같아요, 기사님. 잠시 세워주세요. 경관에게 물어볼게요."

"경관님, 여기가 이혼을 심의하는 법원인가요?"

"아닙니다. 여긴 더 안 좋은 곳이죠. 톰스 교도소예요. 다른 블록으로 가세요."

택시 기사는 다른 블록으로 갔다. 내가 내릴 때 그가 말했다. "행운을 빕니다, 부인." 나는 그에게 25센트가 아닌 50센트를 줬다.

법원은 보기 좋고 깔끔한 새 건물이었다. 나는 입구를 향해 넓은 계단을 천천히 올라갔다. 다른 어떤 감정보다 어이없다는 느낌이 가장 먼저 들었다. 나는 이혼 법정에 갈 계획이 없었다. 이혼녀가 되고 싶지 않았다. 그러나 지금 나는 변호사와 내 증인이 되어줄 가정부를 만나러 238호라고 쓰인 방 앞으로 가는 중이었다.

법원 입구의 홀은 커다란 원형 공간이었다. 대리석 바닥에 황동으로 새겨 넣은 동물들이 있었다. 아마 별자리인 듯했다. 보스턴 공공 도서관 입구 홀에도 황동 동물이 새겨져 있었던 것이 떠올랐다. 어렸을 때 그 동물들 위로 걷는 것을 좋아했었다. 발밑에서 느껴지는 시원하고 미끄러운 감촉이 좋았기 때문이다.

이 법원 홀은 검은색 옷차림의 남자들로 가득했다. 그들은 비밀스러운 표정을 하고 담배 냄새를 풍기고 있었다.

루시아의 변호사였던 내 변호사는 내게 검은 옷을 입으라고 말했었다. 찰스 마샬 헨리 씨는 그런 것들을 중요하게 생각하는 부류였다. 하지만 나는 검은 정장 세트를 구입하는 대신 빌려 입기로 했다. 그 옷을 다시 입지 않기 위해서였다. 내가 이혼녀가 된 날 입었던 옷을 입고 어디든 가면 비참한 기분이 들 게 뻔했기 때문이다.

나는 헬레나에게 옷을 빌렸다. 그녀는 그 옷을 파리에서 방금 가져왔다. 헬레나는 루시아가 결혼하면 그 아파트를 넘겨받을 예정이었다. 그녀는 그림을 그렸다. 사실주의 화가처럼 매력적인 패션 드로잉을 했다. 그리고 남는 시간에는 취미 삼아 가면을 만들었다. 그녀는 남자들과 얽히는 우리 같은 여자들을 비웃었고, 루시아와 나보다 돈을 세 배는 더 벌었다. 항상 어려운 친구들에게 돈을 잘 빌려주었고, 고대 그리스 극작가들의 작품을 원문으로 읽는 것을 열렬히 좋아했다. 얼굴은 평범했지만 탄력 있는 몸매의 소유자였고(차분하면서도 열정적으로 테니스를 했다), 패션 감각이 절대적으로 완벽했다.

그녀가 빌려준 코트와 원피스, 모자를 착용하니, 나는 미래를 향해 조심스럽게 손짓하는 젊은 과부처럼 보였다.

나는 238호실로 향하는 계단을 오르며, 계속 헬레나에 대해 생각했다. 그녀가 정말 행복한지, 그녀가 인생에서 무엇을 가장 중시하는지. 238호실에 대해 생각하지 않기 위해서였다.

가정부는 법정 밖에서 기다리고 있었다. 그녀는 차분

하고 유능하고 과묵한 흑인 여자였다. 변호사에게서 결혼 생활을 하는 동안 피터와 나를 모두 알았던 사람을 증인으로 선택해야 한다는 말을 듣고, 나는 그녀에게 증인이 되어달라고 부탁했다. 그녀는 자신이 한 여배우의 개인 가정부로 일을 시작했고 이미 세 건의 이혼 재판에서 증인을 섰다고 담담히 말했다.

"좋은 아침, 노라. 무슨 말을 해야 하는지 전부 기억하고 있죠?"

"예, 아가씨. 기억합니다."

"안에 들어가서 헨리 씨를 기다리죠, 노라."

그녀가 차분해서 다행이었다. 나의 또 다른 증인은 진술서만 남기고, 구겐하임 장학금을 받기 위해 칠레로 떠났기 때문이었다.

나도 제법 차분했다. 루시아는 내가 불안해할까 봐 걱정했고, 함께 와주고 싶어 했다. 하지만 고객과의 회의 때문에 그럴 수 없었다. 나는 잠시 루시아에 대해 생각했다.

"패트리샤 아가씨, 여기가 안 싸우는 법정이라는 곳인가요?"

"정확히 그 이름은 아녜요, 노라. 합의이혼 사건 법정이지."

"그 비슷한 이름인 건 알았어요. 저기 헨리 씨가 오시네요."

"안녕하세요, 헨리 씨. 아뇨, 별로 떨리지 않아요. 감사합니다."

"법정이 곧 열릴 겁니다. 부인의 사건은 20분도 채 안 걸릴 겁니다."

오래전에 누군가 내게 "20분도 채 안 걸릴 겁니다"라고 말한 적이 있었다. 오래전에. 택시에서. 아, 맞다. 거의 잊을 뻔한 그 의사였다.

(왜 쓸데없이 그런 걸 떠올렸을까? 더 이상 담담할 수가 없잖아. 가슴에서 뭔가가 끔찍하게 아파와. 주변을 둘러보며 생각을 떨쳐내는 게 좋겠어.)

노라는 아주 꼿꼿이 앉아 있었다. 자신이 중요한 역할을 하고 있다는 만족감과 자부심을 느끼는 것처럼 보였다. 방은 소규모 집단들로 가득했다. 각 집단은 변호사 한 명과 곧 이혼녀가 될 여자 한 명, 한두 명의 증인으로 이루어져 있었다. 흡사 산부인과 대기실에 도착한 작은 집단들 같았다. 의사 한 명과 곧 엄마가 될 여자 한 명, 불안한 남편. 그러나 불안한 남편은 이곳에 없었다. 그편이 차라리 나았다.

이혼녀가 될 여자들은 엄마가 될 여자들과 똑같이 긴장된 표정이었다……. 그래, 난 그 일도 겪었지.

그런 걸 신경 쓰는 건 어리석은 일이야. 그냥 현대 여성의 경력에서 하나의 사건일 뿐이지. 쳇, 알 게 뭐야!

하지만 이런 일이 내게 일어나리라고 예상한 적이 없었다. 아마 이곳에 모여 있는 다른 여자들도 마찬가지일 것이다. 나는 그들을 찬찬히 훑어보았다. 한 명은 자주색 실크 옷을 차려입고 자주색 볼연지를 바르고 적갈색으로 머리를 염색한 여자였다. 자주색 입꼬리가 계속 씰룩였다. 또 한 명은 일흔 살은 된 것 같았는데, 구슬로 짠 모자에 검은색 실크 장갑을 끼고 있었다. 왜 그녀는 그렇게 늦게 이혼을 하게 된 걸까 궁금했다. 남은 시간이 많지 않으니 그냥 결혼 생활을 참고 사는 게 낫지 않을까 싶었다.

한 여자는 모직 숄을 두르고 있었고, 또 한 명은 검은 담비 모피 옷에 르 데뷔 향수를 뿌리고 있었다.

"조정관이 들어오시네요. 일어서세요" 하고 헨리 씨가 말했다. 조정관은 온화한 얼굴의 아주 나이가 많은 남자였다. 그는 내가 태어나기 20년도 전에 열정도 괴로움도 환희도 모두 잊었을 것만 같았다.

헨리 씨는 서기가 재판 일정표를 읽고 있다며 내 사건은 두 번째라고 설명했다.

나는 생각했다. '내가 왜 이걸 하려는 거지? 그냥 당장 여기서 걸어 나갈까? 나가서 피터에게 전화를 걸어, 그와 나처럼 괜찮은 젊은 사람들에게 이런 일이 일어나는 건 말도 안 된다고 말하면 피터는 뭐라고 할까……? 아마 아무 말도 안 할 거야. 그냥 전화를 끊겠지.'

나는 생각했다. '아마 이런 사건은 다 짜고 치는 고스톱일 거야. "이 간통이 당신의 인지나 동의 없이 이루어졌습니까?"라는 질문을 받으면, "예"라고 대답해야 한다는 걸 기억해야 해.'

어떤 파티에서 누군가에게 들은 말이 기억났다. 뉴욕주에서 유일한 이혼 사유는 간통 아니면 위증뿐이라는(그리고 대부분은 위증이라는) 말이었다. 나는 위증만큼은 피할 수 있었으면 좋았겠다고 생각했다.

첫 번째 사건에 대한 심리가 이루어지고 있었다. 나는 듣지 않으려고 애썼다. 그래서 두리번거리다가 이혼 법정은 재미있는 곳이라는 말이 떠올라서 재미를 느껴보려고 애썼다.

실내는 깨끗했고 아무런 장식도 없었으며 호두나무 가구가 비치되어 있었다. 음산한 햇빛이 스며들어오고 있었다……. 하지만 원래 3월의 햇살은 대체로 음산했고, 나는 감상적이 될 나이는 지났다. 적어도 그래야 마땅했다.

(피터, 당신을 무척 사랑했어. 그래, 난 다른 누구도 그만큼 사랑하지 않아.)

증인이 증언했다. "그리고 어떤 여자가 침대에 있었어요. 그 여잔 담요로 몸을 가렸죠."

(듣지 말자. 그럼 그 여자가 달리 어디에 있겠어? 모든 공동피고가 있는 곳은 항상 침대잖아.)

나는 마음을 가다듬으려 애썼다. 햇살이 모든 추한 얼굴들을 스치는 모습을 바라보았다. 제임스 브랜치 캐벌이라면 이 법정을 어떻게 묘사했을지 생각했다……. 아마 이런 식일 것이다.

"고매한 로맨스가 이렇게 쓸쓸하게 끝난다. 그리고 한때, 그녀가 스무 살 때, 시간과 습관과 가난, 그리고 그의 잘생긴 얼굴과 냉정한 목소리를 사랑하게 될 다른 모든 여자들을 향해 던졌던 그 화려한 도전이 결국 이렇게 끝난다."

(우리가 옥상에 앉아 있던 여름 저녁에는 우리의 사랑이 영원할 줄 알았지. 우린 달을 보고 있었기에 주변의 굴뚝은 보이지 않았어. 아파트 건너편에서 한 남자가 쇼팽을 연주하고 있었기에 거리의 소음도 신경 쓰지 않았지……. 하지만 그건 오래전 일이야……. 5년 전……. 그의 잘못이건 나의 잘못이건, 그건 이제 중요치 않아. 우린 둘 다 너무 어렸고, 응석받이로 자란 철부지였어. 이제 그건 중요치 않아. 우리가 서로의 마음을 뒤흔들 수 있었던

힘에서 이제 남은 거라곤 서로를 움찔하게 만드는 놀라운 능력뿐이야.)

나는 피터를 다시 보고 싶지 않다고 느꼈다. 그를 다시 보지 않는다면, 어쩌면 내가 늙었을 때 쇼팽의 음악 같은 것들만 기억하게 될 것이다.

증인석에 있는 누군가 이야기를 멈췄다.

헨리 씨가 말했다. "조정관이 말소리를 듣기 쉽도록, 천천히 말하는 걸 명심하세요." 내가 증인석으로 걸어갈 때 헬레나의 검은색 세트 정장의 치맛자락이 스치는 소리가 들렸다.

"진실을 말할 것…… 오직 진실만을 말할 것을…… 엄숙히 선서하십니까?"

"예." (첫 번째 거짓말. 나는 이혼을 위해 4백 달러와 네 번의 거짓말을 대가로 치르고 있어. 목소리가 떨리지 않아서 다행이야.)

"언제 피고인 피터와 결혼했나요?"

"1921년 12월 27일입니다."

(우린 야반도주를 했다……. 우리 가족은 우리가 너무 어리다고 생각했지만, 나중에 결국 결혼 선물을 보내줬다. 결혼을 기념하기 위해 돈이 필요해서, 피터의 월급날 결혼식을 했다. 당시 그는 《텔레그램》 신문에서 일주일에 35달러를 벌었다. 우린 무켕 레

스토랑에서 저녁을 먹었다. 무켕은 이제 없다.)

"어디서 결혼하셨나요?"

"뉴욕 시청에서요."

(시청 서기보가 야자수 나무 두 그루 사이의 붉은 단상에 서서 단숨에 말했다. "하느님이 두 분을 축복하실 겁니다. 다음." 나는 피터의 아파트를 청소하던 여자가 건네준 분홍 장미를 가져갔다. 그녀는 보스턴에서 오는 동안 내 여행 가방 속에서 구겨져 있던 흰색 오건디 드레스를 결혼식에서 입을 수 있도록 다림질해주었다. 바닥을 청소하면서 담배를 피우곤 했던 그 여자는 어떻게 되었을지 궁금했다.)

"1927년 1월 12일에 간통이 있었나요?"

"예."(두 번째 거짓말. 그 꼬질꼬질하고 불쌍한 어린 여자와 간통한 건 아니었다. 그녀는 아마 피터가 지불한 50달러를 받고 기뻤을 것이다……. 그리고 그녀는 무척 겁먹은 것처럼 보였다.)

"당신의 인지와 동의도 없이요?"

"예."(세 번째 거짓말. 피터와 나는 전주에 만나서 이혼 문제를 조율하는 데 두 시간을 보냈다. 대부분의 시간 동안 말다툼을 벌이지 않았다면 그렇게 길어지지 않았을 것이다.)

"그리고 그날 이후 피고와 자발적으로 동거하지 않았나요?"(그 공식적인 문구가 얼마나 더럽게 들리던지……. 같은 날 밤 피터는 술에 취해서 나를 찾아왔다. 그는 내가 무척 불안해 보인다고 말했다. 불쌍한 내 사랑. 그도 불안해 보였다. 그때가 몇 년 만에 우리가 서로에게 우호적이었던 유일한 시간이었다…….우리에게 주어진 해피엔딩은 딱 그 정도다.)

"위자료는 청구하지 않으십니까?" (그가 나와 살기를 거부한 대가로 돈을 지불할 필요는 없지.)

(헨리 씨가 고개를 끄덕여 증인석에서 내려오게 한다. 이제 노라의 차례다. 굳이 들을 필요는 없어. 결혼할 때보다 시간이 더 오래 걸리는군. 제길, 눈물이 나올 것만 같아. 그러면 헨리 씨가 기뻐하겠지……. 진짜처럼 보일 테니까. 피터를 위해 5분만 울 거야. 그를 5년 동안 사랑했으니까.)

노라가 말했다. "그분은 파란색 실크 가운을 입고 계셨어요."

(그가 나를 떠나기 직전에 내가 사준 거였어. 내가 힐다보다 잘해줄 수 있다는 걸 증명하려 애쓸 때였지. 보기 좋은 가운이었고, 의심의 여지없이 많은 찬사를 받았을 거야. 노라는 더없이 쾌활해 보이네. 1년 중에 최고의 날일 거야. 할렘가의 모든 친구들에게 그 얘길 하겠지. 그들은 모두 이 '숙녀'가 울었다는 얘기를 듣게 될 거야. 그녀가 도왔다는 다른 고용주들은 이런 일을 어떻게 받아들였을까?)

헨리 씨가 더들리의 진술서를 읽었다. 나는 더들리가 칠레에서 즐거운 시간을 보내고 있기를 바랐다. 아마도 그를 다시는 보지 못할 거라고 생각했다. 피터와 더들리, 더들리의 여자와 내가 비오는 일요일에 모여 아침도 먹고 브리지 게임을 했던 것이 떠올랐다.

더들리가 내 증인이 되어준 건 참 친절한 일이었다.

"난 괜찮아요. 고마워요, 노라. 잠깐일 뿐이야."

헨리 씨가 뭔가를 선서했다.

그런 뒤 모든 것이 끝났다.

헨리 씨가 말했다. "우울하신 것 같아 마음이 안됐습니다. 곧 중간 판결문을 우편으로 보내드리겠습니다."

나는 그것을 액자에라도 넣어 보관해야 하나 생각했다.

그가 말했다. "최종 판결문은 90일 뒤에 받게 되실 겁니다. 그러면 결혼한 적이 없는 것처럼 되는 거죠."

"예, 헨리 씨."(그 판결문과 함께 젊은 날의 환상, 기쁨에 넘치는 자신감, 즐거운 상식의 부족, 순진한 표정까지 세트로 동봉한다면, 나는…… 결혼하지 않은 것처럼 되겠지.)

내가 노라에게 말했다. "안녕."

나는 계단을 내려가 원형 홀을 가로질러 걸으며, 출근하기 전에 집에 들러서 헬레나의 검은색 정장 세트를 벗을 시간이 있겠다고 생각했다.

"택시, 업타운 방향으로 가주세요."

XIV

나는 루시아의 결혼식 날 입을 장밋빛 시폰 드레스와 투명하게 비치는 챙 넓은 모자를 구입하고, 루시아와 외식을 하기 위해 집으로 갔다.

루시아는 끈으로 묶은 트렁크와 가방, 반쯤 싼 여행 가방에 둘러싸인 채 바닥에 앉아 뭔가를 읽고 있었다. 그녀가 나를 올려다보고 미소 지었다. "너를 위한 좌우명을 발견했어, 팻. 모든 젊은 이혼녀에게 완벽한 좌우명이지. 잘 들어봐."

'그대여, 살아라.

삶이 거의 모든 기억을 치유할지니…….'

"누가 쓴 건데?"

"키플링."

"완벽한 좌우명은 아닌 거 같은데. '거의' 때문에 망했어. 그런데 결혼식 전날 왜 시를 읽고 있어?"

"'거의' 때문에 이 시가 더 현실적인 거지……. 아치가 프랑스에 갔을 때 보낸 시집이야(《그 사이의 세월》이지). 그때 우린 약혼 중이었어. 당시 아치는 자기가 일찍, 영웅적으로 죽을 거라고 생각한 것 같아. 자기가 죽으면 나를 위로하기 위해, 시집에서 두 줄을 표시해뒀거든. 혹시 이거 갖고 싶니? 샘의 집에 가져갈 수는 없으니까."

"고마워……. 저녁 어디서 먹을까?"

"월도프 호텔. 네가 달리 생각해둔 곳이 없다면. 5번가 창가 자리에 앉아서 지나가는 사람들을 구경하자. 샘이 오늘 밤 10시에 친척들 몇 명을 데려오고 싶어 해. 내가 괜찮다고 하긴 했는데, 혹시 그래도 괜찮겠어? 원래는 오늘 저녁 시간을 전부 너를 위해 쓸 계획이었는데."

"괜찮아. 어차피 느지막이 케네스가 올지도 모르는데 뭐. 지금은 뉴욕 타임스에 다닌다는 그 알 수 없는 친구랑 저녁을 먹고 있어. 케네스가 내게 소개해주기를 꺼리는 남자. 노엘인가 뭔가. 언니도 켄이 그 남자에 대해 말하는 걸 들었을 거야."

"그래." 그녀가 일어나서 머리를 빗기 시작했다.

"옷 갈아입으러 올라갈게, 언니."

"아니, 잠깐만. 켄은 캘리포니아에 언제 가?"

"다음 주 초에."

"그 사람 다시 돌아오지 못할 거야, 팻. 너도 알지."

"켄도 그걸 알아. 하지만 날씨가 따뜻해지니까, 갑자기 죽기 전에 태평양을 다시 보고 싶다는 충동이 들었대. 켄이 그리울 거야. 올해는 언니도 켄도 없이 음울한 여름을 보내겠네."

"노르웨이의 모든 피오르에서 엽서를 보낼게, 팻……. 그런데 나한테 하나 말해줘……. 켄을 사랑한 적이 있니?"

"아니. 정말 없어."

"다행이야. 그냥 궁금했어. 요즘 그 사람을 너무 자주 만나기에."

"켄과 냇, 빌은 내가 아는 남자들 중에 '깨어 있는 시간' 동안 함께 있어주는 것 말고는 내게 아무것도 바라지 않는 유일한 사람들이야."

루시아가 웃었고, 나는 옷을 입으러 갔다.

월도프 호텔에서 나는 그녀와 아파트를 함께 써서 너무 좋았다고 말하고 싶었다. 그리고 내가 아는 어떤 여자보다 그녀를 더 좋아한다는 말도 전하고 싶었다. 하지만 루시아와 나는 그런 표현을 잘 못하는 성격이었다. 그래서 우리는 루시아와 샘이 방문할 장소들과 내가 루시아에게 파리에서 구해줬으면 하는 것들에 대해 얘기하며, 토마토 젤리와 로브스터, 아보카도를 먹었다. 여자들끼리 저녁을 먹을 때나 주문하는 엉뚱하고 별난 메뉴였다. 바깥으로 보이는 5번가 거리를 따라 따스한 여름의 황혼이 짙어지고 있었다.

루시아는 다시 케네스에 대해 얘기하기 시작했다. "이상하게도 케네스에게는 그렇게 안쓰러운 생각이 안 들어. 자기 몫으로 주어진 인생의 황금 같은 순간을 너무도 확실하게 누렸기 때문이겠지."

"하지만 딱히 케네스가 행복한 인생을 살았다고 말할 수는 없어."

"하지만 누구는 안 그런가? 너는? 나는?"

"행복하진 않지만, 분명 지루하진 않아. 어쨌든 우린 뉴잉글랜드에서 단순하게 보냈던 소녀 시절로부터 먼 길을 왔잖아. 우리가 열일곱 살에 안정된 결혼을 했더라면 보지 못했을 많은 것들을 봤어."

"내가 뭐랬어. 너도 전처가 되는 것에 만족하게 될 거라고 했잖아."

"새 드레스를 살 때나 좋아하는 음식을 먹을 때, 좋은 음악에 맞춰 춤출 때는 만족하지. 다른 얘기 하자. 사실 내가 전처인지 아닌지 생각하지 않을 때만 만족하거든."

루시아가 말했다. "팻, 요즘은 피터에 대해 얼마나 자주 생각하니? 요즘은 드디어 네가 이제 그 사람 얘기를 안 하더라."

"자주 생각해. 바쁘지 않은 시간마다 거의 다. 하지만 지금은 내가 한때 알았던 사람으로 생각해. 현재 내게 중요한 사람이 아니라. 사실 지금은 피터에 대해 잘 모르겠어. 나보다 주디스가 훨씬 더 잘 알 거야. 내가 아는 건 더 젊었을 때의 피터지……. 조금은…… 마치 피터가 죽은 것처럼 느껴져."

"나중에 지루해졌을 때 되살리려 하지 마."

"그럴 리가. 나도 바보는 아냐."

우리는 냉커피를 마시며 거리를 내다보았다.

"저기 케네스다." 루시아가 말했다. 그는 내가 모르는 남자와 아주 천천히 걷고 있었다.

루시아가 반지로 유리창을 톡톡 두드렸다. 켄이 우리

를 보고 잠시 머뭇거리는가 싶더니 두 팔을 흔들어 우리에게 합류할 거라는 표시를 했다.

잠시 후, 케네스와 다른 남자가 식당으로 들어왔다. 그들이 우리를 향해 걸어올 때, 내가 루시아에게 말했다.

"매력적이지 않아?" 케네스가 아니라 다른 남자를 말하는 거였다.

"붉은 머리가 네 취향이라면 그렇겠지. 난 아냐. 나도 붉은 머리라서."

케네스가 루시아에게 예비 신부와 건강한 천사를 섞어 놓은 것 같다는 취지의 말을 하고는 그 남자를 소개했다. 오랫동안 말로만 들어온 노엘이었다.

루시아는 켄에게 담배 케이스를 보내줘서 고맙다고 인사했고, 모두들 결혼과 노르웨이와 캘리포니아와 블랙힐스산맥에 대해 이야기하기 시작했다. 블랙힐스가 포함된 이유는 노엘이 쿨리지 대통령의 여름휴가 취재차 그곳에 가서 여름을 보낼 예정이기 때문이었다.

5분쯤 뒤에 노엘과 나는 대화를 시작했다. 그날 우리가 무슨 얘기를 했는지는 잘 기억나지 않는다. 그가 말한 딱 세 가지만 기억나는데, 셋 다 사소한 얘기였다.

첫 번째는, "결혼은 전쟁과 같아요. 모험심이 강한 남자라면 피하지 않겠지만, 이성적인 남자라면 결코 되풀이

하지 않을 경험이죠"였고,

두 번째는, "쿨리지는 충분히 오래 침묵하고 있으면, 행운이 생길 수 있음을 몸소 보여주는 최고의 산증인이죠"였고,

세 번째는, "당신 목소리는 첼로 같아요"였다.

이 말들은 특별할 게 없었다. 그냥 남자들이 흔히 하는 말이었다. 그가 앉아서 이야기하기 시작했을 때 일어난 어떤 일과 아무 상관없었다.

그가 앉아서 이야기하기 시작했을 때, 나는 속으로 말했다. "피터가 나를 더 이상 사랑하지 않게 된 이후 그 오랜 시간 동안 계속 얼굴에 분을 바르고 예쁜 옷을 사고 맨손체조를 해온 이유가 바로 이거였어. 난 머리 한쪽으로 항상 믿었어. 언젠가, 어딘가에서, 내게도 멋진 일이 생길 수도 있다고. 그게 바로 이거야."

그의 머리칼과 눈썹은 짙은 붉은색이었다. 목소리는 따뜻하고 쾌활했다. 어깨가 아름답고 넓었으며, 턱선이 뚜렷하고 턱에 보조개처럼 팬 부분이 있었다. 그 모든 것은 중요하지 않았다.

그는 여자들을 흥미로워하면서도 여자를 인생의 주된 목표로 여기는 것 같지 않았다. 나는 지난 몇 년 동안 행실을 좀 더 잘했으면 좋았겠다고 생각하기 시작했다. 그

순간 그가 내일 블랙힐스에 갈 거라는 사실이 떠올랐고, 내가 그를 다시 만날 가능성이 크지 않다는 것을 깨달았다. 내가 행실을 더 잘했다면, 내게 이런 일이 일어나지는 않았을 거라는 생각이 들었다.

그는 전쟁 때부터 케네스와 알고 지냈다고 했고, 나는 26사단에 있었냐고 물었다. 그가 그렇다고 대답하자, 1919년 봄에 사단과 함께 보스턴에서 행진을 했었냐고 물었다.

그가 말했다. "그랬죠."

내가 말했다. "제가 그 행진을 봤어요. 그것도 커먼웰스 애비뉴에 설치된 관람석 맨 앞줄에서요. 열일곱 살 때였죠." 나는 생각했다. '그때 왜 이 사람을 보지 못했지?'

그는 그 말의 의미를 이해한 것처럼 보였다. "저는 그때 백마를 타고 있었거든요." 그가 마침 필요한 말을 했다.

그리고 우린 웃었다.

그 순간 우리가 케네스와 루시아에게 너무 무례하게 굴고 있다는 생각이 문득 들었다. 루시아는 장갑과 소지품을 챙기고 있었다. 그들은 인생에 대해 얘기하고 있었던 것 같았다.

(그날 저녁, 갑자기 인생이 다시 따스하고 중요하고 의미 있게 느껴졌다.)

"그늘 속의 좋은 좌석에서 보면 행진이 매력적이겠죠." 루시아가 말하고 있었다. "하지만 행진하는 사람들에겐 피곤한 일이에요."

"하지만 결혼은 은퇴를 의미하지 않잖아요, 루시아." 케네스가 말했다.

"어떤 경우, 결혼은 아주 유리한 관람석을 확보하는 걸로 볼 수도 있어요." 루시아가 말하고는 미소 지으며 일어섰다.

"팻, 넌 여기 있어. 난 샘을 만나러 가야 해. 이따 밤에 보자."

그녀는 노엘에게 진지하게 말했다. "패트리샤는 아주 사랑스러운 아가씨예요. 안녕히 가세요."

그리고 케네스에게 말했다. "당신을 다시 보기 힘들겠죠. 아니, 문까지 배웅 나오실 거 없어요. 난 집까지 혼자 걸으면서 생각을 좀 하고 싶어요……. 뭐든 떠오르는 대로. 케네스, 당신을 알게 되어 기뻐요. 젊고 무모하고 용감해 보이는 기사들의 초상화를 볼 때마다, 당신이 떠오를 거예요. 안녕."

그가 말했다. "고마워요. 행복한 인생을 사세요, 루시아."

그녀가 우리에게 미소 짓고는 홀로 테이블 사이로 걸어 나갔다. 노란 꽃무늬 드레스를 입은 호리호리한 붉은 머리 아가씨. 나는 생각했다. '저기 가장 사랑하는 내 친구가 가네. 루시아가 무슨 생각을 하는지 정말 궁금해. 그녀가 몹시 그리울 거야.'

그리고 다시 케네스와 노엘에게 고개를 돌렸다.

노엘과 나는 얘기했고, 케네스는 재미있는 듯한 표정으로 들었다.

시간이 좀 흐른 뒤 노엘이 '자신들을 배웅해달라'는 얘기를 했고, 나는 노엘과 케네스 둘 다 다음 날 시카고로 떠난다는 사실을 알게 되었다.

두 사람이 여행의 일부를 함께할 수 있도록, 케네스가 애초의 계획보다 일주일 빠르게 캘리포니아로 출발하기로 결정한 거였다.

"오, 맙소사." 내가 말했다. "오늘 저녁은 사람들을 내 인생에서 영영 떠나보내는 날인가 봐." 그 순간 그것이 케네스에게 눈치 없는 발언이라는 것을 깨달았다. 이를 만회하기 위해, 업타운을 향해 걸어가는 동안 그에게 온 신경을 쏟았다.

노엘은 34번가와 5번가가 교차하는 모퉁이에서 우리와 헤어졌다. 그는 뉴욕 타임스에 가야 했다.

그가 말했다. "케네스를 배웅하실 건가요?"

내가 말했다. "못할 것 같아요. 루시아의 결혼식에 가야 해서."

케네스는 예의 바르게 기다렸다.

노엘이 말했다. "가을에 뉴욕에 돌아오면 전화해도 될까요?"

(나는 생각했다. '그를 다시 보지 못할 거야. 그는 내 이름을 기억도 못 할걸.)

내가 말했다. "꼭 하세요. 전화번호부에 제 이름이 있어요. 쿨리지 씨와 즐거운 여름 보내시고요."

케네스와 나는 업타운을 향해 걸어갔다. 두세 블록을 걷다가 그가 말했다. "할렘에 가자. 스몰스에서 불빛이 이리저리 흔들리는 걸 보고 싶어. 오늘 밤은 너무 더울까?"

"아니야. 가자……. 재미있을 거야."

우리는 춤을 조금 추다가 자리에 앉아 차가운 음료를 마셨다. 이야기를 많이 하지는 않았다. 나는 케네스를 기분 좋게 해줄 무슨 말이라도 하고 싶었지만, 젊은 나이에 폐병과 합병증 때문에 캘리포니아에 가서 곧 죽게 될 남자에게 해줄 말이 별로 없었다.

다소 긴 침묵 후에 그가 말했다. "노엘이 돌아오면 네게 전화할 거야."

"그 사람이 왜, 케네스?"

그는 내 말을 무시했다. "노엘과 너를 만나게 할 생각은 없었어, 팻."

"알아, 켄……. 하지만 이유는 모르겠어."

"넌 아주 큰 파국을 겪었고, 지금 필요한 건 작은 평온함이기 때문이야."

"노엘은 나를 열아홉 소녀처럼 느끼게 만들었어. 내게 아무 일도 일어나지 않은 것처럼, 하지만 동시에 곧 온갖 놀라운 일들이 일어날 것처럼."

"눈치챘어." 케네스가 말했다.

우리는 술을 마셨다. 그런 다음 케네스가 이야기를 이어갔다.

"노엘은 대단한 사람이야. 난 항상 노엘과 네가 서로의 문장에 마침표를 찍어줄 운명이라고 생각했어."

"음, 그렇다면, 왜 작년에 우리를 만나게 해주지 않았어?"

케네스가 술을 좀 더 마셨다.

"말하고 싶지 않으면 안 해도 돼, 케네스."

"아, 노엘이 직접 말하겠지만, 자신을 너무 나쁘게 말할 거야. 그래서 네가 제3자의 시점으로 얘기를 듣는 게 좋을 것 같아."

"잊어버려, 켄. 그냥 당신 얘기를 하자."

"고맙지만 됐어. 하지만 노엘의 이야기는 최대한 짧

게 말할게. 재미없을 테니까. 노엘은 참전을 위해 프랑스로 출항하기 직전에 결혼을 했어. 노엘의 아내는 매력적인 금발의 아가씨였지만 고양이만큼도 분별력이 없었어. 자연히 노엘이 전쟁터에 있는 동안 다른 누군가와 사랑에 빠졌어. 노엘이 돌아왔을 때, 그 여잔 이혼을 요구했지. 역시 자연히 노엘은 다소 충격을 받았어. 두 사람은 하이볼을 많이 마시며 상황에 대해 이야기했어. 노엘은 차를 몰고 그 여잘 집으로 데려갔어. 비 오는 밤이었고 꽤 취해 있었지. 그러다 차가 나무와 충돌했어. 아니면 전봇대일지도 모르겠어. 잘 기억이 안 나."

"그 여자가 죽었어, 케네스?"

"아니. 얼굴 왼쪽이 완전히 뭉개지고 한쪽 시력을 잃었어. 아주 가끔씩 뉴욕에 올 때면 검은 얼굴 가리개를 쓰고 다니는 것 같아. 정말 젊고 사랑스러운 여자였는데. 그런 일을 당했을 때 겨우 스무 살이었지. 지금 사람들은 그 여자를 심술쟁이라고 불러. 그 여자의 주된 인생의 관심사는 노엘이 자신에게 무슨 짓을 했는지 상기시키는 일이야."

나는 속이 조금 울렁거렸다.

"그 여자랑 결혼하고 싶어 했던 남자는 어떻게 됐는데?"

"그 남잔 병원에서 그 여자를 보자마자 마음이 변했어. 그 여잔 아직 노엘과 혼인 상태야. 언니와 함께 뉴욕주 북부에서 살고 있는데, 노엘이 주말에 격주로 찾아가고 있지. 그 여자에게 가져다줄 책과 물건들을 챙겨서. 그 여자는 어떤 때는 노엘을 봐서 기뻐하고, 어떤 때는 이틀 내내 욕을 해대기도 하는 모양이야. 사고에서 회복 중일 때 노엘에게 이혼하지 않겠다는 약속을 해달라고 애원했어. 그때는 이혼할 이유가 많았지. 하지만 노엘은 약속했어……. 음, 팻. 이거면 내가 왜 너와 노엘이 만나기를 바라지 않았는지 설명이 되겠어?"

"그래, 그런 것 같아. 하지만 난 남편 사냥을 하는 게 아냐."

"이제 모든 걸 알았으니. 네가 원하는 대로 해. 춤추자, 팻."

우리는 여느 저녁과 다름없이 춤을 추었다. 우리는 꽤 쾌활했다. 스몰스에서 나왔을 때 할렘가를 쓸쓸히 어슬렁거리는 2인승 마차 한 대를 발견했다. 우리는 그것을 타고, 센트럴파크를 가로질러 달팽이처럼 천천히 집으로 왔다.

케네스는 다른 많은 저녁에 그랬던 것처럼 그의 헝가리 무희에 대해 즐겁게 이야기했다.

그러더니 말했다. "있잖아, 팻. 이제 초상화가나 러시아 사람 따위와 침대에 들어가는 모험 같은 건 안 하는 게 좋겠어. 재미없잖아?"

"이제 그런 짓은 끊었어. 재미있을 거라고 생각했지만, 항상 끔찍했지……. 마치 금광을 기대했는데 탄광을 찾은 것처럼. 석탄도 나름의 쓸모가 있지만 다른 걸 찾고 싶을 때는……. 입맞춤과 그 밖의 모든 것이 한때는 아름다움, 달콤함과 직결되어 있었는데……."

"나한테는 아직도 그래." 케네스가 말했다. "있잖아, 패트리샤. 내 아내는 내 인생에서 내가 잠자리를 한 유일한 여자였어."

"오, 케네스. 자기는 정말……."

"담배 한 대 피워, 팻."

그리고 우리는 따뜻한 여름밤에 계속 마차를 타고 달렸다.

우리 집 문 앞에서 그가 말했다. "위층에 안 올라갈게. 너무 늦었어. 그리고 이별의 말 같은 걸 생각하려 하지 마, 꼬마야. 그냥 내가 9월에 다시 돌아올 것처럼 생각하고, 즐거운 휴가를 보내라고 말해줘."

그래서 나는 그에게 즐거운 휴가를 보내라고 말했고, 우리는 악수를 하며 서로에게 '안녕'이라고 말했다.

XV

7월. 여름 첫 폭염에 백화점 광고부장이 신경쇠약으로 요양소 신세를 지게 되었다. 나는 그의 업무와 비서를 물려받았다. 날마다 '휴가 필수품'과 '주말 액세서리' '무더위에 위안을 주는 물건'을 광고하는 페이지를 온종일 기획했다. 그런 뒤 집에 가서 헬레나와 함께 셸튼 호텔 수영장에서 수영을 하고, 저녁을 먹으며 나른하게 현대미술에 대한 이야기를 나눴다. 아니면 시원한 곳을 찾으려는 가망 없는 시도로, 너대니얼과 롱아일랜드로 드라이브를 가서 로브스터와 소테른 와인을 앞에 두고 그의 아버지의 건강 악화에 대해 이야기했다. 가끔은 빌과 함께 상대적으로 시원한 옥상 정원에 가서 그가 최근 또는 예전에 경험한 여자와 술에 대해 이야기를 나누었다.

루시아로부터 편지를 받았다.

"사랑하는 팻,

나는 행복하거나 체념했거나 만족해. 체중이 3킬로그램이나 불었어. 샘은 내가 아는 가장 사려 깊은 남자야. 파리는 덥지만 흥미진진해. 나는 곧 턱이 몇 겹이 되어서 무슨 말만 하면 5분이 멀다 하고 애정 어린 말투로 '우리 남편이, 우리 남편이, 우리 남편이'를 마치 구두점처럼 남발하는, 그런 부류의 여자가 되고 말 거야.

나는 너에게 은행가를 찾아주고, 실재가 그림자보다 더 만족스럽다는 것을 너에게 설득할 계획이야(은행가들은 그림자조차 실재적이지). 너에게 줄 금색과 은색이 섞인 천상의 네글리제를 찾았어. 네가 그걸 보면 독신으로 살기로 한 걸 후회하게 될 거야. 아니면 혹시 벌써 후회하니? 붉은 머리 노엘은 처음 나타나서 몇 시간 만에 정말 떠났니? 그리고 헬레나와는 어떻게 지내니?

비록 길이 멀더라도 우린 결국 품위 있는 삶에 도달하게 된단다, 꼬마야. 난 이제 고급 모피 숄을 갖게 되었어.

사랑을 담아."

8월. 아파트 아래층이 루시아의 목욕용 소금과 향수 대신 헬레나의 페인트와 오일 냄새로 가득하다. 집으로 돌아오는 저녁이면, 루시아가 사랑스러운 얼굴을 꾸미고 있는 모습을 보는 대신 헬레나가 놀랍도록 사실적인 가면을 꾸미고 있는 모습을 보곤 했다.

케네스로부터 편지와 소포를 받았다. 나는 편지부터 뜯어보았다.

"친애하는 패트리샤,

누군가에게 이 편지를 붙여달라고 부탁해뒀어. 네가 이걸 읽을 때 즈음이면, 난 천국에 헝가리 무희도 있는지 확인하게 될 거야(만일 없다면 당장 황금 난간 너머로 몸을 던질 생각이야).

패트리샤, 내가 가끔 자만심에 차서 생각하는 것처럼, 혹시 나를 좋아했다면, 나를 생각해서 어지러운 삶을 살아가는 동안 더 이상 압생트를 마시지 말아줘. 이런 부탁해도 괜찮지?

내가 그런 삶에 노엘을 던져 넣음으로써 너에게 선물을 한 건지 아닌지 모르겠어. 노엘이 너에게 선물이건 아니건, 난 너에게 또 하나의 선물을 보내. 내 가슴을 따스하게 해주었던 젊은 아가씨의 목을 따뜻하게 해줄 호박

구슬 목걸이야.

우리가 다시 만날 때까지 안녕, 내 사랑(이건 전쟁 노래였어. 넌 어려서 기억 못하려나?).

애정을 담아."

9월. 무더위가 마치 태곳적부터 계속되었던 것만 같았다.

나는 여름 드레스 위로 케네스가 보내준 금빛 호박 구슬 목걸이를 걸었다. 드레스는 한 시간만 입고 있으면 나흘 지난 장미처럼 축 늘어졌다. 헬레나는 그림 도구를 챙겨서 노바스코샤 해안으로 휴가를 떠났다. 지나가는 사람들을 보면서 그녀가 던지던 재치 있는 말들이 그리웠다.

피터에게서 편지를 받았다. 우편함에서 그것을 발견했을 때, 잠시 내 심장이 평소보다 빠르게 뛰었다. 목욕을 하고 시원한 네글리제를 입은 뒤, 아이스티를 만들어 마셨다. 그리고 마음이 차분하게 진정되었을 때 편지를 뜯었다.

"이미 언젠가 법적으로 떠나간 당신에게.

혹시 나와 함께 한 번 더 저녁을 먹는 모험을 하겠어? 분명 마지막 모습일 거야. 진정한 고별 여행 같은 거지.

당신에게 할 얘기가 있어. 스피크이지 바에서 몇 다리를 건너 듣게 하는 것보다 내가 직접 말하고 싶은 얘기야.

사무실로 전화를 걸어줄래? 당신을 보면 기쁠 거야, 패트리샤."

이틀 뒤 나는 그에게 전화를 걸어 일요일에 저녁을 먹기로 약속했다. 그때까지 나는 그의 '소식'이 무엇인지 추측하지 않았다.

일요일은 몇 주 만에 처음으로 날씨가 선선했다.

나는 내 외모에 대한 피터의 의견이 중요했던 시절을 생각해서 정성 들여 옷을 입었다. 짙은 청색 바탕에 연분홍색 장미꽃 봉오리가 프린트된 드레스에 짙은 청색 벨벳 모자를 쓰고, 아끼는 은빛 여우 모피 스카프를 챙겼다.

우리는 브레부르트 호텔에서 만났지만, 그곳에서 저녁을 먹지 않고 정원이 있는 자코모 레스토랑에 가기로 했다. 피터는 좋아 보였다. 조금 나이가 들고 조금 체중이 불어난 것 같았다.

저녁을 먹으러 가는 동안, 우리는 여름이 얼마나 더웠는지에 대해 이야기했다.

나는 그가 무슨 생각을 하는지 궁금해하며 생각했다. '시간이 지나면 거의 모든 것을 '극복'할 수 있다는 말은

사실이 아니야. 시간이 지나면 거의 모든 것을 견뎌내는 거지. 둘 사이엔 차이가 있어.'

마티니를 마시며 내가 피터에게 말했다. "난 당신과의 이별을 견뎌냈어, 피터. 그럴 수 있을 거라고 결코 생각하지 못했는데. 내가 해냈다는 게 놀랍지 않아?"

그가 말했다. "당신 인생에 아무 일도 일어나지 않았던 것처럼 보여."

"큰일이 일어난 건 없지. 난 영국해협을 수영해서 건너거나 쌍둥이를 낳거나 희곡을 쓰거나 적수를 죽이지 않았으니까. 그냥 스카치와 키스에 의존해서 한 해 한 해 조용히 살았지."

난 그 말이 재미있을 거라고 생각했다. 그것이 내가 즉석에서 생각해낼 수 있는 최선이었다. 그러나 그의 얼굴은 계속 심각해 보였고, 그래서 다시 시도했다.

"당신의 대단한 소식을 말해줘. 드디어 사랑을 찾은 거야? 아니면 항공 전문가가 되었어? 아니면 진짜 전쟁 이전의 술만 파는 새로운 밀주상이라도 찾은 거야?"

나는 생각했다. '예전에는 피터를 보면 그를 너무 사랑해서 마음이 아팠어. 그런데 지금은 그를 봐도 아무런 감흥이 없어서 마음이 아프네. 피터는 그냥 함께 저녁을 먹고 있는 잘생긴 젊은 남자일 뿐이야. 그가 정말로 어떤지

궁금해.'

그는 말했다. "당신의 가장 고약한 점은 너무나 순결해 보인다는 거야. 당신은 조금도 변하지 않았어."

"남자들은 여자를 예전의 그녀로 생각하지. 그 여자의 얼굴이 늘어지기 시작할 때까지는 말이야. 남자들은 성격이 아니라 겉모습으로 판단해. 난 이제 스물여섯 살이야, 피터. 우리가 만났을 때 내가 스무 살이었나, 아니면 열아홉?"

"열아홉."

"7년이면 사람 몸의 모든 부분이 변한다고들 하지……. 말해봐. 보스턴에서 신나는 시간을 보냈어?"

그는 최근에 사형이 집행된 사코와 반제티의 마지막 날들을 보도하기 위해 보스턴으로 파견 나갔었다. 저녁 먹는 내내 우리는 가볍게 사코와 반제트에 대해 이야기했다. 처음 만나는 사람들끼리 신문에 실린 아무 머리기사에 대해서나 얘기하는 것처럼.

커피와 식후주를 마시는 순서가 되었을 때, 피터가 말했다. "우리 집 뒷마당에 앉아서 얘기하자. 거기가 여기보다 쾌적해."

내가 말했다. "주디스는 정말 보고 싶지 않아."

"아, 주디스는 업타운 쪽으로 이사 갔어. 우린 이스트강 옆에 재미있는 장소를 발견했어. 나도 그곳으로 이사할 거야. 다음 주에 주디스와 결혼하고 나서……. 그게 당신에게 말해줄 소식이었어."

나는 얼굴에 분칠을 한 뒤, 모자를 똑바로 고쳐 쓰고 장갑을 끼었다.

"두 사람 다 아주 행복하길 바라, 피터."

그 순간 내 안에서 혹시나 하고 기적을 바라는 어리석은 희망의 마지막 잔재가 오그라들더니 거의 아무 고통도 없이 사라졌다.

"꼭 그렇게 형식적으로 굴어야겠어, 패트리샤?"

나는 제법 진지하게 대답했다. "그래, 피터. 형식적으로 굴어야겠어. 난 요즘 당신을 잘 모르겠고, 주디스는 제대로 안 적이 없어."

"그래도 우리 집 정원에 가서 톰 콜린스를 함께 마실 만큼은 나를 잘 아나 보지?"

"그 정도는 잘 아는 것 같아."

우리는 워싱턴 광장을 가로질러 아무 말 없이 5번가를 따라 걸었다. 마치 그와 내가 나이가 들어서 다른 사람과 걷고 있는 것 같았다.

정원에는 기분 좋은 소리가 나는 작은 분수와 채색된 캔버스 의자, 그리고 수종을 알 수 없는, '뉴욕 마당 나무'

라고 불릴 만한 나무가 한 그루 있었다. 피터가 톰 콜린스를 섞는 동안, 나는 굽어진 나뭇가지 사이로 환하게 빛나는 달을 보며 아무 생각도 하지 않으려 애썼다.

피터가 돌아왔을 때 내가 물었다. "왜 주디스랑 결혼하려는 거야?" 나는 그가 왜 주디스와 결혼하는 건지 딱히 알고 싶은 건 아니었지만, 다른 여느 화제와 마찬가지로 대화를 하기에는 그런 질문도 괜찮다고 생각했다.

"아, 주디스는 유쾌한 여자고, 난 주디스를 좋아해. 하지만 그 얘긴 하고 싶지 않군. 오늘은 당신과 내 얘기를 하며 저녁을 보내면 좋겠다고 생각했어."

나는 피터와 나에 대해 얘기하는 것을 견딜 수 없을 것 같았다. 그에 대한 감정과 희망, 심지어 의견마저도 내게서 천천히, 몇 달, 몇 년에 걸쳐서 아주 천천히 사라졌다. 그것을 다시 불러내고 싶지 않았다. 더 이상 상처받고 싶지 않았다.

"당신과 나에 대해서는 별로 할 말이 없을 것 같은데, 피터. 우리를 그저 금주법 시대의 사소한 비극을 겪은 부부 정도로, 아니면 기울어져가는 젊은 세대의 표본쯤으로 분류하고 마무리하지 뭐."

"누가 뭘 잘못했는지에 대한 긴 분석에 들어갈 생각은 없어. 하지만 당신에게 하고 싶은 말들이 있어."

그는 '마당 나무' 아래에서 왔다 갔다 하기 시작했다. 그가 다시 입을 열었을 때, 목소리에 긴장한 기색이 드러났다.

"패트리샤, 난 당신을 아주 많이 사랑했고, 당신을 아주 나쁘게 대했어."

"내가 당신을 대한 것보다 더 나쁠 것도 없을 거야, 피터."

그가 말했다. "왜 그렇게 된 건지 잘 기억나지 않아. 우린 어렸고, 서로를 사랑했고, 그러면서도 자유롭기를 원했어. 그건 사실 말이 안 되는 얘기야."

"난 거기서 어떤 위대한 도덕적 교훈도 끌어낼 수 없었어. 피터."

"난 당신보다 주디스에게 훨씬 나은 남편이 될 거야, 패트리샤."

"당연하겠지. 하지만 내가 거기에서 큰 위안을 얻기를 기대해? 난 아직 그런 이타주의자가 될 만큼 늙지 않았어. 한 잔 더 줄래?"

그가 내 잔과 자신의 잔을 채웠다.

나는 집에 가고 싶었다. 피터와 있으면 내가 늙은 것 같은 기분이 들었다. "사실 사람들 사이에 두 번째 기회는 없어." 그가 말했다. "내가 당신에게 다시 청혼할 만큼 바보라면, 그리고 당신이 그것을 받아들일 만큼 바보라면, 나는 3개월 이내에 당신 목을 조르게 될 거야. 내가 집에 돌아왔을 때 당신이 어떤 남자에게 차를 대접하고 있는 걸 본다면, 당신이 그 남자와 침대에서 오후를 보냈을 거라고 확신할 거야."

"알아. 난 당신이 책을 집어 들 때마다 그걸 내 머리에 던지려고 한다고 생각할 거야. 그럼 웃기겠지."

"그럴 거야……. 하지만 패트리샤, 기억나?"

"피터, 그만해. 당신이 뭘 물어보든 난 아마 기억할 거야. 하지만 기억하고 싶지 않아. 당신이 이제 무례하게 굴면 좋겠어. 그편이 나한테 더 쉬워."

그가 웃었다. "자기. 그게 정확히 어떤 기분인지 나도 알아. 만약 당신이 이 순간 발을 구르며 싸구려 스피크이지 바에서나 쓰는 말투로 나를 저주했다면, 당신이 내 인생에서 걸어 나가는 걸 지켜보며 당신이 사라지는 걸 기뻐할 수 있을 거야. 하지만 당신은 사랑스러운 모습으로 이렇게 앉아 있어……. 정말 이상하지. 가볍게 말하지 않으면 너무 괴로워. 내가 더듬거리며 '영원히 안녕, 젊은 날의 내 사랑'이라고 말한다면, 천치처럼 느껴질 거야. 하지만 당신에게 좋은 말을 해주고 싶어."

우리는 웃었다. 피터가 정원을 가로질러 걸어와서, 머

리를 내 무릎에 대고 두 팔로 무릎을 끌어안았다.

"패트리샤, 풋풋했던 시절에 당신과 결혼해서 좋았어. 그때로 다시 돌아가도 그 기회를 절대 놓치지 않을 거야."

내가 말했다. "피터, 내 사랑. 젠장, 날 울릴 셈이야? 나도 풋풋했던 시절에 당신과 결혼해서 좋았어. 그리고 멍청한 짓들로 당신에게 상처를 줘서 미안해." 눈물이 얼굴을 타고 내려와 어이없게도 그의 뒷목에 떨어졌다. 그는 손수건과 담배를 건네며 한 잔 더 하겠냐고 물었다.

"아니, 집에 가고 싶어, 피터. 나 혼자서."

"알았어. 내가 당신을 다시 보고 싶지 않다고 말한다면, 내가 일부러 무례하게 굴려는 게 아니라고 믿을 수 있겠어?"

나는 이해할 수 있었다. 내가 말했다. "당신이 나를 5분 이상 보지 않는다면 나를 꽤 좋아하게 될 거야."

"바로 그거야……. 가기 전에 나한테 담담하게 입 맞춰 줄래?"

나는 그에게 담담하게 입 맞추었다. 그는 머리를 숙이고, 부드럽게 자신의 뺨을 내 뺨에 댔다. 그것은 한때 내게 익숙했던 그의 몸짓이었다. 마음이 아팠다. 나는 여러 해 동안 내가 원했던 그 무엇보다 더 간절하게, 피터에게 해줄 말을 찾고 싶었다. 내가 한때 그를 얼마나 사랑했으며, 지금은 사랑하지 않아서 얼마나 애석한지 전하고 싶었다.

그는 내 눈꺼풀과 입술과 목에 입맞춤했다. 그런 뒤 담뱃불을 붙이고 정원을 한 번 왔다 갔다 했다. 그러더니 말했다. "패트리샤, 오늘 밤 여기서 나와 함께 있을래?"

나는 너무도 원했다. 그와 함께 있고 싶었다. 한 시간만 내가 피터를 사랑한다는 것을 느끼고 싶었다. 하지만 아무것도 느낄 수 없었다.

내가 말했다. "그건 그냥 가장일 뿐일 거야. 더 이상 진짜가 아니기 때문에, 아마 난 울어버릴 테고, 그러면 당신은 화가 나겠지."

"맞아. 그래서 아침에 당신에게 최대한 모질게 굴겠지. 나도 어쩔 수 없을 거야."

"알아. 택시를 불러주는 게 좋겠어. 집에 갈래."

그는 택시를 부르러 나갔다가 돌아와서 말했다. "자기, 제발 가벼운 이별의 말을 생각해줘. 나는 생각해뒀어."

나는 달빛 아래서 얼굴에 분칠을 하며 말했다. "좋아. 하지만 당신 먼저 해, 피터."

"나는 당신을 떠났어. 이제 당신이 나를 떠나고 있어. 그러니까 당신이 마지막 전쟁에서 이긴 거야."

"별로 재미있진 않네, 피터."

"재미없겠지."

우리는 함께 정원을 나와서 캄캄한 그의 아파트를 지나 정문으로 나갔다. 문을 열기 전에 그가 말했다. "당신의 이별의 말은 뭐야?"

"주여, 주의 말씀대로 이제는 주의 종을 평안히 가게 하옵소서."

"내 것보다 나을 게 없는데."

"알아. 하지만 내가 생각해낼 수 있는 최선이야, 피터."

택시가 밖에서 기다리고 있었다. 그는 기사에게 내 주소를 알려주었다.

"저, 패트리샤. 나와 저녁 먹어줘서 고마워."

"즐거웠어."

다음 날 헬레나가 캐나다에서 돌아왔다. 그녀와 나는 함께 가을옷을 쇼핑했다. 광고부장이 신경쇠약에서 회복되어 돌아왔고, 나는 휴가를 떠났다.

뉴욕으로 돌아온 첫째 날 저녁, 혼자 앉아서 그동안 쌓아둔 루시아의 편지를 읽고 있는데, 전화벨이 울렸다.

전화기 저쪽에서 말했다. "블랙힐스에서 일을 마치자마자 워싱턴 지국에서 누구 땜빵으로 일하게 됐어요. 20분 전에 뉴욕에 도착했는데, 당신에게 어디론가 춤을 추러 가자고 한다면 너무 늦은 시간일까요? 워싱턴에서 돌아오는 내내 내년에 스미스에 대항해 출마하려는 공화당원들에 대해 얘기했거든요. 음악을 듣고 싶어요."

"안녕, 노엘. 물론 춤추러 갈게요. 여기까지 오는 데 얼마나 걸릴까요?"

"30분 정도."

XVI

노엘과 통화한 그날은 1927년 9월이었다.

1928년 11월 오후에 나는 노엘의 벽난로 앞에서 그와 함께 차와 머핀을 먹고 있었다.

공화당원들은 후버를 앨 스미스의 상대로 내세웠고, 앨 스미스가 백악관 일요 조찬에 교황을 초대할 수 있다는 가능성 때문에 걱정하던 구식 미국인들은 다시 밤에 잠들 수 있게 되었다.

차를 다 마신 뒤 노엘은 코트를 입고 말했다. "두 시간쯤 뒤에 돌아올게. 간단하게 작별 인사를 해야 할 사람이 두어 명 있거든. 그런 다음 어디든 당신이 원하는 데 가서 저녁을 먹자."

"짐은 다 쌌어?" 내가 물었다.

"응. 책상에 있는 서류를 내 금고에 갖다 놓을 때, 책꽂이에 있는 양철 상자도 함께 넣어줘. 당신 편지가 전부 거기 담겨 있거든. 내가 돌아왔을 때 노년을 위로하기 위해 그게 필요할 거야."

우리는 서로에게 미소 지었다. "그 금고에 자기가 내게 보낸 편지도 넣어도 될까?" 내가 말했다. "그럼 우리가 같은 무덤에 묻히게 되는 것과 다름없겠지."

"그러지 마, 패트리샤." 그가 말했다. 그는 편지에 대해 말하는 게 아니었다.

"미안, 노엘. 맞아. 우린 대부분의 사람들이 꿈꾸는 것보다 훨씬 많은 것을 누렸어."

"내가 돌아올 때까지 난로 옆에 앉아 있어, 팻. 당신의 편지들을 보면서. 그러면 마음이 괴롭지 않을 거야."

(내 사랑 노엘. 그는 그 편지들이 우리가 함께했던 즐거운 시간들을 생각나게 할 것이고, 그게 그 순간 나를 위해 해줄 수 있는 최선이라는 걸 알고 있어.)

그는 나가기 직전에 생각을 바꿨다. "나도 모르겠어. 어쩌면 《머큐리》를 읽는 게 나을지도."

"아니. 당신이 세상에서 가장 좋은 사람이라는 걸 내가 제대로 표현했는지 확인하고 싶어."

그가 사람들에게 '작별 인사'를 하러 갔고, 나는 새로 차를 만들었다. 내가 노엘에게 보낸 편지들을 보기 전에, 위층으로 올라가서 내 화장대 서랍에서 그의 편지들을 가져왔다. 노엘과 나는 거의 1년 동안 같은 건물에 있는 아파트에서 살았다.

그의 편지를 내 편지와 함께 보관하겠다는 제안은 충동적으로 이루어졌지만, 따지고 보면 충분히 합리적이었다. 나는 그의 편지를 파기하고 싶지 않았다. 그렇다고 외로울 때마다 꺼내서 읽고 또 읽고 싶지도 않았다. 아마도 읽을 때마다 편지에서 따스함이 조금씩 사라져가는 것을 느끼게 될 터였다.

나는 스물일곱 살이었다. 지금의 나와 피터 없이는 살 수 없다고 믿었던 젊은 여자 사이에는 천 일도 넘는 정신 없는 시간이 있었다. 요즘 가뭄에 콩 나듯 내가 알던 피터를 떠올릴 때면, 그를 고통스러운 청년기를 함께 보낸 누군가, 대부분의 일들에 대해 나만큼이나 혼란스러워했을 누군가로 따뜻하게 기억했다. 그와 나는 온전한 어른으로 성장하기 전에 결혼했고 아기를 낳았고 이별했다.

나는 첫사랑이 끝나도 다시 사랑할 수 있다는 것을 알 만큼 살았다. 예전만큼, 아니 어쩌면 그보다 더 사랑할 수 있다. 왜냐하면 전보다 더 많은 것을 알게 되었으니까. 그러나 나는 노엘 없이도 살 수 있다는 것 또한 알았다. 시간이 흐르면서 나도 변해서, 그를 너무 자주 그리워하거나 몹시 아프게 그리워하지도 않게 되리라는 것도.

그에게 보낸 내 편지가 들어 있는 상자를 열었다. 제법 많았다. 그가 취재를 위해 출장을 갈 때마다 매일 편지를 썼기 때문이다.

모든 편지가 쓴 순서대로 깔끔하게 정리되어 있었다. 한없이 감동적이었다. 노엘은 셔츠 장식 단추나 손수건, 만년필이나 칼라 단추 따위를 찾기 위해 서랍 네 개를 다 뒤져야 하는 부류의 사람이었기 때문이다.

첫 편지는 그의 뉴욕 주소로 보낸 것이었다.

"친애하는 노엘,
몇 주 전에 내가 피터 이래로 같은 남자와 두 번 밤을 보낸 적이 없다고 말했던 게 기억나네요. 함께 밤을 보낸 뒤 어떤 남자도 좋아진 적이 없었기 때문이라고 말했었죠. 그래서 내가 하고 싶은 말은, 어제 저녁을 함께 먹을 때보다 오늘 아침을 먹을 때 당신을 스무 배 더 좋아하게 되었다는 거예요."

이 편지를 쓴 건 노엘이 9월의 그 늦은 저녁에 전화한 날로부터 두 달이 지났을 때였다. 그 두 달 동안 나는 그의 머리색이 윤기 나는 구릿빛이라고 결론지었다(그리고 그가 머리를 너무 짧게 자른다고 불평했다. 그런데도 우리가 만난 마지막 날까지, 그는 머리를 조금도 기르지 않았다). 나는 그의 목소리와 그의 미소, (머리색과 정확히 일치하는) 눈썹의 형태, 그가 말하는 것들, 그가 웃는 방식, 그리고 그가 운동의 중요성을 믿는다는 사실까지 좋아했다.

나는 그가 뛰어난 사람이라는 것을 알았다. 그에 대한 이야기를 들었다. 함께 저녁을 먹던 몇몇 편집자들이 각자 뉴욕 최고의 신문기자 다섯 명을 꼽는 명단을 만들었는데, 그의 이름이 유일하게 모든 명단에 등장했다. 그러나 뛰어난 사람들은 나도 알 만큼 알았다. 내가 노엘을 좋아하는 더 큰 이유는 그가 확실히 분별 있고 안정적이고 균형 잡힌 사람이기 때문이었다. 그와 함께 있으면 무척 안정된 느낌이 들었다.

그리고 몇 년 동안 사람들과 그저 잡담만 늘어놓던 끝에, 마침내 나는 진짜 이야기를 나눌 수 있는 상대를 발견하게 되었다.

나는 매일 밤 그를 만났고 너대니얼과 빌을 제외하면

다른 누구도 만나지 않았다. 그들과는 워낙 친해서 "오늘 저녁은 먹을 수 있지만 10시 15분 전까지는 집에 가야 되는데, 괜찮겠어?"라고 말할 수 있었다.

노엘은 아침 신문 작업을 했고 밤 10시나 11시에 일이 끝났다. 우리는 산책을 하고 춤을 추고 늦은 저녁을 먹으러 갔다. 우리는 정치와 군축과 전쟁(그는 무공 훈장을 받았지만 본인 입으로 그 말을 하지는 않았다. 다른 사람이 알려준 사실이었다), 신문, 광고, 책, 오페라에 대해 이야기했다. 그리고 그의 어린 시절과 내 어린 시절, 그가 알았던 사람들과 내가 알았던 사람들에 대해 이야기했다. 우리는 각자의 생활양식을 서로에게 거침없이 보여주었다.

처음에는 누군가 그에게 내가 난잡하다고 말할까 봐 걱정했다. 그러면 그가 나를 더 이상 좋아하지 않을 거라고 생각했다. 나는 세 번째 만나는 날부터 그를 사랑한다고 확신했지만, 그가 나를 사랑해야 할 이유는 찾을 수 없었다. 나는 남편에게 구제 불능 취급을 받은 여자일 뿐이었다. 다른 남자들과 있을 때는 초라함을 느끼지 않았지만, 그건 그들이 나를 사랑하건 말건 상관없기 때문이었다.

나는 노엘에게 직접 말하기로 결심했다. 내가 난잡했다는 사실을 알고 더 이상 나를 만나지 않게 된다면, 나중보다는 지금 당장 그렇게 되는 편이 덜 아플 거라고 생각한 것이다. 그래서 10월의 어느 저녁에 우리가 5번가의 남쪽 구간을 걷고 있을 때, 불쑥 말했다.

"여기 좀 봐요. 나에 대해 어떤 환상도 갖지 마세요. 나는 기억할 수 없을 만큼 많은 남자들과 잠을 잤어요." 그것은 과장이었지만, 사실을 축소하지 않기 위해 과장을 해야 했다.

그는 혐오스러워하거나 경악하거나 심지어 놀라는 것 같지도 않았다. 그가 말했다. "흥미롭군요. 성을 뭔가에 대한 마취제로 이용하는 건가요? 보통은 그게 잘 안 될 텐데."

"일부러 예의 바르게 말하지 않아도 돼요. 내가 끔찍한 사람이라고 생각한다면, 그렇게 말하세요."

"당신은 사랑스러운 바보예요. 난 당신이 내가 아는 가장 좋은 사람이라고 생각해요. 당신에게 무슨 일이 있었건, 그것이 당신을 침착하고 관대하고 이해심 깊은 사람으로 만들었어요. 당신을 아는 모든 사람은 그런 결과를 가져온 그 일들에 감사해야 해요."

"아! 진심이에요? 그냥 날 동정하고 있는 건 아닌가요?"

"맙소사, 아니에요. 진심이에요."

그 순간부터, 아주 오랫동안 가끔씩 지독하게 아팠던

내 안의 무언가가 더 이상 아프지 않았다.

나는 그의 팔짱을 끼고 말했다. "당신이 신경 쓰지 않아서 기쁘지만, 어차피 요즘은 그만뒀어요."

그가 나를 보며 웃었다. 그 모습이 너무 다정해서 나도 웃었다. "뉴욕에서 몹시 실망할 남자들이 수천 명은 있겠네요, 팻, 이렇게 놀려도 기분 나쁘지 않죠……? 약속해요. 할 수 있는 한, 당신에게 밤을 함께 보내달라고 말하지 않을게요." 그의 목소리가 갑자기 바뀌었다. "여러 가지 이유로, 나는 좋아질 것 같은 여자와 밤을 보내지 않아요. 그건 좀 불공평하게 보이거든요."

그는 그때까지 자신의 결혼에 대해 언급한 적이 없었다. "노엘, 당신의 결혼에 대해 알아요. 케네스가 말해줬어요."

"아."

"노엘, 차일스에 잠깐 들러서 커피와 버터케이크를 먹고 가요. 배고파요."

나중에 우리는 우리에게 일어났던 다른 일들과 마찬가지로 각자의 결혼에 대해서도 이야기했다.

이후에도 노엘은 한 달 동안 내게 키스하지 않았다. 한 번은 중간에 그가 나를 안은 적이 있었다. 매디슨 스퀘어 공원을 걷고 있을 때였는데, 그가 권투 선수 진 터니와 잭

뎀프시 중에 누구와 함께 밤을 보내겠냐고 물었을 때 내가 뎀프시를 선택하겠다고 유쾌하게 말했기 때문이었다.

그리고 어느 날 저녁 그의 벽난로 앞에서 몇 시간씩 이야기를 나누다가, 내가 망설이며 지금 새벽 5시쯤 되었다며 내 코트를 가져다주면 좋겠다고 말했다. 그는 즉시 코트를 가져왔고, 내가 코트를 입도록 들고 있어주었다. 그러다가 갑자기 그가 두 팔로 내 어깨를 안았고, 나는 돌아서서 두 팔을 그의 목에 두르며 키스를 받기 위해 얼굴을 들었다.

그 순간 나는 그와 함께 밤을 보내게 될 것을 직감했고, 그것이 기뻤다.

그 일이 있고 얼마 지나지 않아, 그는 잠수함 사고에 대한 해군 조사를 취재하기 위해 보스턴으로 파견되었다. 그가 떠나 있는 동안 나는 반쯤은 죽어 있었지만, 모처럼의 여유 시간을 이용해 우리 관계의 첫 번째 문제를 해결했다. 그 문제란 과연 어떻게 내 수면 부족을 해결할 것이냐였다. 나는 아침 9시부터 오후 5시까지 일했고, 노엘은 대부분 오후 2시부터 밤 11시까지 일했다. 그런 뒤 우리는 새벽 4~5시까지 시내를 돌아다녔다.

그래서 나는 어느 전문 매장의 광고부장으로 취직했다. 저녁 7~8시까지 일해야 하는 대신 정오까지 출근하지 않아도 되는 곳이었다.

사직서를 제출한 뒤 일주일 동안 예전 사무실에 남아서 일을 마무리하고 있을 때, 결혼을 결심하기 전까지 야심 찬 카피라이터였던 미간이 넓은 어린 아가씨가 나를 보러 왔다. 그녀는 추레하고 괴로워 보였다. 남편이 그토록 자신했던 임금 인상을 받아내지 못해서, 그녀는 일터에 복귀하게 해달라고 남편을 설득한 모양이었다.

그녀는 어디든 빈자리가 있는지 알고 싶어 했다. 그래서 그녀는 내가 예상한 것보다 훨씬 빨리 내 자리를 인계받았다.

새로운 직장은 급료가 더 적지만 프리랜서 광고 일을 늘여서 수입을 보충할 계획이었고, 나는 노엘과 아침식사를 할 여유가 생겼다. 그것이 내게는 더 중요했다.

노엘은 보스턴에서 내게 편지를 썼다. 그에게 받은 첫 편지였다.

(나는 편지 상자를 뒤져 그것을 찾았다. 신문사 특파원용 웨스턴 유니언 특수 용지에 연필로 쓴 편지였다.)

편지는 이렇게 시작했다.

"전투 함대의 제독은 긴 테이블 반대편의 가운데 좌석에 꼿꼿이 앉아, 지치고 침울해 보이는 길고 어두운 얼굴로 듣고 있어. 해군 소장이 두꺼운 서류 뭉치에서 메시지를 하나씩 읽고 있어. 그 메시지들은 잠수함이 침몰한 이후의 동원 명령이야.

지금까지 이 명령들은 배와 장비, 선원들만 동원했을 뿐 '지능'은 동원하지 못한 것 같아. 나는 소수의 사람들이 기계를 설계하고 아주 많은 사람들이 그것을 사용한다는 걸 이해하게 되었어. 사건이 터질 때까지는 모두들 아주 똑똑해 보이지. 그러다 사고가 일어나면 사용자는 기계를 어찌지 못하고 우두커니 서서 기계를 이해하는 누군가를 기다리는 거야. 마치 스위스제 손목시계를 떨어뜨린 은행가처럼.

해군 소장은 계속 읽고 있어……. 그런데 패트리샤가 일주일 동안 보스턴에 올 수 있다면 얼마나 좋을까 하는 생각이 문득 드네."

물론 나는 갈 수 있었다.

이후 노엘은 봄까지 뉴욕을 떠나지 않았다. 한 달에 두 번 아내에게 갈 때를 제외하면.

상호 정절에 대해 긴 대화를 나누다가(나는 어리석게도 이 대화를 시작하고 말았다), 그는 아내에게 가면 그녀와 함께 밤을 보낸다고 말했다.

그가 말했다. "아내가 나를 좋아하는지 싫어하는지 모르겠어, 패트리샤. 날 싫어한대도 아내를 탓할 수 없고, 만일 좋아한다면, 그건 종신형을 사는 수감자가 간수를 좋아하는 것과 비슷할 거야. 무슨 말이냐면, 아내가 유일하게 접촉하는 사람이 나라는 거야. 외모가 손상되어서 돌아다니는 걸 싫어하거든. 언니와 가정부를 제외하면 몇 달씩 아무도 만나지 않아. 가끔 내가 어떤 특정한 여자와 어울린다는 얘기를 듣기라도 하면 난리를 부리곤 하지. 보통은 언니가 그 사실을 알아내."

나는 말했다. "너무 힘들겠어, 노엘. 하지만 이해해. 나한테 말해줘서 고마워."

나는 이해했지만, 그렇다고 별로 위안이 되지는 않았다. 나는 전보다 나이가 들었다. 그의 인생에서 나 이전에 여자들이 있다는 것을 알았다. 심지어 언젠가(바라건대 아주 먼 언젠가), 나 이후에도 여자들이 있을 거라고 생각했다. 하지만 한동안은 내가 그를 독차지할 수 있기를 바랐다.

가끔은 그의 아내에 대해 생각했다. 노엘의 인생 언저리에서 버티고 있는 다소 기이하고 너무나 비극적인 인물. 내가 특별히 예뻐 보이고 완전히 쾌활한 기분일 때는 그녀를 동정했다. 퀸의 말에 따르면, 그녀는 한때 무척 예뻤었기 때문이다. 하지만 아주 가끔 노엘을 알기 전의 삶을 모두 잊고 노엘과 결혼해서 붉은 머리의 아기를 갖고 싶다는 생각이 간절해질 때면, 그녀를 원망했다.

노엘이 그녀와 함께 있는 밤이면, 나는 계속 서성이며 교양 있게 굴라고 스스로를 타일렀다. 그는 과거에서 현재로까지 이어지는 책임을 지고 있다고, 이류 남자를 온전히 소유하는 것보다는 일류 남자의 일부라도 갖는 게 훨씬 낫다고 스스로에게 말했다. 나는 정말 그렇게 믿었지만, 그가 아내와 있는 밤이면 도통 잠을 이룰 수 없었다. 결국 그가 아내에게 가는 토요일마다, 아주 두꺼운 책을 사서 아침까지 읽다가 일요일 내내 잤다.

아니면 유럽에서 돌아와 교외의 호화로운 생활을 즐기고 있는 루시아를 찾아갔다(알고 보니 롱아일랜드가 아닌 웨스트체스터에서의 호화로운 생활이었다). 루시아는 노엘을 또 만난 적이 있었다. 그녀가 내게 한 말은 이거였다. "네가 그러는 건 전혀 이성적이지 않지만, 네가 행복하다면 안 될 거 없지. 너 지난 몇 년보다 요즘이 더 어려 보인다."

노엘이 사는 집 2층에 빈 아파트가 있었다. 한번은 그의 집에서 밤을 보낸 다음 날 이브닝드레스 차림으로 출근할 수 없어서 집에 들러야 했는데, 그때 그가 "당신이 위층에 살면 좋을 텐데"라고 무심코 말했다. 나는 이사 오겠다고 했다. 그때부터 우리는 인습에 관한 긴 토론을 벌였다. 노엘은 여자가 자신과 결혼하지 못할 남자 때문에 평판이 훼손되는 것은 특히 불편한 일이라고 주장했다.

나는 내가 얼마나 '평판이 훼손되건' 조금도 신경 쓰지 않았다. 물론 그와 결혼할 수 있으면 좋겠다고 생각하긴 했다. 나도 지위와 안정성과 아기를 원했다. 그러나 적어도 나는 하루하루가 행복했다. 그 행복이 내가 다시 찾게 될 거라고 기대했던 것보다 훨씬 커서, 지위가 없다는 것에 대해 (대체로) 달관한 자세를 취할 수 있었다.

노엘이 내가 그의 집에 살면 좋겠다고 말하고 며칠 뒤에, 나는 광고부 차장으로 일하던 시절 내 밑에서 일했던 열정적인 카피라이터였고 지금은 내가 하던 일을 맡아서 하고 있는 여자와 점심을 먹었다.

그녀는 무척 쓸쓸해 보였다. "남편과 헤어질 거예요. 우린 매일 싸워요. 내가 돈을 더 벌기 때문이죠. 남편은 그것이 미국의 물질주의를 증명한대요. 또 가끔은 내가 자기 성격을 이해하지 못한대요." 그녀는 눈에 띄지 않게 눈물을 몇 방울 흘렸다. "이제 그 사람은 자기를 더 잘 이해해준다는 여자와 일주일에 5일씩 저녁을 보내고 있어요. 그래서 얼마 전부터 생각했어요. 내가 떠나면, 남편이 내가 돌아오기를 바라게 될지도 모른다고."

"그럴지도 모르지. 그래서 어디에 살 건데?" 내가 말했다.

"모르겠어요. 부장님이 나와 아파트를 함께 쓸 만한 여자를 알고 계실지도 모른다고 생각했어요. 제 가구는 보관소에 있어요. 제가 다시 일터로 돌아온 뒤부터 우린 호텔에서 살았거든요."

그래서 나는 그 풋내기 아가씨를 데려가서 헬레나를 만나게 해줬다. 헬레나는 내가 생각한 대로 도움이 필요한 새끼 고양이 같은 그녀의 태도에 마음이 움직였다. 일주일 뒤에 그녀는 내가 루시아와 공유하다가 나중에 헬레나와 공유했던 아파트로 이사를 들어갔다.

헬레나는 말했다. "아, 팻, 너와 함께 살아서 즐거웠어. 자주 보러 와. 네 위대한 사랑과 일이 잘못되면, 다시 돌아오고. 그동안 네가 맡긴 파란 눈의 어린애에게 뉴욕시에 대해 이것저것 가르치고 있을게."

노엘이 떠나 있던 토요일에 나는 그의 집으로 이사를 들어갔다. 그가 돌아왔을 때 그는 그렇게 무모하게 행동한 나를 나무랐지만, 그러는 와중에도 너무 기뻐서 계속 싱글벙글 웃었다.

봄에 그는 올버니에 갔다. 공공자금 유용 혐의로 기소된 여성 정치인의 재판에 참석하기 위해서였다. 그는 주말마다 뉴욕에 왔고, 나는 날마다 편지를 쓰기 시작했다.

나는 그가 올버니에 가 있는 동안 썼던 편지를 상자에

서 꺼내 읽어보았다.

"사랑하는 당신,

당신이 돌아온다면 나는 너무 기뻐서 아무 말도 못 할 거야. 적어도 5분 동안은 전혀 재잘대지 못하겠지.

모든 오후 신문들이 당신이 맡은 여성 정치인 사건이 내일 배심원단에 넘어갈 거라고 했어. 하지만 내 생각엔 배심원들이 98시간 동안 심의를 할 것 같아. 그런 뒤 한 명 때문에 유죄 평결 합의에 이르지 못할 거야. 배심원 중 한 명이 피고가 자기 어머니를 닮았다는 이유로 끝까지 무죄를 주장할 거야. 그의 어머니가 읽고 쓸 줄도…… 자금을 관리할 줄도 모르는 착하디착한 구식 아줌마라서 말이야. 그러면 사건은 다시 재판에 들어가겠지. 그리고 선거 때까지 이어질 거야. 크리스마스 무렵이 되어야 유죄 판결이 나겠지. 그 무렵이면 사람들이 당신을 올버니의 가장 오래된 거주자라고 말할 거야. 피고는 항소할 거고, 공방이 이어지겠지. 또다시 재판에 들어갈 거야. 그 무렵이면 당신은 흰머리가 나고, 난 차분해지겠지. 15년이 또 지나서 피고는 죽고, 페미니스트들이 그녀의 무덤 위에서 현실을 왜곡하고 미화하는 기적을 행하겠지. 40년 동안 그녀를 충실하게 따른 당신에 대한 전설이 생길 거야. 나는 당신이 돌아온다는 전보를 기다리다가 오래전에 죽어 있겠지……."

일주일 뒤 편지였다.

"내가 누구보다 사랑하는 사람,

오늘 아침에 이틀을 온전히 당신과 함께 보낸 뒤 행복감에 젖어 거리를 걷다가 두 명의 트럭 운전사 앞을 지나쳤는데, 그중 한 명이 다른 한 명에게 '야, 저 여자 웃는 것 좀 봐'라고 했어. 나는 민망함을 느낄 만큼의 염치조차 없었어.

주말에 당신이 올버니에서 영구적으로 돌아온다면, 나는 너무나 기뻐서 누가 말려주지 않으면 스피크이지 바에서 노래를 부르거나 다른 품위 없는 행동을 하고 말거야.

노엘, 내가 품위 없는 걸까? 아, 내 사랑. 내가 항상, 또는 가끔, 아니면 한 번이라도 품위 없이 군 적이 있어? 제발, 제발, 사랑하는 당신이 내게 품위 있게 행동하는 법을 가르쳐줄래? 나는 평생 품위 있게 살고 싶었어. 하지만 5분 전까지는 그 생각을 해본 적이 없어."

6월에 그는 여름 백악관에서 쿨리지 대통령을 취재하

기 위해 위스콘신에 파견되었다. 나는 펜실베이니아 기차역에서 그를 배웅했고, 그가 떠날 때까지 제법 잘 행동하다가 집으로 돌아오는 길에 택시 안에서 흐느껴 울고 말았다. 요금을 지불할 때 기사가 내게 말했다. "이봐요, 젊은 아가씨. 무슨 일인지는 모르지만, 무슨 일이건 그렇게 슬퍼하지 말아요."

3주가 지나고, 뉴욕과 위스콘신의 슈피리어 사이에서 전보와 전화로 연락을 주고받던 우리는 결국 견딜 수 없다고 결론 내렸다. 그래서 내가 휴가를 내고 노엘과 한 달을 함께 보내러 갔다. 노엘은 당시 20마일 떨어진 덜루스에 살고 있었고, 나는 그가 바쁜 동안 온종일 만족스럽게 중심가를 돌아다녔다.

내가 위스콘신에서 뉴욕으로 떠나던 날 밤, 노엘이 아내에게 혹시 자신과 이혼해도 더 불행할 것은 없지 않겠냐는 편지를 쓴 모양이었다. 그러나 그의 아내는 이혼을 원하지 않았고, 언니를 뉴욕으로 보내 그녀와 노엘을 모두 알고 있는 지인들을 수소문해서 그가 갑자기 자유를 요구한 이유를 캐냈다.

그녀는 노엘과 나에 관해 찾을 수 있는 모든 사실들을 찾아냈다. 그런 사실들이 그렇게 쉽게 노출된 것은 노엘의 잘못보다 내 잘못이 훨씬 컸다. 당시 노엘의 아내는 그에게 나의 존재를 알고 있다는 사실을 말하지 않았다. 그저 이혼녀가 된다는 생각만 해도 참을 수 없다는 편지를 썼을 뿐이다.

덜루스에서 돌아온 뒤, 나는 그에게 편지를 썼다. "내가 두 팔로 당신 목을 감싸 안고 당신 어깨에 행복하게 머리를 기댄 채 이렇게 말한다고 생각해줘. '슈피리어 호수 위에서 반짝이던 윤슬에 대한 기억이 평생 내 마음속에서 행복하게 빛날 거라고 믿어.'"

쾌활한 편지를 쓰려고 노력한 적도 있었다.

"어떤 사업에 대해 생각해봤어. 피곤한 직장 여성을 위한 스피크이지 바를 여는 거야. 여자들이 혼자 와서 식사를 하고 술을 마셔도 따가운 시선을 받지 않는 곳……. 내 동업자가 되어줘, 내 사랑."

한번은 사흘 내내 그에게 연락이 없었다. 그래서 나는 전보를 쳤다. "어떻게 지내?" 나중에 그는 자신이 얼마나 불편했는지 말로 표현할 수 없어서 하루 동안 전보에 답을 하지 않았다고 설명했다.

그 무렵 나는 그가 더 이상 나를 사랑하지 않는다고 확신했다. 그날은 무척 더운 날이었고 아주 열심히 일해야 했는데, 하루가 끝날 무렵에는 자살까지 고려했다. 나는 그에게 편지를 썼다.

"이건 다른 무엇도 아닌 노엘을 향한 연애편지이지만……. 아마도 불경스러운 말이 가득할지도 모르겠어. 하지만 어쩔 수가 없어. 언제 그 생각이 처음 들었는지 모르겠지만, 뉴욕의 전반적인 지옥 같은 습한 날씨에 당신이 나에게 화가 났다는 생각까지 더해졌어. 내가 전보에서 당신의 답을 기대한다는 뜻을 내비쳤잖아. 당신에게 무슨 말을 기대하는 건지는 모르겠어. 어쩌면 '이곳은 시원해. 난 열심히 일해' 정도? 그래, 당신은 내가 그런 건 당연히 알고 있을 거라고 생각하겠지.

하지만 당신이 화가 났다는 생각이 점점 더 그럴듯하게 자라났고, 점점 더 커져서 '노엘은 내가 너대니얼이나 빌, 또는 그냥 아무나랑 흥청거리며 자기만족에 빠져 있다고 생각하나 봐'라는 생각으로 이어졌고, 그러다가 결국 위스콘신에 젊은 처자가 있는 게 분명하다고 생각하기에 이르렀어. 그 여자가 슈피리어 호수에 빠져서 지옥에 가기를 바라면서도, 그 와중에 그 여자가 당신을 높이 평가하면 좋겠다는 생각도 들어. 내 모성 본능일까?

그러다가 나는 철학적이 되고 균형을 잡으려고 노력했어. 철학적인 노력이 당신의 흥미를 끌지도 모르겠어. 그건 이런 거였어.

우정이나 연애, 또는 사람들이 어떤 부적절한 이름을

붙이건, 아무튼 당신과 내가 나누는 그런 관계에는 결혼이나 제도화된 지위에 기댈 수 있는 관계보다 더 큰 신뢰가 내포되어 있어.

새로운 자유와 구식 이혼법으로 인해 요즘 너무 흔해진 혼외 연애에서는 두 사람을 구속하는 담장 같은 것은 없고 충격을 완화할 완충장치도 아주 적지. 그건 괜찮아, 상관없어. 우린 그 얘기를 했었지.

담장과 완충장치 대신 솔직함이 있어야 해. 당신이 나에게 화가 났다면, 나를 향한 마음이 변했다면, 구체적으로, 즉시 알려줄 거라고 믿어.

일반론적으로 말하면…… 남자를 '이해'하려는 성인 여자는 남자를 구속하려고 노력하지 않아. 하지만 (사랑에 빠진) 여자들은 구속받는 것을 충분히 잘 참을 수 있지. 당신이 내게 '미안하지만 남들이 당신 손을 잡거나 하는 생각만 해도 우울해져. 다른 남자들과 만나지 않을 수 있겠어?'라고 말한다면, 나는 집에 가만히 있을 거야.

하지만 당신은 그런 말을 하지 않겠지. 당신은 자유의 가치를 나보다 더 믿는 사람이니까. 나는 남자에게만 그 자유가 있다고 믿어. 그럼에도 나는 저녁 데이트를 받아들이지……. 하지만 예전처럼은 아니야……. 요즘은 새로운 남자를 사귀려는 시도조차 하지 않고 있어……. 하지만 이번 주에는 세 사람과 만났는데, 그중 둘은 내게 적극적으로 구애했어(나머지 한 사람은 그냥 두어 번 점심을 먹었을 뿐이야).

우리 할머니 같았으면 당신의 부재를, 아니, 당신 할아버지의 부재를 슬퍼하며 울면서 수를 놓았을 거야. 나는 분명 당신의 부재를 좀 더 격렬하게 슬퍼하고 있어. 엉뚱한 사람과 함께 탄 택시 안에서, 또는 당신 아닌 사람과 술을 마시는 스피크이지 바에서.

나는 저녁을 먹으러 나가고 상대를 즐겁게 해주려고 노력해……. 웅분의 답례를 해야지. 안 될 거 없잖아. '집에 갔을 때 전화 교환대에 노엘이 남긴 전화 메시지가 있으면 좋겠어'라고 생각하게 되는 끔찍한 순간이 오더라도, 지루하고 졸려 보이는 것보다 '예, 한 잔 더요, 고마워요'라고 말할 가능성이 크지. 집에 가야 할 이유가 없고. 교환대에 메시지 따위는 없을 테니까.

나머지에 대해서는 상황에 따라 판단해. 저녁을 보내면서 한 번 정도 키스를 받으면 딱히 실랑이를 벌이지 않아. 하지만 그런 것을 유도하지는 않고, 호응하지도 않는 태도를 분명하게 보여주지.

내가 키스하고 싶은 사람은 지금 미국 북서부 지역을 돌아다니고 있고, 나는 쿨리지가 향수에 젖어 백악관 지붕을 보고 싶어 하기를 바라고 있어.

이 모든 말에 덧붙여서…… 당신은 무의미한 스킨십이 끔찍하게 지루하다고 말했지. 나도 그래. 하지만 그건 당신의 특별한 점 중 하나야. 대부분의 남자들은 저녁에 두어 번 입술을 여자의 턱 주변에 갖다 대는 데 성공하면 사소하지만 뭔가를 성취한 것처럼 느끼는 것 같아. 그럴 때면 마치 혼잡한 지하철을 타는 것 같은 기분이 살짝 들지만, 소란을 피울 만한 일이 아니지. 그것도 그저 이 빌어먹을 자유의 일부일 뿐이니까.

마지막으로, 위스콘신에 당신의 여자가 있을 가능성에 대해 말할게. 난 아니길 바라지만, 그래도 상관없어. 본능적으로 싫은 건 어쩔 수 없지만 말이야. 묻지도 않을 거야. 난 당신이 항상 하고 싶은 대로 하기를 바라. 하지만 당신이 마침내 돌아왔을 때 내가 지금 계획하고 있는 것의 절반만큼이라도 착하거나 온순하거나 천사처럼 굴게 하려면, 그 여자는 기적적인 여자여야 할 거야."

그날 밤 편지를 붙이고 한 시간 뒤에 노엘이 위스콘신에서 전화를 걸어왔다. 우리는 10분 동안 말도 안 되는 유쾌한 농담을 주고받는 사치를 부렸다. 나는 그에게 정말 멍청한 편지를 보냈다며 읽지도 말고 찢어버리라고 말했다.

그러나 그는 답장을 썼다.

"패트리샤,

당신이 계속 보고 싶어. 여자를 만나는 일 따위는 하지 않고 있어. 늙은 남자들과 앉아서 정치에 대한 얘기를 하거나 젊은 남자들(사진작가들)이 지역 처녀들과의 (아마도 허구적인) 관계에 대해 이야기하는 것을 듣고 있지. 당신에 대한 기억을 간직하고 있고, 그 기억은 따스함이 줄어들지 않은 것 같아. 난 그 기억을 끌어안고 혼자서 평화롭게 잠들지.

올여름은 끝날 거야. 그리고 내 사랑, 내 사랑(당신이 첼로 같은 목소리로 말하는 것처럼), 나는 품에 안을 수 있는 그 어떤 여자보다 2천 마일 떨어진 곳에 있는 당신과 더 가깝다고 느껴."

나는 나중에 그에게 편지를 썼다.

"당신이 돌아오면 나를 여행 가방에 넣어 비엔나나 부에노스아이레스나 레닌그라드로 데려가줘. 당신이 대화를 원할 때마다 나를 가방에서 꺼내 의자에 앉히고 즐겁게 대화할 수 있을 거야. 당신이 혼자 있고 싶을 때는, 불평하지 않고 며칠씩 가방에 들어가 있을게. 그러면 우리가 지루하거나 급하거나 뭔가를 해야 한다는 압박을 받지 않을 거고, 그냥 죽을 때까지 평판이 안 좋은 채로 즐겁게 살 거야. 다만 당신이 유명해지면 여자들이 당신을 보려고 순례를 오겠지. 당신이 잘생겼다는 걸 알고 나면 특히 더. 난 어떤 여자도 들여보내지 않을 거야. 아주 사랑스러운 여자만 빼고 말이야……. 당신이 내 안목에 감탄할 수 있도록 그런 여자는 들여보낼 셈이야.

당신에게 아주 긴 키스를 보내."

그는 미안해하며 편지를 썼다. 크게 힘들지 않다면 좀 더 두꺼운 외투와 다른 물건 몇 가지를 보내줄 수 있냐는 내용이었다. 나는 답장을 썼다.

"당신이 알아야 할 게 있는데, 난 당신을 위해 작은 일들을 하는 걸 무척 좋아해. 그건 그다지 현대적이지 않지만, 젠장, 나도 어쩔 수가 없네……. 그래서 안 그런 척 가장하지 않을 거야……. 당신과 관련해서 어떤 가장도 필요 없다고 생각해."

그는 뉴욕에 오는 사진작가를 통해 캐나다에서 들여온 스카치위스키를 보냈다.

"천사 노엘,

이 스카치위스키는 내가 마침내 신문에서 '대통령 워싱턴으로 돌아가다'라는 머리기사를 읽게 되는 날 나의 부활을 기념하기 위해 아껴둘 거야. 나는 아마 신문을 움켜켠 채 우리의 대통령에 대해 이런저런 말들을 중얼거리고 있겠지. 당신은 3일 연속 켈로그 조약 기사로 신문 헤드라인을 장식했어. 그거 알았어? 똑똑한 젊은 양반?"

그가 돌아오기 2주 전에, 나는 이런 편지를 썼다.
"노엘. 당신이 돌아오면 내가 전화해서…… 수영장에 가자고 할 거야. 전화해서 저녁 먹으러 가자고 할 거야……. 전화해서 산책하자고 할 거야. 당신에게 전화하기 위한 온갖 구실을 만들어낼 거야. 매일, 매 시간 끊임없이 전화할 거야. 그래도 돼?

당신이 돌아오자마자 온갖 사랑스러운 일들이 일어날 것만 같아. 당신과 내가 같은 벽난로 앞에 앉아, 당신이 쓴 많은 책들을 보며 노년을 행복하게(술을 마시며) 보낼 것만 같아. 그리고 우리의 노년은 무척 즐겁고 아득히 멀리 있을 것만 같아.

나는 지금 햇볕에 갈색으로 그을려 멋져 보여. 당신이 그런 모습을 좋아하면 좋겠어. 난 당신이 어떤 기분일 때 어떤 모습인지 생생히 기억해. 내 머릿속에 당신에 대한 스냅사진이 가득 찬 사진첩이 있거든. 가장 멋진 사진 중 하나는 열 살 남짓한 소년처럼 만족스러운 표정으로 잠들어 있는 모습이야. 내가 2~3일 전에 우편 발송 시간을 놓쳐서 편지가 늦어졌을 때, 당신이 내게 요즘 금발 머리와 어울리고 있냐고 전보를 쳤지. 물론 아니야. 금발은 사춘기 취향이지.

끔찍한 생각이 들었어. 어쩌면 당신이 선거 때까지 대통령을 취재하기 위해 워싱턴에 머물러야 하는 건 아닌가 하는……. 노엘, 그렇다면 착한 구식 여자(나 말이야)도 현대적이 될 수 있어. 착하고 고전적인 여자들은 절대 남자를 쫓아다니지 않지. 평판을 지키기 위해 영원히 인내하며 살 거야. 하지만 당신이 워싱턴에 발이 묶인다면, 나는 워싱턴으로 가서 레스토랑 웨이트리스로 취직할 거야. 앞으로 우리를 갈라놓을 수 있는 건 오직 혼자 있고 싶다는 당신의 바람뿐이야.

당신이 암시한 것처럼 우리가 워싱턴에서 만난다면, 당신이 나를 데리고 다니며 기념비를 보여주고 하이볼을 사주고 정치 얘기와 켈로그 조약에 대한 얘기를 몇 시간씩 들려줄지 궁금해. 당신이 무슨 얘기를 하건 상관없어. 그냥 당신 목소리를 듣고 싶어. 그리고 나를 안아 올린 채 방 안을 돌아다녀줄래? 하지만 머리는 헝클어뜨리지 말고. 워싱턴 산책도 조금 시켜줄래? 그리고 내가 아주 착하게 행동하면, 키스도 한두 번 해줄래?"

그가 전보로 답장을 보냈다.

"20분 간격으로 전화해도 괜찮아. 기념비에 데려갈게. 머리 모양은 보장 못 해. 그래, 그래, 그래."

나는 위스콘신으로 한 번 더 편지를 보냈다.

"그렇게 뻔뻔스러운 편지를 써놓고, 아마 난 당신 앞에서 너무 부끄러워서 어쩔 줄 모를 거야. 그래서 한사코 당신에게 2미터 떨어져 앉아서 바보같이 싱글거리며 당신을 바라보고만 있겠지……. 일주일간 해변에 가자. 햇빛 속에서 모래밭에 누워 당신 어깨에 머리를 기대고 잠들 수 있게 말이야. 궁극의 진리에 이른 듯한 기분이 들 것만 같아. 72시간 동안의 대화 끝에 진리에 이르게 된 러시아인처럼."

그가 전보를 쳤다.

"뉴욕으로 곧장 가기로 했어. 끊임없이 사랑을 외치며 뉴욕에 도착할 거야. 수요일 오후 7시 5분에 펜실베이니아 역에 도착할 예정. 마중 나올 수 있을까?"

나는 마중 나갔다.

우리는 더할 나위 없이 행복한 며칠, 몇 주를 보냈다. 가끔 거리를 걷다가 불행했던 시절이 떠오르면, 그것이 마치 친구의 친구의 친구에 대해 전해 들은 얘기처럼, 아득히 멀고 비현실적으로 느껴졌다.

그러던 중에 그는 꽤 특별한 제안을 받았다. 극동 지역

지국장으로 요코하마에 가라는 제안이었다. 그는 가고 싶어 했다. 그는 유럽에 해외 특파원으로 간 적이 있었지만 아시아에 가본 적은 없었다. 러시아어를 할 줄 알았고, 그것이 극동 지사에서 유용할 터였다.

그는 아내에게 그 제안에 대해 말을 꺼냈다. 그들의 결혼 생활을 유지하는 조건 중 하나는 그가 뉴욕 밖에서 직책을 맡지 않는 것이었다. 그녀가 멀리 이동하는 것이 너무 곤란했기 때문이었다. 그녀는 아시아에서 일하는 계획에 대해 들으려고도 하지 않았다.

그는 그 제안을 내게 말했고, 나는 기꺼이 광고 일을 때려치우고 함께 갈 용의가 있었다. 우리는 둘이서 함께 갈 장소들에 대해 종종 이야기를 나눴었다. 그리고 그가 중국전쟁과 인도 국경 지역 반란을 취재하는 동안, 나는 일본어를 배워야겠다는 말도 한 적이 있었다. 그러나 노엘도 나도 그 일을 아주 진지하게 받아들이지는 않았다. 그의 아내가 그를 보내줄 리가 없다고 생각했기 때문이다.

대화를 하다가 그가 아내에게 그것이 특별한 기회이며 꼭 가고 싶다고 말했을 때, 그녀는 나에 대해 알고 있다고 말했다. 그는 깜짝 놀랐다. 더 놀라운 사실은 그녀가 나에 대해 알고 있다는 말 외에는 아무 말도 하지 않았다는 거였다.

그는 아시아에 가는 문제를 다시 생각해달라고 부탁했다(결정해야 하는 때까지 3개월의 시간이 있었는데, 그동안 누군가 그 자리를 임시로 맡고 있었다). 그녀는 자신은 동의할 수 없지만, 원한다면 몇 주 뒤에 다시 말해보라고 했다.

노엘은 뉴욕 타임스에서 일하는 것에 점점 초조함을 느꼈다. 뉴욕 본부에서는 자신이 갈 수 있는 데까지 갔다는 생각이 들었고, 앞으로 20년 동안 똑같은 종류의 기사만 반복해서 쓸 가능성을 생각하면 별로 기쁘지가 않았다.

그럼에도 우리는 함께 있는 대부분의 시간 동안 전반적으로 세상에 무척 만족해서 그런 것들을 걱정하지 않았다. 한번은 '본처가 되고 싶은' 강렬한 욕망이 솟구쳐 그에게 편지를 썼다. 그는 뉴욕주 북부에서 주지사 선거 유세를 취재하던 중이었다.

"사랑하는 노엘,

이 편지의 서두는 이거야. 난 정말 진탕 술을 마셨어. 1년 만에 처음으로. 너대니얼과 나는 상상할 수 있는 가장 요란한 방식으로 제대로 망가졌지. 모든 게 오랫동안 일방적으로 나를 좋아해온 당신의 지인 토니 때문이었어.

너대니얼이 내게 전화를 걸어 7시에 저녁을 먹자고 했어(당신도 알다시피 그는 몇 달 동안 '모든 것에서 벗어나고 싶은' 충동에 시달려왔잖아. 불쌍한 친구야). 7시 10분 전에 초인종이 울렸어. 바보 같은 토니였어. 평소와 다름없이 그의 노란 머리가 사방으로 빗질되어 있었고, 평소처럼 술에 취해 있었지. 그는 휴대용 술병을 들고 있었고, 나는 그 술을 한 잔 마셨어. 그때 너대니얼이 왔지. 그도 역시 취해 있었는데, 그건 특별한 일이었어. 아마도 아버지가 방금 그의 충동을 꿰뚫어본 모양이야. 그래서 우리 모두 술을 더 마셨어.

우리는 델라노 바로 가서 맨해튼을 마시기 시작했어. 밖에는 거친 폭풍우가 몰아쳤고 택시도 없었어. 그래서 우린 술을 더 마셨고, 바텐더가 우리를 위해 계란과 이런저런 요깃거리를 만들어줬지.

나는 너무 피곤해서 기운이 없었고, 토니와 너대니얼은 제법 자주 어울려 다니는 것 같지만 그 둘은 세상 지독한 조합이야. 무슨 얘기냐면, 너대니얼은 쉽게 우울해지고 토니는 계속 추파를 던지는데, 내가 그 둘을 동시에 감당해야 했다는 말이야.

술잔이 늘어남에 따라, 두 사람 다 점점 취해갔어.

그때 토니가 너대니얼에게 이렇게 말했지. '이봐, 결국 팻이 결혼할 남자는 자네야. 당연히. 팻은 거울을 보며 자신이 영원히 세련된 스물두 살 같은 모습으로 살 수는 없다는 걸 깨닫게 될 거야. 그럼 자네랑 결혼해서 훌륭한 아

내가 되어줄 거야. 이게 웃긴 점이지. 내가 결혼 선물을 보내줄게.'

내가 말했어. '난 누구와도 결혼하고 싶지 않아.'

토니가 말했어. '언젠가는 정신을 차리게 될 거야.'

우리는 두 잔씩 더 마셨고, 나는 파라마운트 빌딩에 대해 이야기했어.

그러자 토니가 불쑥 말했어. '난 언젠가 팻을 굴복시킬 거야……. 2~3년 동안은 안 되겠지만, 언젠가 팻이 지치게 되면.'

그러자 너대니얼이 말했어. '설마 그럴 리가. 언젠가 팻이 지치면 나랑 결혼할 텐데. 자네 말이 맞아……. 팻은 결혼을 해야 해……. 여자들은 안정이 필요해……. 그동안 팻이 어떻게 지내든, 난 상관없어.'

내가 말했어. '마치 내가 어딘가에 주차해야 하는 자동차인 것처럼 말하지 말아줘. 혹시 궁금하면 말해줄게. 난 지금 완벽하게 행복하다고.'

그러자 그들이 동시에 말했어. '물론 그럴 테지. 하지만 노엘은 당신이랑 절대 결혼할 수 없어.'

내가 말했어. '다른 얘기를 해요, 제발.'

맞아, 노엘. 나도 취했어. 그렇지 않다면 아마 당신에게 이 편지를 쓰지 않았을 거야. 정말 역겨운 저녁이었어. 하지만 특별할 건 없지. 우리는 예의 없는 세대니까. 당신이 아는 가장 교양 있는 남자도 언제든 술집에서 성적인 야망을 큰 소리로 떠들어댈 수 있을 정도로. 그건 아무 의미도 없어.

하지만 이건 의미가 있어. 언젠가 내가 거울을 보면서, 오늘 밤 입은 주홍색 드레스를 입건 다른 무엇을 입건, 더 이상 스물두 살처럼 보이지 않는다는 걸 알게 되는 날이 올 거야. 그건 끔찍하지만 분명한 사실이야. 그리고 나는 안정을 바라고 있어. 말하자면 중년에 얼굴 마사지 비용을 대줄 남편이 필요하다는 거지. 하지만 난 그런 남편을 두지는 않을 거야. 그렇게 하는 건 당신과 나, 꿈과 사랑을 너무 크게 낭비하는 것일 테니까.

하지만 당신한테 부탁하고 싶은 게 있어. 내가 맨정신이라면, 아마 이런 부탁을 하지 않을 거야. 늙어간다는 생각만 해도 무서우니까. 나한테 편지를 써서, '할 수만 있다면 당신과 결혼하겠어'라고 말해줄래? 결혼할 수 없다는 거 알아……. 하지만 상황이 지금과 달랐다면 나와 결혼했을 거라는 두 줄짜리 쪽지를 받게 된다면 내게 위안이 될 것 같아.

모든 것에 대한 차선책만이 가득한 이 세상에서, 나에 대한 당신의 애정은 내가 지금까지 발견한 가장 사랑스러운 보물이야. 난 다른 누구와의 금테가 둘러진 결혼 증명서 열아홉 장보다 어쩌면 당신과 영원히 함께할지도 모른다는 희박한 가능성을 선택할 거야. 하지만 이해하겠어? 오늘 저녁이 너무 우울해서 두 줄짜리 쪽지가 위안이 된다는 걸?"

그는 장문의 답장을 보냈다. 나는 그가 보낸 다른 편지들 사이에서 그 편지를 찾았고, 편지를 읽은 뒤 옆으로 빼두었다. 그것은 내가 보관할 유일한 편지가 될 것이었다. 그 편지에서는 따스함이 결코 사라지지 않을 거라고 믿었기 때문이다. 편지는 이렇게 끝맺었다. "모든 남자들이 갈망하는 것. 나는 그것을 당신에게서 찾았어."

나는 아내가 되고 싶어 죽겠는 기분에서 회복되었다.

10월에 노엘과 나는 저녁 내내 돌아다녔고, 언제나처럼 행복했다. 아니, 더 행복했다. 서로에게 점점 더 편안함을 느끼고, 서로에 대한 이해가 깊어졌기 때문이다. 노엘은 우리가 만족스럽게 앉아서 서로의 생각에 귀 기울이는 두 명의 고대 철학자처럼 되어가고 있다고 말했다.

어느 날, 나는 퇴근 준비를 하며 노엘과의 저녁식사를 위해 옷을 갈아입으러 집에 들르기 전에 한 시간 정도 체육관에서 운동할 시간이 있겠다고 생각하고 있었다. 그런데 그때 어린 조수 겸 비서가 들어와서 어떤 부인이 나를 찾아왔다고 말했다.

"누군데, 도리스?"

"이름은 밝히지 않으셨어요. 개인적인 일이라고만 말씀하셨어요. 저는 부장님이 아시는 분일지도 모른다고 생각했어요. 검은 가리개로 왼쪽 얼굴을 가리고 계시던데요."

"아, 안으로 모셔, 도리스……. 그리고 집에 가도 좋아. 오늘 밤에는 필요 없을 것 같으니까."

이렇게 생각한 순간이 있었다. '그 여자를 만나지 않겠다고 해야 했어. 내가 그녀를 직접 보지 않는 동안은 내게 실재하는 인물이 아니었으니까.' 하지만 사실은 그녀를 돌려보낼 수는 없었다는 걸 나도 알았다. 노엘을 생각하면 그럴 수는 없었다.

"안녕하세요. 좀 앉으시겠어요?"

그녀가 대답했다. "저는 노엘의 아내예요. 전부터 당신과 얘기하고 싶었어요." 그녀는 내 책상 옆에 있는 안락의자에 앉았다.

반대편 벽에 설치된 조명의 불빛이 그녀의 얼굴을 비

쳤다. 그녀는 키가 큰 편이었고, 정성 들여 옷을 선택했다면 몸매가 좋았을 것 같았다. 그녀는 많은 여자들이 스타일의 미묘한 차이 따위는 고려하지 않고 실용성과 내구성 때문에 선택하곤 하는 질 좋은 시골풍의 트위드 옷을 입고 있었다.

황갈색 펠트 스포츠 모자 아래로 금발 머리가 삐져나와 있어서 단정하지 못한 인상을 주었다. 그 머리는 아마도 한때 화려한 인상을 주었을 것이다. 모자챙에서 턱까지 왼쪽 얼굴 전체가 검은색 가리개에 감춰져 있었다. 오른쪽 얼굴은 커다란 청보라색 눈에 우아한 갈색 눈썹, 깨끗하고 하얀 피부, 그리고 한때 그녀를 아는 남자들이 '장미꽃 봉오리'라고 말했을 게 분명한 입술의 반쪽으로 이루어져 있었다.

그래, 노엘의 안목이 괜찮다는 걸 진작 알았어야 했어. 그녀는 전쟁 때 서둘러 결혼한 신부였을지 모르지만…… 그때는 크림과 장미를 합쳐놓은 모습이었을 거야.

그녀가 말했다. "이게 사생활 침해라는 기분이 들어요. 그 점에 대해서는 사과하겠어요. 하지만 이럴 수밖에 없는 일이 생겼어요."

그렇다. 교양 있는 목소리였다. 하지만 마치 아주 어린 소녀의 목소리처럼 이상하게 충분히 발달되지 않은 것 같앉다.

"괜찮습니다. 저는 노엘을 무척 흠모하기 때문에 노엘의 아내를 만나는 것도 기뻐요."

(교양 있게 행동한다는 건 필요하면 생각과 다른 말을 한다는 뜻이기도 해.)

그녀는 말했다. "그렇다면 저에게는 더 쉬워지겠네요. 저는 사람들에게 이야기하는 게 익숙하지 않아요. 제 용건을 먼저 말해도 될까요?"

내가 말했다. "좋으실 대로 하세요."

"저는 보통은 노엘을 좋아하지 않아요. 만일 당신이 스무 살 때 어떤 남자와 드라이브를 나갔는데, 그 남자가 술에 취해서 당신 얼굴을 망가뜨렸다면, 그래서 당신이 남은 인생 내내 장애인으로 살아야 한다면, 당신도 그 남자를 좋아하지 않을 거예요."

내가 말했다. "아마 그렇겠죠."

그녀가 말했다. "몇 주, 몇 달, 몇 년 동안 생각했어요. 1919년 여름부터 나는 달리 할 일이 없었거든요. 가끔은 내가 노엘의 인생을 망쳐놨다는 생각이 들어요. 하지만 노엘은 내 인생을 끝장냈죠."

내가 말했다. "그건 분명한 사실이죠. 그리고 저는 그 모든 일이 일어나고 여러 해가 지난 후에 노엘을 만났어요. 그게 저와 무슨 상관인지 말씀해주시겠어요?"

"그래요. 모두 다 얘기할 생각이에요." 그녀가 말했다. "사실 노엘이 전쟁에서 돌아왔을 때 난 다른 사람을 사랑했어요. 노엘이 그 사랑도 끝냈죠."

내가 말했다. "예, 그렇죠."

"노엘은 여전히 내가 아는 사람 중에 이런저런 일들이 일어나는 세상에서 활동하고 있는 유일한 사람이에요……. 우리 언니는 그냥 피곤에 지친 노처녀일 뿐이죠."

"그건 조금 이해해요." 내가 말했다. "당신은 노엘과 나에 대해 많은 얘기를 들었겠죠. 저는 당신이 가진 것을 빼앗으려 한 적이 없어요."

"알아요." 그녀가 말했다. "당신에게 악감정은 없어요. 예전에는 노엘과 이 문제로 많이 다퉜어요. 지옥 같은 이쪽 세계에서는 나를 쳐다보는 남자가 하나도 없는데, 자기는 젊고 예쁜 여자들을 만나고 다니니까요. 하지만 이제 그것도 받아들이게 됐어요. 그런데 이제 상황이 달라졌어요."

"왜죠?" 내가 물었다.

"7개월 후면 노엘과 내게 아기가 생기기 때문이에요."

나는 책상 가장자리를 꽉 붙잡았다. 날카로운 모서리가 손을 파고들었다. 노엘의 아내는 그림의 일부가 되었다. 사무실 벽과 천장, 그리고 창밖으로 보이는 맨해튼의 불빛들도 마찬가지였다. 그림이 흔들렸다. 미친 듯이 흔들렸다.

나는 속으로 혼잣말을 했다. '넌 참 드문 특권을 누리는구나, 패트리샤. 아내도 되어보고 내연녀도 되어보고. 양쪽에서 게임을 해서, 양쪽에서 다 지는 특권을 누렸어. 참 드문 경험이야.'

이런 혼잣말도 했다. '이제 끝났어, 패트리샤……. 그의 인생의 변방에 있었던 현실감 없는 모호한 존재였던 아내가 이제 영원히 그를 소유하게 되었어. 가엾은 노엘, 가엾은 노엘. 그는 결코 요코하마로 가지 못할 거야. 뉴욕을 결코 떠나지 못할 거야. 죽을 때까지 지금 있는 곳에서 이 반쪽짜리 복면을 쓴 인물과 붉은 머리 아기에 매여 살게 되겠지. 내가 갖기를 원했지만 결국 저 여자가 갖게 된 아기 말이야.'

이런 혼잣말도 했다. '아니, 이럴 때 사람은 미쳐버리지 않아. 비명을 지르지도 않아. 세월이 가르쳐준 한 가지가 있다는 걸 떠올리지. 하지만 결국 세월이 뭘 가르쳐줬지? 아, 그래. 기억난다. 모든 것이 결국 지나간다는 것. 모든 게 지나간다는 것.'

나는 말했다. "당신과 노엘에게 아기가 생겨서 좋으세

요?"

노엘의 아내가 대답했다. "그래요. 노엘이 아기를 갖자고 말한 적이 있어요. 10년이나 11년 전쯤. 그가 나를 사랑했을 때요. 사고가 난 뒤 나는 여러 해 동안 아기를 원하지 않았어요. 아이가 내 얼굴을 보고 무서워할 거라고 생각했기 때문이에요. 나를 두려워할 아이를 원치 않았죠. 하지만 작년 즈음에(이 작년 즈음은 내가 노엘을 알고 지낸 시간이었다), 내가 아기에게 잘해주면 아기가 신경 쓰지 않을 거라고 생각하게 됐어요. 1년 정도 아기를 원했죠. 전에는 그런 적이 없었어요."

"당신에겐 아주 좋은 일이겠네요."

"내가 당신을 찾아온 건 당신이 노엘의 정부라는 걸 알기 때문이에요. 이 모든 세월 동안 나는 노엘이 필요하지 않았고, 노엘을 원하지 않을 때도 많았죠. 그 사람에게 할 이야기도 없었고요. 하지만 이제 나는 내 아이의 아버지로서 노엘을 원해요."

(맙소사. 이건 뭐 영화 대사에나 나올 법한 말이네.)

"노엘에게는 말하지 않았어요." 그 아직 발달되지 않은 소녀 같은 목소리가 계속 말했다. "당신을 먼저 만나고 싶었어요. 당신에게 노엘을 더 이상 만나지 말아달라고 부탁하고 싶었죠. 이제는 뉴욕에서 가까운 교외에서 노엘과 함께 살 생각이에요. 아니면 노엘에게 적어도 이틀에 한 번 정도는 나를 보러 오게 할 셈이에요. 노엘이 자기 아기를 좋아하게 되도록……. 우리가 젊었을 때 노엘도 한때 아이를 원했어요……. 이 아이가 아들이면 좋겠어요……. 그리고 내가 당신에게 이런 부탁을 하는 이유는 당신은 젊고 예쁜 여자니까…… 당신에게는 다른 남자가 생길 거예요. 하지만 내게는 노엘뿐이에요……. 이 아이하고요. 이 아이가 내게 살아갈 이유를 줄 거예요."

나는 간신히 이렇게 말할 수 있었다. "당신이 어떤 기분일지 이해해요."

(그녀는 나를 노엘의 '정부'라고 불렀어. '정부'라니. 불쾌한 단어야. 그와 나는 서로를 무척 사랑했어……. 노엘은 아들을 원할 거야……. 내 아이도 원했으니까……. 노엘은 영원히 매인 몸으로 늙어갈 거야……. 결국 지쳐서 신문사 편집자용 책상에 앉게 될 거야. 그리고 그렇게 끝까지 가겠지. 노엘은 고결한 사람이야. 난 그의 그런 면을 너무 사랑했어. 노엘은 얼굴이 심하게 훼손된 아내 곁을 지킬 거야……. 게다가 아이까지 생겼으니.)

내가 말했다. "내게도 한때 아이가 있었던 게 기억나네요. 그런데 죽었죠."

어떤 생기, 심지어 동정심 같은 것이 반쪽 얼굴에 스쳤다. 그녀가 말했다. "안됐어요. 아들이었나요, 딸이었나요? 살아 있다면 몇 살일까요?"

"아들이었어요. 정확히 몇 살이 되었을지 잊었네요. 아마 네 살쯤."

"그럼, 노엘이 제 아이의 아버지가 될 수 있도록 노엘을 포기할 건가요……? 몇 주 전에 아시아에 가고 싶다고 하더군요……. 그땐 정말 임신인지 확신할 수 없었어요……. 하지만 이제 노엘도 아시아에 못 가는 걸 크게 신경 쓰지 않을 거예요."

나는 생각했다. '이 여잔 요즘 노엘에 대해 정말 잘 모르는군.'

나는 창밖으로 어두운 뉴욕의 스카이라인을 보았다. 다른 사무실들의 조명이 빛나고 있었다. 문득 근무 시간 후에 그 사무실에 앉아 있는 사람들은 대체 무슨 얘기를 하고 있을까 궁금해졌다. 나는 생각했다. '이제 난 끝났어……. 하지만 노엘은 영원히 끝이야. 그리고 노엘은 나보다 더 소중한 사람이야.'

그녀가 말했다. "나를 탓하지 말아요, 패트리샤……. 패트리샤라고 불러도 될까요? 항상 그 이름으로 당신에 대해 들었거든요. 나는 노엘이 아시아에 갈 기회를 빼앗고 있지만…… 그의 부주의한 운전이 9년 동안 내게서 빼앗아간 기회를 생각해봐요. 그리고 난 아이를 가짐으로써 그에게 보상해주려고 노력할 거예요."

내가 말했다. "생각 중이에요." 그 순간 너무나 이상한 생각이 떠올랐다……. 그리고 그 생각은 내 마음을 따뜻하게 해주었다. 10분 전부터 이제 인생에서 그 무엇도 다시는 내 마음을 따뜻하게 해주지 못할 것처럼 느껴졌었는데 말이다.

그리고 나는 생각했다. '그래. 내가 해낼 수 있다면(그리고 어떤 스피크이지 바에서 나를 싫어하는 누군가가 '그런데 패트리샤, 당신의 아름다운 붉은 머리 남자친구는 어떻게 된 거예요?'라고 물으면, 난 이렇게 대답할 거야. '아, 못 들었어요? 내가 차버렸어요. 아시아 대륙도 함께요.' 하지만 난 그렇게 대답하지 않을 거야. 내가 정말 이 일을 해낸다면, 아무에게도 말하지 않을 거야. 어쩌면 루시아와 헬레나는 제외겠지만).'

내가 말했다. "짐을 싸서 노엘과 함께 아시아로 가면 어때요? 거기서 아이와 함께 새로운 삶을 시작하는 거예요."

그녀가 말했다. "내가 보여줄게요." 그녀가 얼굴에서 검은 복면을 벗겨냈다. 나는 보았다. 눈이 있어야 할 자리에 붉은 얼룩 같은 흉터만 남아 있었다. 10년 전에 남자들이 키스하고 싶어 했을 윤곽들이 있었다(그 남자들 중에는 당연히 노엘도 있었을 것이다). 그리고 엉겨 붙은 공포가 있었다……. 그 순간 내가 그 여인을 향해 품었던 모든 증오와 원망이 사라졌다. 내가 그런 일을 겪었다면, 나중에 과연 어떤 여자가 되어 있을까?

그녀는 얼굴 반쪽 전체를 뒤덮은 뒤틀린 붉은 흉터를 가렸다. 그녀가 말하는 목소리가 들렸다. "당신이 나라면, 이런 꼴로 낯선 사람들 사이에서 돌아다닐 수 있겠어요?"

사실 나는 그녀에게 연민을 느끼지 않았다. 자신과 자신이 세상에서 가장 원하는 것 사이에 끼어든 운명적 장애물에게 연민을 느끼는 자가 있을까?

나는 처음에는 이렇게 말했다. "아뇨, 그러지 못할 것 같아요." 그러다가 노엘을 생각했다……. 여자들의 아름다움과 낯선 장소들의 아름다움을 사랑하는 노엘을. 그래서 말했다. "아뇨. 하지만 무슨 방법이 있을 거예요."

"무슨 방법이요?" 그녀가 말했다. "전쟁이 끝난 뒤 나는 다양한 얼굴 성형 의사들을 찾아다녔어요. 그들이 나를 위해 할 수 있는 일은 없었죠……. 복구를 위해 필요한 얼굴이 충분히 남아 있지 않아서예요."

그러더니 그녀가 청보라색 한쪽 눈으로 갑자기 울기 시작했다. 내가 말했다. "울지 말아요. 지금 당신에 대해, 그리고 내가 무척 사랑하는 노엘에 대해 생각하고 있어요. 내가 노엘을 무척 사랑한다고 말해도 기분 나쁘지 않아요?"

"아뇨. 어떤 면에서 노엘은 좋은 사람이죠. 내가 그 사람을 사랑했던 때가 정확히 기억나지 않아요. 아시다시피 난 그때 겨우 열아홉이었어요. 하지만 그 오랜 세월 동안 노엘은 최선을 다해 나에게 잘해줬죠. 나는 자주 모질게 굴고 그 사람을 탓했어요. 사실 누구의 탓도 아니었는데."

나는 생각했다. '이 이야기에 악당은 없군. 전부터 알고 있던 일이야. 만일 이렇게 엉망으로 돌아가는 세상 속에 신이 있다면, 정말 신이 있다면 이 순간 내가 최선을 다했다는 것을 부디 기억해주세요. 아기 때문에…… 하얀 피부와 동그랗게 말린 길고 검은 속눈썹을 가지고 있던 아기…… 오래전에 죽은 아기 때문에…… 그리고 노엘 때문에…… 나를 아프게 한 모든 것을 치유해주고…… 나를 아량 있는 여자로 생각하고 있는 노엘 때문에, 여기서 난 최선을 다할 거야.'

내가 그녀에게 말했다. "노엘은 아시아에 가고 싶어 해요. 함께 가세요. 당신이 여기 머문다면, 내가 노엘의 인생에서 빠지겠다고 약속 못 해요. 그렇게 할 수 있다고 장담하지 못하겠어요. 당신이 간다면, 노엘을 영원히 갖게 되고…… 노엘은 자기가 원하는 일을 갖게 되죠."

그녀가 말하려고 입을 열었지만, 내가 끼어들었다. "잠시만요……. 내게 친구가 있어요……. 화가 친구죠. 가면을 그리는 여자예요……. 대부분 연극용 가면이죠. 하지만 그 친구가 남쪽으로 가는 어떤 여자를 위해 가면 세 개를 만들어준 적이 있어요. 피부가 유난히 민감해서 뜨거운 햇볕을 견딜 수 없는 여자였는데, 낮 시간 동안 야외에 나갈 때는 항상 가면을 쓰고 다녔어요. 내가 그 화가에게 당신을 위해 가면을 좀 만들어달라고 할게요. 몇 미터 떨어진 곳에서 보면 가면인 게 크게 티가 나지 않아요. 그리고 이동 중에 만난 사람들에게 최근에 얼굴을 다쳐서 좀 나아질 때까지만 쓰고 다니는 거라고 말하면 될 거예요."

하얗고 차가운 얼굴 반쪽에서 무언가 깨어나는 모습을 보고 있으니 두려운 마음이 들었다. "진심이세요?" 그녀가 말했다. "정말 내가 해안까지 가서 배를 타고 일본에 갈 수 있다고 생각해요? 손가락질을 당하거나 사람들이 몸을 떨며 피하는 일을 겪지 않고요……? 우리 언니는 너무 성가신 사람이에요. 그런 면에서 새로운 장소를 보러 가는 건 다행이겠네요. 그리고 노엘이 나를 부끄러워할 거라는 생각은 안 해요?"

(나는 속으로 혼잣말을 했다. "패트리샤, 어차피 해야 할 일이면 대범하게 해. 앞으로 몇 년 동안 다른 위안거리가 별로 없을

텐데, 네가 그렇게 했다는 사실이 어쩌면 어떤 위안이 될지도 몰라.)

"이름이 베아트리체죠?" 내가 말했다. "이제 베아트리체라고 부를게요. 만일 당신이 노엘의 경력에 걸림돌이 되지 않는다면, 노엘은 당신을 아주 좋아하게 될 거에요. 확실해요. 아기를 사랑할 거고……. 내가 지금 당신을 헬레나에게 데려갈게요. 가면을 만드는 여자 말이에요. 아마 일주일 정도면 당신을 위한 가면을 완성할 거예요. 그때 다시 시내에 나와서 써보세요. 그리고 당신이 좋다면, 다양하고 멋진 의류 도매상에도 데려갈게요. 거기서 여행을 위해 필요한 품목을 많이 구입할 수 있을 거예요. 당신은 몸매가 아름다워요. 그리고 아기가 태어난 뒤에, 그것들을 동양에서 쓸 수 있을 거예요……. 상당히 많은 장소에서 당신이 이슬람 여자처럼 베일을 쓰는 걸 흥미롭게 느낄 수도 있어요. 노란 머리가 보이게 하세요. 모두들 더할 나위 없이 매력적이라고 생각할 거예요."

그녀는 흥분으로 몸을 떨고 있었다. 그녀가 말했다. "당신 말을 들으니 정말 진짜처럼 느껴지네요. 당신이 마음에 들어요. 사실 당신을 당연히 싫어할 거라고 생각했어요. 미안해요……. 노엘을 빼앗아가서."

오랫동안 연습한 가벼운 말투와 태도가 마치 벽처럼

내 뒤에서 나를 지탱해주고 있었다. "아, 신경 쓰지 마세요. 난 극복할 거예요. 처음부터 끝까지 많은 것들을 극복해왔으니까."

나는 헬레나에게 전화를 걸었다. "급하게 주문할 게 있어……. 내 친구가 쓸 거야……. 가면……. 자세한 건 만나서 설명할게……. 지금 함께 가도 될까?"

헬레나가 말했다. "물론이지. 그런데 목소리가 왜 그래? 여기 루시아가 와 있어. 기다리라고 말할까?"

내가 말했다. "제발 그래줘, 헬레나. 15분 안에 갈 거야."

"자, 가요." 내가 노엘의 아내에게 말했다.

헬레나에게로 가는 택시 안에서 그녀가 말했다. "당신 친구도 내 얼굴을 봐야 할까요?"

"신경 쓰지 말아요, 베아트리체. 헬레나는 그냥 외과의 사랑 비슷한 거예요. 그냥 비율만 알려고 할 거예요."

우리가 헬레나의 아파트로 통하는 계단을 올라갈 때, 예전에 계단을 오를 때 느꼈던 다양한 기분들이 떠올랐다. 행복했던 기분, 슬펐던 기분, 지친 기분. 적어도 지금 당장은 아무 기분도 느껴지지 않았다.

루시아가 따뜻한 갈색 드레스와 모피로 치장한 아름다운 모습으로 작은 소파에 앉아 있었다. 헬레나는 패션

드로잉을 마치고 있었다. 두 사람 모두 재빨리 나를 쳐다보았다. 내가 말했다. "이분은 노엘의 아내야……. 둘 다 노엘은 만나봤지……. 내가 전에 말했던 것처럼, 노엘은 요코하마에 일하러 갈 거고, 베아트리체도 함께 갈 거야……. 베아트리체는 오래전에 사고를 당했어……. 그래서 헬레나에게 가면을 좀 의뢰하려 해. 이동 중에 민망하지 않게 말이야."

루시아가 말했다. "아, 정말 멋진 생각이야. 헬레나의 가면은 장식 효과가 뛰어나니까."

헬레나가 말했다. "이분을 위해 대여섯 개의 가면을 만들어보고 싶어……. 피부색과 매력적인 머리가 조화를 이루게끔. 몇 년 동안 내가 본 중에 최고로 아름다운 머리야."

베아트리체는 잠시 망설이더니 모자를 벗었다. 그녀의 머리는 아름다웠다. 머리 손질이 엉망이었지만, 다음에 그녀가 시내에 나올 때 미용실에 데려가면 될 일이었다.

나는 방을 가로질러 걸어가서 코트와 모자를 헬레나의 소파 겸 침대 위에 벗어놓았다.

"보라색 원피스가 예쁘다, 팻." 루시아가 방 건너편에서 말했다.

헬레나가 슬그머니 나를 따라왔다. "욕실 세면대 밑에

스카치위스키 병이 있어." 그녀가 목소리를 낮춰 말했다. "맙소사. 가서 몇 잔 들이키고 와. 꼭 기절할 것처럼 보이니까."

"노엘의 아내분 이름이 뭐야, 팻?" 그녀가 큰 소리로 물었다. "난 항상 모델을 이름으로 부르거든."

내가 말했다. "베아트리체."

헬레나가 말했다. "베아트리체, 얼굴의 본을 뜨고 싶은데요……. 오래 걸리진 않아요……. 시간이 되실까요?"

"예……. 8시 30분에 기차가 출발해요."

"5분만 실례할게요." 내가 말했다.

루시아가 나를 따라 욕실로 들어왔다. 위스키를 따르기 시작하자 손이 떨렸다. 루시아가 내 손에서 병을 빼앗아 큼직한 잔에 따라주었다.

그녀는 담배 두 개에 불을 붙여서 하나를 건네주었다. 그리고 내가 위스키를 다 마실 때까지 아무 말 없이 기다렸다가 말했다. "팻, 지금 정말 처신을 잘하고 있어. 하지만 이게 다 무슨 일이야?"

"노엘의 아내가 노엘에게 아이를 선물할 거야." 내가 말했다. "노엘은 항상 아이를 원했거든. 정말 특별한 세상이지 않아?"

루시아가 두 팔로 내 어깨를 감싸 안았고, 끔찍했던 한 순간, 나는 그녀에게 매달렸다. 밖에서 울음소리가 들릴까 봐 울지 않으려고 안간힘을 쓰면서.

"진정해." 루시아가 말했다. 오래전에 루시아인지 다른 누구인지가 내게 그렇게 말한 적이 있었다.

"괜찮아." 내가 말했다. "그래도 노엘과 나는 1년은 버텼어."

"맙소사." 루시아가 샤워기와 헬레나의 얼굴에 바르는 여러 가지 로션을 보며 말했다. "사랑에 도통 운이 없는 여자들이 있어. 현 체제에서 그런 여자들은 차라리 카드 게임을 생업으로 삼는 게 낫겠어."

내가 웃었다.

루시아가 말했다. "전보다 현명해졌네……. 이번에 네가 매달릴 수도 있어. 노엘도 당분간은 너를 사랑하겠지. 그러다 너를 미워하게 될 거야……. 너로 인해 스스로를 괜찮은 사람으로 생각할 수 없게 될 테니까……. 다시 한번 말하지만, 너 정말 처신을 잘하고 있어."

나는 얼굴에 콜드크림을 발랐고, 이제 볼연지를 바르고 있었다. 내가 말했다. "음, 노엘이 아시아에 있는 걸 위안 삼으며 살아가는 동안, 그것이 나에게 큰 만족감을 줄지는 의문이야……. 하지만 모르겠어. 전에 시도해본 적 없는 일이니까……. 하지만 어쩌면 결국 어떤 것에서든 유일한 만족은 내가 처신을 잘했다는 생각뿐일지도 몰라."

루시아가 말했다. "빅토리아 시대 사람들은 그걸 '자신의 가치관에 따라 의무를 다하는 것'이라고 표현했지."

내가 말했다. "우리가 생각하는 의무 중에 어떤 것들은 그냥 빅토리아 사람에게는 제정신이 아닌 걸로 보일 거야." 나는 립스틱을 고쳐 발랐다. 마치 그것이 중요하다고 느끼는 것처럼.

"그런데, 노엘은 두 여자가 자신의 운명에 대해 합의본 걸 알고 있어?"

"맙소사, 아니. 베아트리체는 주말에 말할 계획이지만, 오늘 밤에 저녁을 먹으면서 내가 말하려고."

루시아가 예쁜 코에 불필요하게 파우더를 조금 덧바르며 말했다.

"주말에 우리 부부와 같이 보내는 게 좋겠어, 팻."

"좋아, 고마워."

"난 나가봐야겠어." 그녀가 말했다. "노엘의 아내가 우리가 작당 모의를 한다고 슬슬 의심할 거야. 네가 왜 이러는지 알겠어, 팻. 너와 내가 어떤 지옥을 겪었건 그건 사소한 지옥이고, 그 여자는 큰 지옥에 살아왔으니까."

"알아." 내가 말했다.

루시아가 내게 입맞춤을 했다. 아마도 우리가 알고 지낸 이래로 두 번째 입맞춤이었을 것이다. "이 언니가 가기 전에 뭐든 해줄 일이 있을까?" 그녀가 물었다.

  "있어. 약국에 들러서 노엘에게 전화를 걸어줘. 그리고 단테스에서 10시에 저녁을 먹자고 해줘. 나를 데리러 올 필요 없다고도. 베아트리체를 기차에 태워 보낸 뒤 간신히 옷 갈아입을 시간이 있을 거야."

  루시아가 손을 문에 올리고 나를 돌아보았다. "패트리샤, 정말 진지하게 하는 말인데…… 대부분의 일은 끝이 있기 마련이야. 나뿐 아니라 이제 너도 그걸 알잖아. 내 솔직한 의견은 너와 노엘이 이보다 더 나쁘게 끝났을 수도 있다는 거야."

  "고마워, 언니. 주말에 봐." 그리고 나는 눈썹에 묻은 파우더를 닦아냈다.

  헬레나는 베아트리체를 능숙하게 다루고 있었다……. 내가 기차에 태운 사람은 흥분해 있고 거의 행복하기까지 한 여자였다.

  그녀는 재잘거렸다. "헬레나가 햇빛 속에서 쓰는 가면과 비 올 때 쓰는 가면, 조명 불빛에서 쓰는 가면, 심지어 달빛 속에서 쓰는 가면까지 만들어주겠대요……. 몇 년 동안 무엇에건 이렇게 흥미를 느껴본 적이 없어요…….

그리고 노엘 일은 괜찮죠? 내 말은, 당신은 노엘을 대신할 누군가를 찾을 거예요……. 이렇게 예쁘니까. 혹시 당신이 영적인 얼굴을 가졌다고 말한 사람이 없었나요?"

나는 생각했다. '처음부터 끝까지 수많은 침대를 전전한 덕에 영적인 얼굴이 된 거겠지. 아니야, 정말 내 얼굴이 영적이라면, 노엘이 그렇게 만든 거야.'

내가 말했다. "임시로 대신할 사람을 찾을 수는 있지만 진정으로 대신할 사람을 찾을 수는 없는 남자들이 있죠. 하지만 그 걱정은 하지 말아요……. 그냥 후지산을 볼 생각이나 해요. 정상에 항상 눈이 덮여 있는 일본의 산 말이에요."

그녀가 말했다. "당신도 언젠가 볼 수 있으면 좋겠어요." 나는 기분 상하지 않았다. 아마도 나는 그녀가 10년 만에 처음으로 선심 쓰는 듯한 태도를 보일 수 있었던 여자였을 것이다.

나는 집에 가서 옷을 갈아입고 노엘과 저녁을 먹었다.

저녁을 먹은 뒤에 우린 그의 아파트로 갔다. 내가 그에게 말했다. "하이볼을 좀 만들어줘……. 당신에게 할 말이 있어. 그리고 내 말이 끝날 때까지 말을 끊지 말고, 내가 말하는 동안 창밖을 보며 시간과 공간과 상대성에 대해 생각해주면 좋겠어."

내가 말을 시작했다. "결국 당신은 아시아로 갈 수 있게 됐어."

내가 말을 끝마쳤을 때, 그가 다가와서 나를 끌어안았다. 나는 손가락으로 그의 머리를 헤집었다. 우리는 오랫동안 아무 말도 하지 않았다. 나중에 우리는 세부적인 것들에 대해 약간의 논쟁을 벌였지만…… 이런 부류의 남자는 모험을 포기하고 싶어 하지 않는다. 심지어 여자 때문이라도.

노엘은 아시아에 갈 기회를 얻게 되었다. 나를 잃는다는 생각에 많이 괴로워했다고 나는 믿는다. 나중에 아시아가 그에게 일상적인 장소가 되어갈 즈음에는 아마 더 괴로워할지도 모른다. 하지만 한편으로, 아시아는 그에게 또 다른 큰 열망이었다.

우리는 마치 우리의 관계가 태초부터 시작되었고 영원히 지속될 것처럼 일주일을 보냈다. 그러다가 베아트리체로부터 목요일에 최신 유행 의류 도매상에 쇼핑을 가기 위해 몇 시에 도착하면 되겠냐고 묻는 전보를 받았다.

나는 목요일 오후에 휴가를 내두었고…… 검은 가리개를 써야 하는 형벌이 거의 끝나가기 때문에, 우리는 거리낌 없이 다양한 도매 옷가게에 가서 트위드 옷이며 이브닝드레스, 스웨터와 스커트, 저지 정장 세트, 그리고 그 모든 복장에 어울리는 모자를 샀다(심지어 춤출 때 사용할 은색 터번까지).

우리는 구두 가게에서 오후 일정을 마쳤는데, 거기서 재미있는 사실을 발견했다. 그녀가 나보다 키가 큰데도 발 사이즈는 나보다 작다는 거였다.

그녀의 목소리에 일주일 전보다 많은 열정이 담겨 있었다. 그녀는 구두 가게 직원에게 10년 동안 방문하지 못한 어머니를 만나러 시카고로 여행을 갈 거라고 쾌활하게 말했다.

(노엘도 시카고에서 합류하기로 되어 있었다. 그녀보다 하루나 이틀 늦게 뉴욕에서 출발할 예정이었다.)

헬레나는 6시 30분 전까지 우리를 볼 수 없었다. 베아트리체는 시간을 때우기 위해 차를 마시러 가자고 제안했다. 내가 말했다. "음, 사실 스피크이지 바나 갈까 했어요. 52번가에 있는 좋은 곳을 하나 알거든요. 남자 동행 없이 여자들끼리 가도 눈에 띄지 않는 곳이에요."

그녀는 마치 중요한 대학 무도회에 초대받은 사교계 초년생 같은 목소리로 말했다. "아, 우리가 스피크이지 바에 갈 수 있어요? 아시다시피, 내가 사고를 당한 건 1919년, 금주법 전이어서 스피크이지 바에 가본 적이 없어요."

내가 말했다. "다행이네요. 난 너무 많은 바에서 젊음을 낭비했죠." 우리는 52번가로 갔다. 베아트리체는 바에 있는 황동 발걸이에 발을 올릴 수 있다는 사실에 흥분했다. 황동 발걸이에 대해 읽은 적은 있었지만 직접 본 적은 없었던 것이다. 우리는 알렉산더 두 잔을 마셨는데, 그녀가 지나치게 취한 것 같지는 않았다.

두 가지 생각이 동시에 떠올랐다. 이 여자가 나보다 겨우 한두 살 많을 뿐이라는 생각, 그리고 이런저런 사건이 없었다면 나보다 훨씬 더 예뻤을 거라는 생각이었다.

(그리고 어쩌면 노엘의 마음을 영원히 붙들었을지도……? 사람의 운명을 결정하는 우연들. 휴, 그런 생각을 해봐야 무슨 의미가 있겠어. 그냥 받아들일 뿐. 그편이 더 쉬우니까.)

헬레나는 베아트리체를 위해 가면 여섯 개를 만들었다. 모두 아름다웠다. 그녀는 가면을 완성하기 위해 일주일 내내 새벽까지 작업한 게 분명했다. 아파트에서 가면이 있는 곳의 반대쪽 끝에서 봤을 때, 가면들은 놀라울 만큼 실제 사람 얼굴처럼 보였다. 가까이에서 봐도 장식적인 아름다움 덕분에 조금도 기괴해 보이지 않았다.

야회복용 전면 가면과 스포츠 의류용 전면 가면이 있었고, 반쪽 가면도 있었다. "그런데 이걸 쓰고 어떻게 음식을 먹죠?"

헬레나가 반쪽 마스크는 그런 용도로 고안되었다고 설

명했다. "입 주변이 조금 잘려 있어요. 설명하기가 조금 복잡한데, 그냥 쿠키를 먹어보면 얼마나 단순한지 알게 될 거예요."

얼굴이 절반만 있는 여자가 빛날 수 있다면, 베아트리체는 가면을 써보면서 빛나고 있었다. 그녀의 아름답고 우아한 손에서 흥분이 고스란히 드러났다.

"멋져요." 그녀가 말했다. "너무 가볍고 너무 편하고 예뻐요. 제가 얼마를 지불해야 할까요?"

헬레나가 말했다. "아무것도요. 패트리샤는 제 오랜 친구예요."

그런데 무언가가, 전면 가면의 입과 턱의 표정에서 어딘지 익숙한 무언가가 나를 동요하게 했다. 이유가 무엇인지는 알 수 없었다.

루시아가 들어와서 감탄했고, 베아트리체는 그녀를 위해 가면을 하나하나 다시 써보았다. 그러고 나서 베아트리체가 새로 산 옷들을 모두 헬레나에게 보여주었고, 루시아와 나는 위스키를 마시러 욕실로 들어갔다.

루시아가 말했다. "괜찮아?"

내가 말했다. "응, 저 여자가 다음 주중에 떠날 거야. 노엘은 다음 주말에 떠날 거고."

내가 또 말했다. "가면들이 참 특별해. 그렇지 않아? 그냥 장식 효과가 있을 뿐 아니라, 뚜렷한 개성이 있고 뚜렷한 매력까지 있달까."

루시아가 말했다. "헬레나는 늘 널 좋아했어."

"그게 무슨 뜻이야?"

"정말 모르겠어, 팻? 전면 가면 아랫부분에서 알아차린 거 없어?"

"뭔가 어렴풋하게 느껴지긴 했는데, 그게 뭔지 모르겠어."

루시아가 미소 지었다. 모든 것을 이해하는 듯한 특유의 미소였다.

"네가 평화로워 보일 때, 삶이 만족스러울 때 네 얼굴을 본 적 있어……? 헬레나는 냉소적인 유머 감각이 있어……. 너의 진지한 미소를 가면에 복제했지. 노엘을 따라 아시아 전역을 돌아다니도록 말이야."

베아트리체가 교외선을 타러 가는 길에, 그녀와 나는 짧은 대화를 나눴다. "아마도 당신은 나를 싫어하겠죠." 그녀가 말했다. "하지만 아니길 바라요……. 당신에게 큰 빚을 진 기분이에요. 그리고 내가 생각한 게 있는데…… 내 아기가 딸이면 당신 이름을 붙이고 싶어요."

내가 담배에 불을 붙였다. "신은 아이러니의 대가네

요." 내가 말했지만, 베아트리체는 그 말을 이해하지 못한 것 같았다.

그녀가 말했다. "어쨌든. 당신에게 말하고 싶었어요……. 노엘에게 잘할 생각이라는 걸요. 극동 지역에 가면 노엘이 많은 시간 나를 혼자 두고 다녀야 한다는 걸 알아요." 그 말을 들으니 노엘과 내가 함께 구경했을지도 모를 장소들의 그림이 떠올랐다……. 시장의 소리와 색깔들. 이제 나는 그런 것들을 알 수가 없겠지. 나는 길게 한숨을 쉬었다.

그녀가 말했다. "하지만 따지지 않을 거예요. 이제 노엘이 진짜 공식적으로 내 남편이 될 테니까, 관리 가능한 선에서 최대한 자유를 줄 생각이에요. 결국 내겐 아기가 있을 테니까요."

"분별 있는 생각이에요, 베아트리체," 내가 말했다. "노엘이 게이샤 아가씨와 잠시 바람이 나도, 너무 욕하지 마세요. 노엘은 돌아올 거예요. 아기를 보러. 그리고 깨끗한 셔츠를 입으러. 그런 게 결혼이에요."

"잘할게요, 패트리샤." 그녀가 말했다. 그녀가 탈 열차는 3분 후에 출발할 예정이었다. 그녀가 개찰구 앞에서 멈춰 서서 말했다. "날 미워하지 않는다고 말해줘요."

"당신을 미워하지 않아요. 잘해내길 빌어요, 베아트리

체." 이제 2분 후면 다시는 그녀를 볼 일이 없을 것이다. 적어도 그것은 감사할 일이었다.

"베아트리체, 사람들이 그러는데 동양에는 훌륭한 영국인 의사들이 많고 전쟁 이후 얼굴 성형 수술도 정교해졌대요……. 어쩌면 거기서는 당신을 위해 할 수 있는 일이 있을지도 몰라요."

그녀가 반쯤 웃었고, 적절한 작별 인사를 찾았다(지금은 거의 잊고 사는 존재가 된 피터가 한때 내게 그런 인사를 해달라고 부탁한 적이 있었지). 베아트리체가 말했다. "그동안은 가면을 쓰고 있으면 돼요……. 당신도 쓰고 있잖아요. 안 그래요?" 그런 뒤 우아함을 잃지 않는 모습으로 기차를 잡으러 달려갔다.

나는 노엘과 저녁을 먹기 위해 집으로 서둘러 왔다.

무한할 줄 알았던 노엘과 내가 함께할 수 있는 시간이 이제 열흘로 정해졌다. 그러나 그 열흘은 불행한 나날들이 아니었다. 우리는 마치 우리가 살아온 모든 세월이 서로를 이해하게 해주는 안정된 토대인 것처럼, 그리고 앞으로의 모든 세월이 우리가 함께 나눌 수 있는 시간인 것처럼 서로에게 이야기했다.

딱 한 번 내가 남은 시간이 별로 없는 것에 대해 그에게 언급했다. "이제 단두대에서 죽은 프랑스 귀족들에 대해 좀 더 잘 이해할 것 같아. 난 그들이 마지막에 고통스러웠을 거라고 생각하지 않아……. 앞날에 대한 모든 걱정에서 해방되어 평화로운 기분이었을 거야. 케네스가 그랬어. 기억나?"

그가 말했다. "그래……. 문제는 정말로 사는 것처럼 살 것이냐, 아니면 그냥 오래 살 것이냐야……. 혹시 예전에 당신이 그렇게 말했던가, 팻? 다른 것에 대해 얘기하면서?"

"아마 전처에 대해 말하면서 했을걸……. 노엘, 당신의 머리색은 내 영혼 속에서 영원히 빛날 운명이야."

그러나 그는 자신이 살게 될 아시아의 도시들을 생각하고 있었고, 나는 그가 5년 내에 중국어를 배울 가능성에 대해 얘기하도록 놔뒀다.

"5년 계약이야, 팻. 같은 기간 동안 계약을 갱신할 수도 있지. 내가 돌아오면, 아마 마흔다섯 살이 되어 있을지도 몰라."

(10년 뒤면 나는 서른일곱 살이 될 것이다. 어떤 일을 겪게 될지 모르지만, 제발 서른일곱 살이 되었을 때 노엘을 다시 마주치게 되는 일만큼은 겪지 않기를 간절히 빌었다.)

노엘은 아직 뉴욕 타임스에서 일하고 있었다. 거기서 일하는 마지막 며칠 중에 하루 동안, 그는 레이크허스트로 항공 관련 취재를 하러 갔다. 나는 그에게 편지를 썼다. 그가 지방 취재를 갈 때면 항상 편지를 썼기 때문이었다(우리는 요코하마로는 편지를 쓰지 않는다는 데 합의했다. 그러니 요코하마에서 오는 답장 같은 건 없을 것이다. 적어도 나와 관련된 형태로는. 그는 오직 기사를 통해서만 내게 소식을 전할 것이다. 《뉴욕 타임스》에 실리게 될 아시아에서 보내는 시간들에 대한 기사를 통해서만⋯⋯).

나는 레이크허스트로 그에게 편지를 썼다.
"내가 이 문제를 이렇게 차분하게 받아들인다고 해서, 별로 신경을 안 쓴다고 판단하지는 말아줘. 나는 처음부터 끝까지 이 일로 정말 괴로워했어. 당신과 내가 끝을 맞이하는 것 같네. 사람들이 빠지게 되는 진부하고 집착적이고 힘들고 어리석은 관계들은 조만간 나쁜 결말을 맞게 돼. 하지만 그게 우리와 무슨 상관이야? 당신이 여든일곱, 내가 일흔아홉 살이 되어도, 어쩌면 우리는 여전히 벽난로 앞에 앉아서 와인의 풍미나 모험담 같은 걸 얘기하고 있을지도 모르잖아. 안 될 게 뭐야?"

5분이나 10분 동안은 정말 그렇게 믿었다.
그것이 내가 노엘에게 쓴 마지막 편지였다.

나는 그 편지를 다른 편지들과 함께 양철 상자에 도로 넣었고, 그가 보낸 읽지 않은 나머지 편지도 상자에 넣었다.

그리고 옷을 갈아입으러 위층으로 올라갔다.

여자에게는 허영이 크나큰 은총이며, 주요 미덕으로 꼽힐 만하다는 생각이 들었다. 처음 든 생각은 아니었다. 노엘이 나를 마지막으로 봤을 때 내가 파리에서 들여온 선홍색 드레스와 그에 딱 어울리는 모자, 그리고 새로 산 회색 새끼 양 모피 코트를 입었다는 것을 기억하면 늘 어느 정도는 위안이 될 것이다. 어처구니없는 얘기일지도 모른다. 그럼에도 그것은 엄연한 진실이었다.

나는 다시 그의 아파트로 돌아가서 벽난로에 장작을 더 넣었다. 그가 들어왔다.

"오늘 무척 아름다워, 팻." 그가 말했다. "저녁 먹으러 어디로 갈지 결정했어?"

"단테스가 좋겠어."

"좋은 생각이야……. 그리고 라비고트 소스 게살 요리랑 안심스테이크를 먹는 거야. 키안티 와인도 마시고 크레프 쉬제트도 먹고……."

이제 우리에게는 한 번의 저녁과 한 번의 밤, 한 번의 아침이 남았다. 우리는 전에 함께 보냈던 백 번의 그런 시간들만큼이나 즐겁게 시간을 보냈다. 마치 이 저녁과 밤과 아침이 다른 모든 시간들과 다름없는 것처럼 행동했다.

그것이 너무 성공적이어서, 기차역에 가는 길에 나는 그냥 지방 출장을 떠나는 노엘을 배웅하러 가는 느낌마저 들었다.

언제나처럼, 그는 좀 더 오래 이야기를 나눌 수 있도록 그랜드센트럴역에서 개찰구 안쪽으로 나를 데려갔다(승객이 아닌 사람들은 개찰구 밖에서 작별 인사를 하게 되어 있었지만). 언제나처럼, 우리는 승강장으로 걸어갔고, 노엘이 내게 담배를 건넸다.

그러나 막상 이 열차 옆에 서게 되니, 손을 떨지 않고 담배를 붙잡고 있을 수 없었다. 그래서 담배를 던져버렸고, 노엘도 자기 담배를 던져버렸다.

내가 말했다. "시간이 얼마나 있어?"

"2~3분쯤."

"아무렇지 않은 척하고 싶지 않아. 당신을 영원히 사랑할 거라고 말하고 싶어. 그게 어떤 의미건……."

"그게 어떤 의미건, 나도 그럴 거야, 팻."

그가 모자를 벗었다. 그는 햇빛에 반짝이는 불그스름한 구릿빛 머리와 보조개처럼 가운데가 살짝 파인 멋진 턱을 가지고 있었고, 회색 트위드 외투에 내가 선물한 회색 머플러를 두르고 있었다. 나는 그가 정확히 어떤 모습인지 기억하고 싶었다. 그리고 그가 나중에 떠올리며 행복을 느낄 만한 뭔가 의미 있는 말을 생각해내고 싶었다.

실없고 엉뚱하게도 베르길리우스의 라틴어 시 구절이 문득 떠올랐다. "Forsan et haec olim meminisse iuvabit. 어쩌면 언젠가 이것마저도 즐거운 추억이 되리니." 그가 내 손을 가져가서 꽉 움켜쥐었다. 낡은 에메랄드 반지 때문에 손가락이 아플 만큼 꽉. 언젠가 노엘이 예쁘다고 감탄했기 때문에 끼고 나온 반지였다. 지금은 그 에메랄드 반지가 어디서 났는지 기억이 가물가물했다.

노엘이 말했다. "이제 가야 해, 패트리샤……. 대륙횡단 열차 앞에서 내게 미소 지어줄 수 있겠어?" 나는 미소 지었다. 그도 나에게 미소 지었다.

누군가 소리쳤다. "모두들 탑승하세요." 노엘의 입술이 내 얼굴을 스쳤고, 그는 내 손을 놓아주었다. 그런 뒤 내가 볼 수 없는 열차 안으로 들어갔다. 나는 그를 찾으며 뛰어갔다. 그가 거기서 미소 짓고 있었다. 열차 창문에 얼굴을 가까이 대고 손바닥을 유리창에 붙인 채로. 나는 유리창 바깥쪽에서, 그의 손바닥이 있는 곳에 손바닥을 댔다.

그는 불행해 보였지만 미소 짓고 있었다. 내게 뭐라고 말했지만, 소음 때문에 들리지 않았다. 열차가 요란한 소음을 내며 출발했고…… 내 손바닥 밑에서 유리창이 스르

르 미끄러지더니 어느새 사라졌다. 노엘의 얼굴도 사라졌다. 차창 너머로 다른 얼굴들이 지나갔다. 모든 얼굴들이 흐릿하고 경계가 모호했다. 기차가 소음과 함께 속도를 높였다. 그리고 기차가 있던 곳에 텅 빈 철로만 남았다.

무척 고요해 보였다.

나는 발걸음을 돌려서 승강장을 지나 계단을 오르고 역사를 통과해 거리로 나왔다. 수많은 사람들이 중요하게 갈 곳이 있는 것처럼 분주하게 오갔다. 나도 중요하게 갈 곳이 있으면 좋겠다고 생각했다.

오늘 하루는 나만의 시간이었다. 헬레나에게 가거나, 아니면 이제 막 브로드웨이 초연 무대를 알게 된 파란 눈의 풋내기 아가씨를 찾아갈 수 있을 것이었다. 마지막으로 봤을 때, 그녀는 '중요한' 초연 때문에 급히 집에 가서 옷을 갈아입어야 한다고 즐거워하며 말했었다.

나는 헬레나나 그녀를 보러 가고 싶지 않았다. 나 혼자 갈 만한 중요한 곳을 생각해내고 싶었다. 나는 바쁘게 뛰어다니는 사람들을 보고 웃기 시작했다.

신문 가판대를 지나다가 노엘을 처음 만난 날부터 그가 쓴 기사를 하나도 빠짐없이 다 읽었던 것이 떠올랐다.

그 순간 나는 스스로에게 만족감을 느꼈다. 가야 할 중요한 곳이 떠올랐기 때문이다······.

나는 시내를 가로질러 뉴욕 타임스 건물로 걸어갔다. 그리고 5년 치 정기구독권을 샀다.

XVII

이제 아침을 8시가 아닌 11시에 먹을 이유가 없어졌다. 그래서 정오부터 저녁 7시까지 근무하는 직장을 포기하고 아침 9시부터 오후 5시까지 근무하는 직장을 찾았다.

새 직장에서 일을 시작하기 전에 2주일간 버뮤다에 갔다. 그곳에 가게 된 건 내가 어딘가로 훌쩍 떠나고 싶다고 생각하던 참에 마침 빌이 보낸 편지 덕분이었다.

편지의 내용은 이랬다.

"친애하는 패트리샤,
아침에는 브랜디 플립, 저녁에는 샴페인 잔을 앞에 두

고, 문득 패트리샤가 여기 있으면 좋겠다는 생각이 들었어. 기후와 풍경도 그렇고 자동차까지 다니지 않으니 지난 20년이 통째로 사라진 것 같은 생각마저 들더군. 여자들의 옷차림을 볼 때만 빼고 말이야.

혹시 휴가를 낼 수 없을까? 패트리샤가 와준다면, 어렸을 때 메릴랜드에서 열린 시골 축제를 생각나게 하는 바보 같은 경마장에 데려갈 생각이야. 아무튼 패트리샤의 세대는 모두들 10년쯤 열대에 가서 살아봐야 해. 야자수 아래에서 피어나는 장미꽃을 보면서 말이야. 그러면 모두 숙녀처럼 느긋해져서 돌아오게 될 거야.

패트리샤가 그 시시한 일을 그만둘 거라고 생각하지는 않지만, 혹시 그만둔다면 마차로 드라이브를 시켜줄게. 내가 모퉁이에서 전력 질주를 하면 마치 패트리샤의 고모뻘 되는 여자처럼 내 무모함에 살짝 놀라는 표시를 내도 좋아."

나는 두어 주 동안 빌의 만족스러운 노년을 지켜보면 즐겁겠다고 생각했고, 그래서 그에게 전보를 치고 배를 탔다. 하지만 나는 빌의 집에서 1마일 떨어진 호텔에서 묵었다. 깨어 있는 시간 내내 만족스러운 노년을 지켜보다가는 자칫 지루해질 수 있기 때문이었다.

아침을 먹기 전에 수영을 한 뒤 옷을 입고 조식을 먹고 호텔 테라스에서 아무 생각 없이 야자수를 보고 앉아 있으면, 언덕배기 위로 빌의 넓고 다부진 몸이 모습을 드러냈다.

"자, 자, 점심을 먹기 전에 술집 순례를 좀 하자고. 기운 내. 약간 기운을 낼 필요가 있어 보여……. 왜 그런지는 신만이 아시겠지……. 패트리샤는 젊잖아." 그의 인사말은 한결같이 그런 식이었다. 그런 뒤 우리는 선착장으로 내려가서 해밀턴으로 가는 배를 탔다. 그동안 빌은 내가 입은 옷이 흰색이건 파란색이건 노란색이건 그 색깔 옷을 입길 잘했다고 말했다.

'버뮤디아나'라는 바에서 빌은 브랜디 플립을 앞에 두고 앉아서 넓고 불그레하고 친절한 얼굴로 환하게 웃으며 내게 필요한 것은 남편뿐이며 자기 또래 중에 마땅한 사람이 있는지 고려해볼 필요가 있다고 강하고 큰 목소리로 설명했다.

"하지만 우린 팻한테는 너무 늙었겠지. 내가 좀 더 젊은 남자들을 알고 있으면 좋을 텐데. 아들이 있으면 좋을 텐데 말이야." 그런 뒤 그는 아들 이야기에 짧게 한숨을 쉬었다. 그에게는 아들이 없다는 것이 인생의 유일한 아쉬움으로 보였다.

그리고 그는 매일 나를 데리고 빠른 걸음으로 해밀턴을 돌아다니며 중얼댔다. "여자들은 자질구레한 장신구를 참 좋아해. 장신구를 사주면 항상 기분이 좋아진다니까." 가끔씩 작은 상점으로 사라졌다가 산호 목걸이나 귀걸이, 브로치 따위를 들고 다시 나타나곤 했다. 가진 옷들과 어울리지 않았지만, 나는 어느 옷에든 하고 다녔다.

오후에 그는 또래 남자들과 골프를 쳤다.

나는 혼자 해변에 가서 믿을 수 없을 만큼 핑크빛이 감도는 모래밭에 앉아 믿을 수 없을 만큼 파랗고 하얀 파도가 굽이치며 밀려오는 모습을 지켜보거나 《윌리엄 클리솔드의 세계》를 읽었다.

긴 오후 내내 모래밭 위로 야자수 그림자가 길어지고 바다와 야자수, 장미의 향을 머금은 산들바람이 해안을 따라 기분 좋게 부는 동안, 나는 제2권에서 웰스 씨가 남녀 관계에 대해 생각하는 부분을 읽고 또 읽었다.

그 속에서 나는 어떤 위안을 찾았다. 내가 오랫동안 남몰래 '이 망할 놈의 여성의 자유'라고 불러온 어리석은 장난을 향한 분개에 대한 위안이었다. 그런 위안을 주는 웰스 씨의 문장들이 있었다.

"우리는 성적인 규범이 뒤섞이고 붕괴된 세계, 불규칙하고 과장된 실험과 반항이 난무하는 세계에서 살아간다……. 우리의 생활양식은 이제 우리의 정부보다도 임시적이다……. 우리는 인생의 동반자이자 친구가 되어줄 존재를 찾지만, 그것은 그저 몇몇 사람들이 마음속에 품고만 있는 꿈일 뿐이며, 강풍 속에 성냥불을 켜거나 거센 물살에서 수영하는 것처럼 거의 가망 없는 실험과도 같다."

나는 그것을 읽고 모래밭 위의 야자수 그늘을 보며 생각했다. "노엘, 노엘……. 실현된 꿈, 성공한 실험. 그리고 잃어버린 꿈, 영원히 끝난 실험. 하지만 그것은 초라하게, 서로를 질책하며 끝나지 않았다. 그래서 무언가 남았다……. 무언가…… 어쩌면 아주 많은 것이……. 살아갈 나날들 내내 손을 따뜻하게 해줄 난로처럼."

그리고 심지어 노엘과 나에 대해 스스로에게 농담까지 던질 수 있었다. 아주 쾌활한 농담은 아니었다. "그래, 우리 둘 다 야자수를 볼 운명이었네. 같은 나라에서는 아니지만."

이렇게 혼자만의 오후를 보낸 뒤 돌아와서, 빌과 저녁을 먹고 샴페인 컵을 마시며 빌이 늘어놓는 1900년대 초반의 이야기에 귀 기울였다. 그럴 때면 내가 아주 어린 소녀였을 때 오후에 강하고 짜릿한 바람 속에서 요트를 타다가 집으로 돌아오면서 느꼈던 것처럼 평화로운 기분을 느꼈다.

그리고 가끔 밤에 깨어나서, 바깥에서 야자수를 휩쓸고 있는 따뜻하고 꾸준한 바람 소리를 들을 때면, 다시는 볼 수 없을 노엘 때문에 가슴이 지독히 아팠다. 그럼에도, 그 아픔도 결국 지나갈 것을 알았고, 이번에는 그 아픔보다 우리가 공유한 아름다운 기억이 오래갈 거라고 확신했다.

나는 다시 뉴욕으로 돌아왔다. 아주 오랫동안 떠나 있었던 것처럼 느껴졌다.

루시아가 부두로 마중을 나왔다. 그녀를 보니 큰 위안이 되었다. 나는 말했다. "언니가 아시아나 남아메리카나 다른 어디로 영원히 도망치지 않을 것 같아서 너무나 다행이야. 나중에 우리 둘 다 다리에 힘이 빠졌을 때 웨스트체스터에서 함께 주말을 보내는 게 기대돼."

그녀가 말했다. "고마워. 아주 잘 쉰 것처럼 좋아 보인다. 하지만 말해봐. 너 회복되고 있긴 한 거야?"

"그런 것 같아."

나는 세관 수속을 마쳤고, 우리는 루시아의 차를 타고 업타운 방향으로 출발했다.

나는 옷 속에서 루시아에게 줄 크렘 이베트 한 병을 꺼내며 말했다. "언니를 위해 온종일 코르셋을 입고 있었어. 이게 떨어지지 않게 하려고. 언니가 좋아하면 좋겠어."

"오! 자기야, 내가 제일 좋아하는 리큐어야." 그녀가 말했다. "하지만 이걸 마실 수 있을지 모르겠네. 아기가 생겼거든……. 나 무척 기쁜 것 같아. 샘이야 물론 너무나 기뻐하지……. 요즘 미친 듯이 다이어트 중이야. 영원히 몸매를 망치면 안 되니까……. 거기서 제공하는 식단이 좀 웃겨."

"아기를 원한다면, 정말 좋은 일이네." 내가 말했다.

루시아가 눈에 띄게 말을 빙빙 돌렸다. 뭔가 결과적으로 고통스러울 수 있는 소식을 전하려 할 때 그녀가 흔히 쓰는 방식이었다.

그녀는 창밖을 내다보며 말했다. "사람들이 배를 타고 돌아올 때는 뉴욕에 늘 비가 오는 것 같아." 그녀가 말했다. "피터와 주디스가 딸을 낳았대."

나는 기쁘지도 안타깝지도 않았고, 딱히 관심이 없었다. 내가 말했다. "모두들 다음 세대와 관련해서 뭔가를 하는 것 같네. 나만 빼고."

"넌 아직 젊어, 패트리샤……. 있잖아, 너대니얼이 우리와 지내고 있어. 아버지가 드디어 돌아가셨는데, 냇에게 전 재산을 남겼대. 그동안 냇이 자신을 돌보기 위해 포기한 세월들에 감사한다는 편지와 함께. 냇은 몹시 괴로워하고 있어……. 그 편지를 보고 자신이 아버지에게 잘해준 적이 없다고 느끼게 된 것 같아……. 아버지에게 참을

성도 없었고, 뭐 그런 식으로. 그런 식의 생각은 끔찍하게 부질없지……. 하지만 냇의 상태가 좀 안 좋아."

"알아. 너대니얼은 마음이 여린 사람이니까."

루시아가 잠시 추측하는 듯한 눈으로 나를 보았다.

"아니야, 언니." 내가 말했다. "내가 원하는 건 평화뿐이야. 외모가 아무리 그대로여도, 내가 아주 늙은 것처럼 느껴져."

"알아." 루시아가 말했다. "우리 모두에게 다행스러운 사실은 우리가 아주 많은 것을 아주 빠르게 겪었기 때문에, 이제 남은 게 별로 없다는 거야. 이 세대가 그리 오래 살 것 같지는 않아. 우린 마흔 즈음에는 감정 소모 끝에 차분한 상태에 이르고, 마흔여덟 즈음엔 늙어 죽겠지……. 사실 너대니얼에 대한 소식 때문에 네가 불편해할까 봐 걱정했어."

"혹시 언니가 걱정한 건 피터에 대한 소식 아니야?" 내가 물었다. "이제 어떤 일에도 크게 불편해지지 않을 거야."

"다행이네." 루시아가 말했다. 그녀는 딴생각에 빠진 것처럼 보였다. 그러더니 말했다. "팻, 내가 운전사에게 이 술병을 따게 하고 어딘가에서 유리잔을 구해서 지금 크렘 이베트를 조금 마시자고 하면, 나를 끔찍하게 탐욕스러운 여자라고 생각할 거야? 난 이걸 너무 좋아하는데…… 의사가 못 마시게 할까 봐 걱정이야. 의사에게 묻기 전에 조금만 마시면, 나중에 못 마시게 해도 크게 힘들지 않을 거야."

우리는 루시아의 집에 가는 내내 크렘 이베트를 마셨다. 덕분에 저녁을 먹지 못했지만, 크렘 이베트의 맛이 너무 좋아서 상관없었다.

너대니얼은 나를 만나서 무척 기쁜 것 같았다. 그는 불행해 보였다. "너대니얼은 인생에서 자신의 자리를 잃었어." 나중에 루시아가 말했다. "스무 살 때부터 8~9년 동안 아버지에게 헌신하며 살았는데, 이제 아무 책임도 없게 되니 어찌할 바를 모르겠는 기분인 거지. 고아를 하나 입양하면 어떻겠냐고 제안할 생각이야, 불쌍한 사람."

그럼에도 샘과 루시아, 너대니얼과 나는 충분히 즐거운 주말을 보냈다. 그런 다음 나는 일을 시작했다.

1월은 질척하고 우울하게 지나갔고, 2월도 그랬다. 나는 열심히 일했고, 노엘을 몹시 그리워했으며, 그가 쓴 것처럼 보이는 기사를 찾기 위해 《뉴욕 타임스》를 열심히 뒤졌다. 기사에 서명이 없어서 그가 쓴 것인지 다른 사람이 쓴 것인지 확신할 수 없었지만, 아주 멀리서 쓴 기사들이었다.

3월의 어느 비 오는 날, 퇴근해서 집에 돌아와보니 너대니얼이 복도에서 나를 기다리고 있었다. 그는 겨울 내내 보던 모습보다 한결 쾌활해 보였다. 내가 그를 위층으로 데려가자, 그는 가지고 있던 봉투에서 선명한 색의 소책자들을 소파에 쏟아내기 시작했다. 여행 책자들이었다.

그는 환희에 넘치는 목소리로 말했다. "팻, 의사들이 그러는데 내가 사무장에게 일을 맡기고 여행을 떠나는 게 좋겠대. 어차피 사무장이 나보다 일에 대해 많이 알긴 해. 그거 알아? 너무 오랫동안 아무 데도 가보지 않아서, 내가 지금 갈 수 있다는 걸 깨닫지도 못했어."

나는 모자를 벗어 테이블 위에 놓고 머리를 매만졌다. 너대니얼이 떠난다면 그리울 테지만, 그가 여러 곳에 가는 건 좋은 일이었다……. 오랫동안 그토록 원했으니까.

"어디로 갈 건데?"

그는 소책자들을 집어 들고 내 앞에서 흔들기 시작했다. "모르겠어. 버뮤다, 쿠바, 플로리다, 뉴올리언스."

"이런 축복받은 바보. 세계여행을 하면 되겠네." 내가 말했다.

그는 마치 내가 테이블 위의 작은 모자에서 토끼 두 마리를 꺼내기라도 한 것처럼 나를 바라보았다.

"맙소사. 세계 일주를 할 수 있었네." 그가 말했다.

"잠깐만. 내가 술 한 잔 만들어 올게. 그 생각에 익숙해지는 데 도움이 될 거야." 내가 말했다. "나한테 사원이나 뭐 그런 게 그려진 엽서를 보내겠다고 약속해야 해."

나는 피곤했고 감기에 걸린 상태였다. 하지만 냇은 무척 좋은 사람이니까, 좀 더 열의를 끌어낼 수 있으면 좋겠다고 생각했다.

"아직 술 만들지 마. 하고 싶은 말이 있어……." 그가 말했다. "나와 함께 가주면 좋겠어."

나는 그를 멍하니 쳐다보았다. 그는 아주 빠르게 말하기 시작했다. "나와 결혼해주면 좋겠다는 뜻이야. 아, 당신이 그런 생각을 해본 적이 없다는 거 알아. 취했을 때 딱 한 번 그런 언급을 한 것 같은데. 내가 당신을 열렬하게 사랑하는 건 아닐지도 몰라. 하지만 그래도 괜찮다면, 우린 재미있게 지낼 거야. 당신은 함께 다니기 아주 즐거운 여자야……. 당신과 함께 세계를 여행하면 정말 좋을 거야. 혼자서는 너무 외로울 것 같아. 난 당신을 좋아해. 알잖아."

나는 여전히 그를 멍하니 쳐다보며 말했다. "나도 좋아해……. 요즘 내가 아는 어떤 남자보다 좋아할 거야."

그는 전보다 더 자신감에 찬 목소리로 말했다. "그럼 함께 가는 게 좋겠어, 팻. 그럼 얘기 끝난 거야."

그의 아버지가 결정을 빨리 내리는 사람이라고 누군가에게 들은 기억이 났다.

"냇, 잠깐만." 나는 몹시 피곤했다.

나는 신에게, 노엘에게, 또는 내 말을 이해할 만한 누군가에게, 이렇게 말하고 싶었다. "난 청소년 때부터 지금까지 너무 먼 길을 여행한 것 같아요. 그래서 너무 피곤해요. 지금 내게 제안하는 피난처를 받아들인다고 나를 너무 탓하지 말아줘요."

나는 너대니얼에게 미소 지으며 말했다. "잠시 후에 얘기할 수 있을 것 같아. 그래도 괜찮지?"

"물론이야, 팻. 놀라게 할 생각은 없었어."

나는 테이블 위에 놓여 있는 모자를 보았다. 그 옆에는 읽지 않은 《뉴욕 타임스》가 있었다. 어두운 창밖을 내다보았다. 빗물이 유리창을 세차게 두드리고 있었다. 너무 피곤해서 생각조차 할 수 없는 상태가 아니면 좋겠다는 생각이 들었다.

그리고 노엘에 대한 기억이 파도처럼 나를 덮쳐왔다. 마치 한 시간 전에 그를 본 것처럼, 그의 미소와 머리색, 그가 고개를 숙여 키스할 때 느껴지는 그의 입술이 생생하게 기억났다. 노엘, 한동안 나를 자신만큼 강인해지도록 끌어올려준 사람……. 그 기억이 나를 따스하게 감쌌다. 그리고 썰물처럼 서서히 빠져나가더니 사라졌다. 나는 방 안에 너대니얼과 단둘이 서 있었다.

내가 말했다. "냇, 내 요란한 과거는 어쩌고? 알다시피, 내게 그런 과거가 있다고들 하잖아."

그가 어깨를 으쓱했다. "그런 거 신경 안 써. 하지만 굳이 자세히 알고 싶지는 않아."

"좋아. 결혼할게, 냇. 청혼해줘서 고마워." 우리 둘 다 웃었다. 그가 내게 키스했고, 우리는 함께 저녁을 먹으러 갔다.

루시아는 무척 기뻐했다.

4월의 어느 오후, 우리는 시청에서 결혼했다. 오래전 나와 같은 이름을 가진 누군가가 피터와 결혼했던 그곳에서. 예식에서 말하는 문구가 어딘가 익숙하게 느껴졌다.

"하늘이 두 사람을 갈라놓을 때까지 다른 모든 것을 버리고 오직 신랑만을 따르겠다고 맹세합니까?" 그래, 이번에는 진짜일지도 몰랐다.

너대니얼의 아버지가 최근에 돌아가셨기 때문에, 따로 축하연은 하지 않았다.

우리는 그날 밤 자정에 배를 타고 세계여행을 떠날 예정이었다.

친구들이 모두 배까지 나와서 좋은 여행을 기원해주었다. 나는 그들의 축복에 적절한 답을 하느라 목이 쉬도록 이야기를 계속했다.

빌은 아파서 배까지 나오지 못했지만, 주류 밀매업자 편에 샴페인 상자를 보내왔다. 그는 덩치가 매우 큰 이탈리아 남자였는데, 갑자기 나타나서 모두의 건강과 행복을 기원하는 미사여구 가득한 말을 하고는 샴페인을 먼 이국 땅으로 가져오느라 힘들었던 이야기를 구구절절 풀었다. 훌륭한 샴페인이었다.

우리는 즉시 샴페인을 마시기 시작했다. 거의 다 마셨을 즈음, 사람들이 작별 인사를 하기 시작했다.

루시아가 나를 한쪽으로 끌고 와서 말했다. "흰담비 숄 마음에 드니? 너대니얼이 너를 위해 고르는 걸 내가 도와줬어."

"정말 예뻐. 그런데 냇이 왜 내게 흰담비 숄을 사주려 했을까?"

"《초록 모자》를 읽은 다음부터 흰담비 숄을 낭만의 상징으로 생각하게 됐나봐. 팻, 냇은 대단한 사람이야." 그녀가 머뭇거리더니 말했다. "팻, 내가 상관할 바는 아니지만, 아시아가 큰 곳이라고 생각하니, 작은 곳이라고 생각하니?"

우리는 서로를 바라보았다. 내가 말했다. "큰 곳이겠지. 하지만 사람 일은 모르는 거지……."

루시아가 말했다. "괜찮을 거야." 그녀가 손가락으로 흰담비 숄을 쓸어내렸다. "이건 '미국판 성공'이라고 이름 붙일 수 있을지도 몰라, 패트리샤."

우리는 서로에게 미소 지었다. 그녀가 갔다. 너대니얼을 제외한 모든 사람이 갔다.

그가 말했다. "패트리샤, 난 위층에 올라가서 전보든 무선이든, 빌에게 샴페인을 보내준 것에 대해 급하게 감사 인사를 보낼게. 그런 다음 돌아와서 함께 갑판에 나가자. 멀어지는 뉴욕을 보기 위해서 말이야."

"좋아, 자기. 어차피 나도 화장을 좀 고치고 싶어."

승무원이 우리의 거실에서 샴페인 병과 유리잔을 치우고 있었다. 나는 침실로 들어갔다. 샴페인 병과 유리잔이 사방에 널려 있었다. 립스틱과 파우더를 새로 바르고 향수도 뿌렸다. 샴페인 때문에 몸이 따뜻했고, 세계를 돌아볼 생각에 흥분되기도 했다.

침실 문에 긴 거울이 달려 있었다. 나는 거울 앞으로 걸어가서 가만히 섰다.

거울 속에는 작고 날씬한 젊은 여자가 서 있었다. 그녀는 윤기 나는 검은 직모에 회색 눈, 곡선형의 붉은 입술을 가지고 있었다. 눈가에는 희미한 그림자가 있었다. 10년 후면 그것은 주름이 될 테지만, 10년 동안은 그렇지 않을 것이다. 그녀는 장밋빛 망사 드레스를 입고 있었다. 주름 장식이 달린 스커트의 한쪽이 반쯤 편 부채처럼 흔들렸다. 그녀는 어깨 위에 무심하게 흰담비 숄을 걸치고 있었다. 어깨가 크림처럼 희고 보드라웠다. 많은 남자들이 키스했고, 이제 아마도 오직 한 남자만 키스하게 될 어깨였다.

그녀는 행복해 보이지도 불행해 보이지도 않았다. 그저 조금 피곤하고 조금 재미있어 보였다.

나는 겉모습 속의 그녀가 진짜 어떤 사람인지 궁금했다. 하지만 이제는 알았다. 나도 다른 누구도 그것을 확신할 수 없다는 것을.

그녀와 나는 서로에게 엄숙하게 고개 숙여 인사했고, 나는 너대니얼을 만나러 갔다.

너대니얼과 나는 말없이 서 있었다. 배는 강을 따라 유유히 움직였고, 우리는 뉴욕이 지나가는 것을 지켜보았다. 너대니얼이 다정하게 내 어깨에 손을 올렸다.

도시 마천루의 불빛들이 미끄러지듯 지나가고, 그와 함께 내 인생도 미끄러지듯 지나갔다. 피터, 패트릭, 케네스, 루시아, 노엘. 내가 알았던 사람들의 목소리와 사물들의 소리도.

너대니얼이 말했다. "당신은 외롭지 않을 거야, 패트리샤."

"그래, 내 사랑."

그가 환상적인 스카이라인을 향해 두 팔을 뻗었다.

"우린 돌아와서 마천루를 한두 개쯤 지을 거야, 패트리샤……. 그런 다음 또 여행을 떠나자……. 나는 세상의 모든 도시를 구경하고 싶어. 케이프타운, 부다페스트, 모스크바. 광둥, 캘커타, 요코하마……. 그 이름들의 소리가 좋아."

그의 목소리가 점점 진지해졌다.

"당신한테 잘할 생각이야, 패트리샤."

그에게 팔짱을 끼는 것은 쉬웠다. 너대니얼에게 잘해주는 것은 항상 쉬울 것이다.

"무슨 생각해, 패트리샤?"

"당신에게 완벽한 아내가 되어주겠다는 생각." 그가 나를 내려다보며 행복하게 미소 지었다.

그것은 진심이었다.

그러나 나의 청춘 내내, 그리고 내가 살아가는 내내, 나는 머나먼 어느 도시에서 내 사랑을 다시 찾기를 바랄 것이다.

우리 뒤로 뉴욕의 불빛들이 흐릿해졌다……. 뉴욕은 빛나는 도시였다.

옮긴이의 말

    1920년대 미국의 삶을 이해하려면 피츠제럴드의 《위대한 개츠비》를 읽고, 1930년대 미국의 삶을 이해하려면 스타인벡의 《분노의 포도》를 읽으라는 말이 있다. 전자가 풍요와 사치와 향락, 그리고 그 뒤에 감춰진 허상과 허무를 보여준다면, 후자는 대공황과 생존을 위한 이주, 고난과 좌절, 그리고 포도처럼 익어가는 분노를 그리고 있다. 도대체 이 두 시기 사이에 무슨 일이 있었던 것일까? 1차 세계대전의 결과는 한마디로 유럽의 몰락과 미국의 번영이었다. 하지만 1920년대의 미국은 겉으로 보기에 호황을 누리고 있었지만, 광적인 투기와 농촌 사회의 붕괴, 향락에의 탐닉, 그리고 가치관의 급격한 변화와 불안의 증폭은

이 시기를 '광란의 시대'라고 부르기에 모자람이 없었다.

어느 장면을 '풀컬러' 총천연색으로 보여주기 위해서는 4색의 잉크가 필요하듯, 1920년대 미국 사회를 가장 잘 보여주는 작품이 《위대한 개츠비》라고 해도 한 사회를 입체적이고 다면적(多面的)이며 다성적(多聲的)으로 살펴보기 위해서는 또 다른 프레임과 렌즈가 필요하며, 어설라 패럿의 《엑스와이프》가 그중 하나가 될 수 있을 것이다.

어설라 패럿의 대표작인 《엑스와이프》는 소위 재즈 시대라고 불리는, 양차 대전 사이 1920년대를 배경으로 하는 자전적 소설이다. 소설의 주인공 패트리샤와 마찬가지로, 어설라 패럿은 보스턴 출신에 사별한 의사의 두 번째 부인의 딸이고, 신문기자와 결혼했으며, 남편이 원치 않는 아들을 낳았고(다만 소설과는 달리 이 아이는 죽지 않고 비밀리에 친정에서 키워졌다고 한다), 양측의 외도로 인해 결혼 생활이 파탄에 이르렀다.

1929년 익명으로 출판된 이 책은 출판 당시 베스트셀러가 되었고, 〈이혼녀The Divorcee〉라는 제목으로 영화화되기도 했다. 이후 인기가 시들해졌다가 1988년과 2023년에 재출간되었고, 《뉴욕 타임스》《뉴요커》 등 유수의 잡지에서 상당한 관심을 끌면서 부활했다.

이 소설은 당시의 변화하는 시대상과 가치관을 엿볼

수 있는 흥미로운 작품이다. 현재보다도 오히려 더 현대적이고 퇴폐적이고 향락적인 문화를 생생하게 담아내고 있어서 마치 한 편의 영화를 보는 듯한, 또는 그 속에 들어가서 피아노와 트럼펫으로 연주하는 재즈 음악에 맞춰 화려한 옷차림의 사람들이 경쾌하게 몸을 흔들며 춤추는 모습을 직접 보는 듯한 즐거움이 느껴진다. 금주법이 무색하게 공공연히, 아니, 어쩌면 오히려 그런 금지로 인해 더더욱 폭발하듯 성행했던 술과 담배, 음악, 춤, 파티, 새벽까지 이어지는 요란한 밤 문화, 그리고 그에 수반된 개방적인 성 문화. 그런 현실을 제도가 따라가지 못해서 부조화가 발생하는 과도기적 상황. 유일한 합법적 이혼 사유가 간통이어서 이혼을 위해 간통 상황을 만들어 위증을 하는 장면은 무척 인상적이었다. 이혼이 힘들지만 여성의 사회 진출이 활성화되고 문화가 바뀌고 자유연애의 바람이 불면서 불륜이 성행하게 된 현실. 이런 것들을 보면서 비슷한 시기 우리나라에 등장한 신여성과 자유연애 시대가 연상되기도 했다. 조혼 제도는 남아 있는 상태로 자유연애의 바람이 불며 탄생한 수많은 불륜 커플들. 그러나 그로 인해 나혜석을 비롯해 많은 신여성들이 겪은 운명은 가혹했다. 구체적 양상은 차이가 있겠지만, 진정으로 그런 시대적 변화의 이점을 누리며 자유연애를 맘껏 즐길 수 있는 쪽은 오직 남성이며, 여성에만 정조가 요구된다는 점은 동서고금을 막론하는 공통점일까?

그런 면에서 소설 속에 등장하는 현명하고 보수적인 현실주의자 루시아의 입을 빌어 종종 넋두리처럼 풀어내는 이런 부조리함에 대한 시대적 통찰에는 충분히 수긍이 간다. 그러나 그렇다고 그녀의 말처럼, 과거가 우리가 그리워할 만한 좋은 시절인 것만은 아닌 듯하다.

번역을 하면서 사치가 심하고 방탕한 생활을 하지만, 낭만적이고 열정적이고 사랑에 목숨 건, 어찌 보면 소녀에 가까운 착한 여자 패트리샤가 성숙한 여자로 성장하는 모습을 보는 것도 하나의 즐거움이었다.

가끔씩 화자가 자신을 제3자를 보듯 묘사하는 부분이 인상적이다. 거울을 보고 거울 속 인물을 타자처럼 묘사하며, 서로를 인정하듯 정중히 고개 숙여 인사하는 마지막 장면은 모든 사람의 내면은 그 사람 자신조차 온전히 알 수 없을 만큼 복잡하고 은밀하며, 그렇기에 그대로 인정하고 존중해야 한다는 의미가 담겨 있는 것이 아닐까?

소설은 두 차례의 이별을 겪으면서 성숙한 여인으로 성장한 패트리샤가 마지막에 사랑하는 노엘과 이별하고 이성적 끌림이 없이 우정을 이어가던 너대니얼과 결혼하여 세계여행을 위한 항해에 오르는 것으로 마무리된다.

그것은 새드 엔딩도 해피 엔딩도 아닌, 열린 결말처럼 느껴진다. 어설라 패럿은 첫 남편과 이혼한 후 세 차례나 더 결혼했고, 비교적 이른 나이인 58세에 암으로 세상을 떠났다. 그녀가 자신의 삶을 어떻게 바라보았을지는 알 수 없으나 곁에서 바라보았을 때는 비극적으로 느껴진다. 이 소설의 결말을 쓸 때, 자신의 앞날을 알 수 없었던 그녀는 어떤 마음으로 결말을 썼을지, 항해에 오른 패트리샤 앞에 펼쳐질 삶을 어떻게 상상했을지 궁금해진다.

2024년 영국에서 《엑스와이프》가 재출간되었을 때, 《가디언》에 〈재즈 시대의 브리짓 존스〉라는 서평이 실렸다. 많은 사람들이 '브리짓 존스 시리즈'의 뿌리를 제인 오스틴의 《오만과 편견》에서 찾으려 하고, 작가 자신도 거기에서 영감을 받았다고 인정했다. 어쩌면 어설라 패럿이 영국인이었다면 패트리샤는 브리짓 존스의 선구자가 되었을지 모른다.

정해영

추천의 말

어떤 소설은 너무 오랫동안 발견되지 않는다. 이 명민하고 재미있는 소설 또한 기나긴 시간 동안 세상의 관심 밖에 묻혀 있었다. 얼마나 많은 여성 작가들의 생생한 언어가 '가볍고 경박하다' '대수롭지 않다' '뻔하다' '수다스럽다' 등등의 무례하고 일방적인 폄훼 속에 사라져갔는가. 이제, 백 년 후의 여성들에 의해 그 '숨김당했던 진짜 언어'가 비로소 발굴되고 있다. 1920년대에 발표된 이 소설은 진짜 자신이 누구인지 찾아가는 한 젊은 여성의 여정이다. 입체적인 인물의 목소리와 현대적 감수성이 선명히 느껴진다. 지금도 살아 있다. 이런 작품을 '고전'이라 불러야 하는구나, 새로이 실감한다.

정이현(소설가)

옮긴이 **정해영**

성균관대학교 불어불문학과와 이화여자대학교 통번역대학원을 졸업했고 현재 전문 번역가로 활동 중이다. 《두려움이란 말 따위》《끝맛》《산 루이스 레이의 다리》《이름 없는 여자의 여덟 가지 인생》《리버보이》《빌리 엘리어트》《올드 오스트레일리아》《곰과 함께》《데카메론 프로젝트》《우주를 듣는 소년》《좋은 엄마 학교》《길 위에서 하버드까지》《이 폐허를 응시하라》《회계는 어떻게 역사를 지배해왔는가》《정상은 없다》《묘사의 기술》《떠나는 것은 어려운 일이 아니다》〈세계를 읽다〉 시리즈 등을 번역했다.

엑스와이프

초판 1쇄 인쇄 2025년 11월 21일
초판 1쇄 발행 2025년 12월 3일

지은이 어설라 패럿
옮긴이 정해영
펴낸이 최순영

출판2 본부장 박태근
스토리 팀장 김소연
편집 김해지
디자인 김준영

펴낸곳 ㈜위즈덤하우스 **출판등록** 2000년 5월 23일 제13-1071호
주소 서울특별시 마포구 양화로 19 합정오피스빌딩 17층
전화 02) 2179-5600 **홈페이지** www.wisdomhouse.co.kr

ISBN 979-11-7591-002-7 03840

· 이 책의 전부 또는 일부 내용을 재사용하려면 반드시 사전에 저작권자와 ㈜위즈덤하우스의 동의를 받아야 합니다.
· 인쇄·제작 및 유통상의 파본 도서는 구입하신 서점에서 바꿔드립니다.
· 책값은 뒤표지에 있습니다.
· 이 책의 표지 그림은 인공지능 이미지 생성 도구를 활용해 제작되었습니다.